Die Nationalbibliothek
(Erinnerungsfragmente)

Verschwitzt und mit stechenden Kopfschmerzen wachte er auf. Der Bildschirm vor seinem Sitz zeigte unverändert die leuchtende Karte mit der Flugroute von Europa nach Japan: Das neonblaue Meer, die atlasbraune Erde und das pfeilförmige, weiße Flugzeugsymbol, hinter dem ein orangefarbener Streifen die Strecke markierte, die sie zurückgelegt hatten. Da viele Monitore im Airbus über den Sitzen angebracht waren, sah er dasselbe Bild mehrfach im Dämmerlicht. Feldt blickte sich um, weil er sichergehen wollte, daß er nicht beobachtet wurde, dann holte er eine viereckige, durchsichtige Kunststoffhülle, wie sie für Scheckkarten verwendet wird, aus der Jackentasche heraus. Durch die Lampe über seinem Sitz spiegelte sich ein Auge groß in der Innenfläche seiner Brille. Unter der reflektierten durchsichtigen Iris erkannte er den briefmarkenähnlichen Papierausriß, auf dem deutlich mit blauer Tinte und in schwer entzifferbarer Schrift vier Worte zu lesen waren, die für einen Außenstehenden keinen Sinn ergaben, noch dazu, falls er nicht lateinisch konnte. Feldt hatte das beschriebene Stückchen Papier in der Flugzeugtoilette schon einmal aus der Kunststoffhülle herausgenommen und in einem Anfall grimmiger Selbstquälerei überlegt, es in der Klosettmuschel hinunterzuspülen. Er wäre damit sein Problem zwar mit einem Schlag losgeworden, aber die Vorstellung, zurückkehren zu müssen zu seinen alten Verhältnissen, hielt ihn davon ab. Er steckte

1. Kapitel

Feldt
(Eine Skizze)

Auf eine komplizierte Weise hing Feldts Verbrechen mit seiner Leidenschaft für das Lesen zusammen, das ihm zur Sucht geworden war. Mochte ein Buch noch so düster, ausweglos oder abseitig sein, sobald es seine Vorstellungskraft anregte, stellte sich ein Gefühl entrückter Klarheit in ihm ein, etwas wie Inspiration, das seinem Leben einen Sinn gab. Häufig waren Bücher, die gedruckten Buchstaben und Wörter, wie Drogen für ihn. Seine zweite Leidenschaft waren Portolane, Landkarten aus dem 16. und 17. Jahrhundert, die von Jesuiten angefertigt worden waren, um Herrschern und Kirche Kenntnis von fremden Seehäfen zu vermitteln. Die schönsten waren mit Tier- und Pflanzendarstellungen oder Landschaftsskizzen geschmückt. Über diesen Karten kam er ins Phantasieren, meistens genügten ihm die Sekundenbruchteile eines Wachtraumes, den sie auslösten und in dem er eine surreale Macht über Zeit und Raum empfand. Er führte seine Begabungen und Abhängigkeiten auch auf seine Asthmaanfälle zurück, an denen er seit seiner Kindheit litt und die er mit Cortison behandelte.

Die Gesellschaft ist ihrem Wesen nach kriminell, wenn es anders wäre, würde es sie nicht geben. Egoismus allein hält alles aufrecht – absolut alles – alles, was wir hassen, alles was wir lieben.

Joseph Conrad, *Briefe*

© 1998 S. Fischer Verlag GmbH, Frankfurt am Main
Gesamtherstellung: Clausen & Bosse, Leck
Printed in Germany 1998
ISBN 3-10-066610-0

Gerhard Roth
Der Plan
Roman

S. Fischer

die Plastikhülle mit dem beschriebenen Papierstückchen wieder in seine Jacke, schloß die Augen und ließ seine Gedanken dahintreiben wie Papierschiffchen, die Kinder von einer Brücke in den Fluß werfen, um sie davonschwimmen zu sehen, bis sie aus dem Blickfeld verschwinden.

Erst die Leidenschaft für Bücher und Landkarten hatte ihm seine Existenz erträglich gemacht. Schon sein Vater, ein schweigsamer Militärarzt, hatte eine umfangreiche Bibliothek von seinem Großonkel Joseph Kerzl, dem Leibarzt Kaiser Franz Josephs, geerbt, sie füllte zwei große Räume in der Döblinger Wohnung, die seine Mutter nach dem Tod des Vaters noch immer bewohnte, obwohl sie es sich eigentlich nicht mehr leisten konnte. Manchmal sah Feldt, während der asthmatischen Erstickungsanfälle seiner Kindheit, den Ausschnitt einer Portolankarte von Indien oder China vor sich, dann wieder das Muster schwarz gedruckter Wörter auf Papier oder eine der Illustrationen von Gustave Doré zur *Göttlichen Komödie* mit den lorbeerbekränzten Dichtern Dante und Vergil vor dem Untier Geryon. Die Worte der Dichtung waren für ihn eine unentschlüsselte Hieroglyphenschrift gewesen, während sich die Illustrationen für immer seinem Gedächtnis einprägten.

In der Pubertät entdeckte Feldt zufällig, daß ihm stummes Zählen über seine Asthmaanfälle hinweghalf, von da an waren seltsamerweise auch seine Innenbilder ausgelöscht, obwohl sich an seiner Liebe zu ihnen nichts geändert hatte. Er erklärte es sich damit, daß er Schrift, Landkarten und Illustrationen inzwischen »verstanden« hatte und dadurch ihr Geheimnis gelüftet war.

Nach der Matura studierte Feldt Germanistik und Geschichte und machte den Inbegriff seiner Leidenschaft auch zum Thema seiner Dissertation: Die Nationalbibliothek in der Hofburg.

Unvermutet wurden die Monitore und das Bordlicht ausgeschaltet. Die Karte mit der Flugroute erlosch, und Feldt bemerkte, daß manche Passagiere in der Mittelreihe die Armlehnen zurückgeklappt und sich über die Sitze ausgestreckt hatten. Da seine Kopfschmerzen nicht nachließen, bat er eine der Stewardessen um eine Tablette. Sie kam mit einem Aspirin und einem Plastikbecher Wasser zurück, und Feldt legte sich, nachdem er es eingenommen hatte, zu den schlafenden Passagieren in die Mittelreihe.

Der labyrinthische Gebäudekomplex der Nationalbibliothek, den er während der Arbeit an seiner Dissertation kennengelernt hatte, übertraf alle Vorstellungen, die er sich von ihm gemacht hatte. Anfangs hatte ihn ein Entlehnbeamter durch die von Bücherwänden umgebenen Gänge geführt. Da die Regale überall gleich aussahen, sich verzweigten und endlos lang schienen, kam es vor, daß ein neuer Beamter, wie in einem Irrgarten, nicht mehr den Ausgang fand. Einmal hatte sich Feldt während seiner zweijährigen Ausbildung zum Bibliothekar im Magazin so verlaufen, daß er die Nacht »auf dem Gitterrost« verbrachte. Der »Gitterrost« – erfuhr er später – war schon beim Bau der Nationalbibliothek im Speicher anstelle des Fußbodens eingezogen worden, um mögliche Brände schneller Herr zu werden. Erstaunt sah er beim ersten Betreten zwischen den Eisenstäben hindurch alle fünf Stockwerke bis hinunter zur tiefsten Etage. Als er feststellte, daß er sich verirrt hatte, empfand er weder Angst noch Panik – im Gegenteil, wenn ihm nicht die kalte Luft der Klimaanlage und der modrige Geruch von altem Papier den Atem genommen hätten, wäre er vermutlich sogar glücklich gewesen. Weil er aber in den schlechtbeleuchteten Kellergeschossen keinen Schlaf finden konnte, hatte er zu stöbern begonnen und gegen Morgen ein ornithologisches Handbuch mit handcolorierten Kupferstichen aus dem 18. Jahrhundert gefunden, in dem alle vorkommenden Vogelarten im Habsburger Reich dargestellt und beschrieben waren. Es war unter weniger kostbaren mathematischen und astronomischen Werken eingereiht gewesen. Feldt hatte Verdacht geschöpft, daß das Buch mit Absicht an einen falschen Platz in das Regal gestellt worden war. Der Fund brachte ihm das Vertrauen des stellvertretenden Direktors ein und den Haß des Oberaufsehers Glaser, der – wie Feldt erst viel später erfuhr – das Exemplar dort versteckt hatte, um es aus der Nationalbibliothek zu schmuggeln.

Eine Woche später beobachtete Feldt den Oberaufseher, wie er sich in einem Winkel des Tiefspeichers selbst befriedigte. Sein langes, durchgebogenes Glied war von einer blauroten, zwetschgenförmigen Eichel gekrönt, sein Hoden, dunkelbraun, hing aus dem Hosenschlitz. Glaser preßte die Hinterbacken zusammen, drückte den Bauch vor und streckte die Zunge heraus. In einer Hand hielt er ein Papiertaschentuch, in dem er die wäßriggelbe Samenflüssigkeit auffing, währenddessen war sein Mund weit geöffnet und gab einen Schnarchlaut von sich. Erst als der Oberaufseher zur Seite trat, erkannte Feldt, daß er vor einem Werk mit den pornographischen Illustrationen von Fendi aus der Biedermeierzeit stand. Sein Gesicht mit der Hornbrille schien in der spärlichen Beleuchtung aus gelbem und schwarzem Fleisch zu sein. Feldt starrte ihn unbewegt an. Der Oberaufseher zippte die Hose zu, knüllte das Papier zusammen und schaltete das Licht aus, bevor er sich davonmachte.

Da ansonsten nur eine Stelle in der Abteilung für Nominalkatalogisierung frei war, nahm Feldt einen Posten in der Musiksammlung an. Hofrat Kamm, der Leiter, trug mit Vorliebe gepunktete Krawatten und maßgeschneiderte, gestreifte Hemden. Er sprach doppelt so hastig wie der stellvertretende Direktor Kurz, der schon ein Schnellredner war. Kamm bewahrte in drei Stahltresoren die Handschriften der berühmtesten österreichischen Komponisten auf. Vergeblich bemühte er sich, Feldts Ehrfurcht dafür zu wecken – Feldt hatte keine musikalischen Ambitionen. Er mochte die Stille in den Lesesälen, wenn nur ab und zu das Rascheln einer Seite zu hören war, aber auch lautstarke Diskussionen, bei denen einer den anderen zu übertönen versuchte – beides zog er der Musik vor.

Feldt hörte die Stewardeß mit einem Wagen vor seiner Sitzreihe anhalten. Benommen richtete er sich auf, sah, daß es sich um das Duty-Free-Angebot handelte und kaufte einen roten Montblanc-Kugelschreiber. Zwar besaß er in Wien einen schwarzen, aber er wußte nicht, ob er zurückkehren würde, und außerdem war der Kauf eines Schreibgerätes für ihn so etwas wie ein erotischer Akt. Dazu ließ er sich ein Notizbuch schenken – mit den Schreibsachen und der illustrierten Taschenausgabe der *Göttlichen Komödie* in seiner Jacke kam er sich auf eine verrückte Weise beschützt vor.

An einem Sommermorgen 199- hatte er von seinem Arbeitszimmer im vierten Stock der Nationalbibliothek aus die Lipizzaner-Pferde beobachtet, die auf dem benachbarten Übungsplatz der Hofreitschule jeden Tag bewegt wurden, als ihn der Oberaufseher mit erregter Stimme anrief und zu sich bat. Glaser verfügte über eine Dienstwohnung, der einzigen im ganzen Gebäude, und schon deswegen betrachtete er die gesamte Nationalbibliothek als seinen natürlichen Besitz.

Noch nie hatte Feldt ein vergleichbares Chaos gesehen. Auf den Tischen türmten sich Papierberge, Bücherstapel, Aktenhaufen, auch auf dem Fußboden, der Couch, auf den Stühlen, den Rollschränken und dem Kopiergerät. Gleichzeitig fiel Feldt ein, wie er den Oberaufseher im Tiefspeicher überrascht hatte, er dachte an dessen langes Glied, das veränderte Gesicht.

»Sie wissen, daß ein Disziplinarverfahren gegen mich eingeleitet wird«, fuhr Glaser Feldt ohne Umschweife an. Sein leeres Gesicht mit den gehetzten Augen machte den Eindruck eines Nervenkranken.

»Meine Wohnung wurde auf den Kopf gestellt von den Kollegen der Benützungsabteilung«, fügte er verächtlich hinzu.

Feldt erfuhr, daß der stellvertretende Direktor in der

Früh mit vier Arbeitern vor seiner Tür gestanden sei, ihn des Diebstahls bezichtigt und aufgefordert habe, die Erlaubnis zu erteilen, daß die Wohnung durchsucht werde, andernfalls würde die Polizei geholt. Er habe ein Schreiben der Generaldirektion vorgelegt. Man habe elf Kisten mit Büchern beschlagnahmt und ihm seine fristlose Entlassung mitgeteilt.

Die Stimme des Oberaufsehers zitterte. Er griff in die Tasche des Arbeitsmantels, gab Feldt ein Kuvert und wies ihn an, es Hofrat Kamm zu übergeben. Ehe Feldt eine Frage stellen konnte, holte der Oberaufseher eine Pistole aus der Schreibtischlade, steckte sich den Lauf in den Mund, blickte Feldt, wie es ihm später vorkam, schadenfroh an, und drückte ab. Der Schuß warf Glaser nach hinten auf einen Papierberg. Gleichzeitig erschien ein fettglänzender Blutfleck wie ein Menetekel auf der Wand. Der Papierberg war von einem Blutschleier rot gefärbt; Haare und Zahnsplitter lagen über den Fußboden verstreut, eine Blutlache bildete sich unter dem Tisch. Da die Wohnung des Oberaufsehers abgelegen und es noch früh war und außerdem die Wände der Bibliothek meterdick waren, hatte niemand etwas gehört.

Feldt war geflüchtet und hatte erst in seinem Arbeitszimmer das Kuvert geöffnet. Nachdem er anfangs überlegte, Hofrat Kamm zu verständigen, beschloß er nach einigem Zögern, alles für sich zu behalten. Er sah einen Plan und ein Ziel vor seinen Augen, so klar, wie es von Anfang an sein Entschluß gewesen war, eine Stelle in der Nationalbibliothek zu erhalten. Als Glaser kurz darauf gefunden wurde, wußte niemand von Feldts Besuch vor dessen Selbstmord.

Lange hatte er darüber gerätselt, weshalb der Oberaufseher ausgerechnet ihm das Autograph übergeben und sich vor seinen Augen erschossen hatte. Aus Wut, daß er das versteckte Buch im Magazin entdeckt und damit die Lawine ins Rollen gebracht hatte? Weil er ihn überhaupt haßte? Oder weil er ihm auf eine verrückte Weise vertraute? Und wenn er ihm vertraute, weshalb? Möglicherweise, weil er bei ihm eine idealistische Zuneigung zur Nationalbibliothek vermutete oder sogar erkannte? Und vielleicht haßte er ihn auch aus demselben Grund! – Schließlich ergaben seine vorsichtigen Nachforschungen und der Tratsch auf den Gängen, in den Arbeitszimmern, im Lesesaal und beim Mittagessen, daß Glaser, nachdem seine Diebstähle aufgeflogen waren, in der Kanzlei von Hofrat Kamm angerufen und von der Sekretärin die Auskunft erhalten hatte, dieser verspäte sich wegen einer wichtigen Sitzung. Der Oberaufseher mußte gedacht haben, die wichtige Sitzung betreffe ihn, tatsächlich aber war für das Bruckner-Festival in Linz eine Ausstellung vorbereitet worden. Kurz nach dem ersten Anruf hatte Glaser sich ein zweites Mal gemeldet und betont, daß sein Anliegen äußerst dringend sei, daraufhin hatte die Sekretärin um ein Stichwort gebeten. Glaser hatte sofort aufgehängt. Nur Feldt wußte, daß er sich in seiner Verzweiflung an ihn, Hofrat Kamms Assistenten, gewandt hatte, weil er es offenbar nicht mehr aushielt, noch länger auf die Ausführung seines schrecklichen Entschlusses zu warten. Anfangs hatte Feldt befürchtet, daß Glaser der Sekretärin doch einen Hinweis gegeben oder irgend jemanden in seine geplante Wahnsinnstat eingeweiht hatte. Zu seiner Erleichterung aber war das nicht der Fall gewesen.

Wieder erwachte Feldt schwitzend und mit quälenden Gedanken.

Bis zum Tagesanbruch war sein Halbschlaf ein dauerndes Pendeln zwischen Betäubtsein und Wachen, ein kurzes Verweilen im dunklen Nichts und ein fortgesetztes Aufschrecken. Er taumelte schließlich auf seinen Sitzplatz zurück. Die Jalousie über dem Fenster war hochgezogen, ein heller Lichtstreifen schimmerte hinter dem mächtigen Flügel. Die Dunkelheit verdampfte im warmen Tageslicht. Auf den Monitoren erschienen wieder die Flugroute, die orangefarbene Spur und der kleine Flugzeugpfeil. Sie befanden sich über Sibirien. Tief unten erkannte er ockerfarbene, gefaltete Gebirgsmassive und glitzernde Siedlungen, wie Glasscherben zwischen schmutzigen Sandhaufen.

Fast ein Jahr benötigte Feldt, um den Inhalt des Briefes – das winzige Autograph, die Adresse des japanischen Kunsthändlers Dr. Daisuke Hayashi und das Geständnis des Oberaufsehers – so zu verbinden, daß er sich auf die Reise begeben konnte. Dr. Hayashi hatte arrangiert, daß er an einem Seminar für Bibliothekare in Izu teilnehmen und an verschiedenen Universitäten in Japan Vorträge über die Österreichische Nationalbibliothek halten sollte. Niemand hatte Verdacht geschöpft, nicht einmal Hofrat Kamm, der den Oberaufseher Glaser von Anfang an des Diebstahles der Handschrift verdächtigt hatte. Sie war aus dem Originalmanuskript einer Partitur herausgerissen worden, was nur zu einem einzigen Zeitpunkt möglich gewesen war: Als auf der Weltausstellung in Valencia der Musikpavillon mit dem Original der Handschrift wieder abgebaut und die einzelnen Stücke verpackt wurden. Nur ein ausgewählter Kreis von Spezialisten war für diese Arbeit zugelassen gewesen, darunter auch der Oberaufseher, der den Transport begleitet hatte. In der Nationalbibliothek hatte man dann bemerkt, daß das letzte Stück im rechten unteren Eck der Originalpartitur fehlte. Aber alle Nachforschungen waren vergeblich gewesen, ebenso alle Untersuchungen durch die Versicherung und die Verhöre des Generaldirektors. Zuletzt hatte man resigniert beschlossen, keine Anzeige zu erstatten, weil man eine Rufschädigung für die Nationalbibliothek befürchtete. Von da an aber versuchte der Generaldirektor immer wieder, dem Oberaufseher eine Falle zu stellen, und in einer von diesen hatte er sich schließlich gefangen.

Das Autograph war das unscheinbare Papierstückchen, das Feldt bei sich trug, ein Fetzen, Abfall – und doch der Traum jedes besessenen Sammlers. Es gab Menschen, wußte Feldt, die in fast religiösem Eifer alles daransetzen würden, in den Besitz dieses Schnipsels Papier zu gelangen.

Die Handschrift veränderte Feldts bisheriges Leben: Die Asthmaanfälle hörten zu seiner Überraschung auf, er sah jetzt – wenn er an den Wert des Autographs dachte – seine Umgebung mit einem gewissen Sarkasmus. Geliebte Orte verloren ihren Glanz, geschätzte Menschen wiesen mit einem Mal lächerliche oder abstoßende Eigenarten auf, früher als beglückend empfundene Ereignisse wurden über Nacht schal. Er litt daran und verspürte gleichzeitig den immer stärkeren Wunsch, alles hinter sich zu lassen. Die Angst vor der Entdeckung spielte dabei nur eine geringe Rolle, entscheidend war die Veränderung, die in ihm vor sich gegangen war. Warum hatte er den Diebstahl begangen? Nicht allein das in Aussicht stehende Geld war es gewesen, sondern mehr noch das zu erwartende Abenteuer, der Fehdehandschuh an die Bücherwelt. Das Leben selbst, sagte er sich, hatte ihn mit einem ungewöhnlichen, einem genialen Schachzug herausgefordert, und nun war er an der Reihe, wenn er sich nicht eines Tages vorwerfen wollte, eine große Chance versäumt zu haben.

Das kostbare Stück Papier, die Blaue Mauritius jedes Autographenhändlers, lag inzwischen als Lesezeichen in seiner Ausgabe der *Göttlichen Komödie*, genauer, im 24. Gesang des Infernos, in dem die Diebe von Schlangen erdrückt werden. Diese Stelle amüsierte ihn. Gustave Doré hatte sich zur Darstellung einer Schlangengrube inspirieren lassen mit einer Schar von »Laokoon-Figuren«, denen Feldt die Handschrift ironisch anvertraute. Der unschätzbare Wert des Autographs, auf dem nichts anderes zu lesen war als »quam olim d: c:« für quam olim da capo, was soviel bedeutet wie »wie einstmals noch einmal«, bestand darin, daß es die letzten Worte von Mozarts Arbeitspartitur des *Requiems* waren und damit die letzten Worte, die letzte sichtbare Spur, die der Unsterbliche auf der Erde hinterlassen hatte.

2. Kapitel

Kunsthändler Hayashi
(Beschreibung eines Unsichtbaren)

Der Zollinspektor befahl ihm streng, seinen Koffer zu öffnen. Kleine Schweißtropfen standen auf dem Kinn des Beamten, in einer Hand hielt er die khakifarbene Mütze, mit der anderen kratzte er sich am Kopf. Er forderte Feldt auf, einige Wäschestücke herauszunehmen, zeigte auf den Asthmaspray und verlangte in Englisch eine Erklärung. Auf die Antwort Feldts zog er die Augenbrauen hoch, musterte ihn kurz und gab ihm mit einer Kopfbewegung zu verstehen, daß er gehen könne. Feldt spürte die acht Stunden Zeitverschiebung – in Wien war es jetzt drei Uhr früh und hier später Vormittag. Er kaufte sich, da ihm die japanischen Schriftzeichen ins Auge stachen, eine Zeitung und steckte sie ein. Die Herrentoilette in der Empfangshalle, die Dr. Hayashi als Treffpunkt angegeben hatte, war leer. Feldt stellte den Koffer auf den Boden, wusch sich Gesicht und Hände und trocknete sie mit einem Handtuch aus dem Koffer ab. Als er Hayashi zum ersten Mal angerufen hatte – Adresse und Telefonnummer fanden sich im Geständnis Glasers –, hatte er sich als Beamter der Nationalbibliothek vorgestellt, ihm beiläufig den Tod des Oberaufsehers und seine Telefonnummer mitgeteilt und hinzugefügt, daß nun *er*, Feldt, das Geschäft abwickeln werde. Dr. Hayashi hatte daraufhin geantwortet, er wisse nicht, wovon die Rede sei, und aufgelegt. Aber schon am nächsten Tag hatte er sich gemeldet und weitere Verhandlungen unter der Bedingung angeboten, daß die Initiative ihm überlassen bliebe. Er hatte unauffällig die Einladung Feldts nach Japan betrieben und ihm den Treffpunkt im Flughafengebäude mit Maschinenschrift auf einer anonymen Briefkarte mitgeteilt, sonst aber den Kontakt auf das Notwendigste beschränkt. Feldt wartete eine halbe Stunde vor dem glänzend weißen Waschbecken und betrachtete sich dabei hin und wieder im Spiegel. Er war nicht sehr groß, schlank, und das Haar fiel ihm in die Stirn. Die goldgerahmte Brille gab ihm ein jungenhaftes, intellektuelles Aussehen. Jetzt, wie er übernächtigt in dem nackten Raum stand, glaubte er, etwas von Verlorenheit an sich zu entdecken. Er fand, daß er nicht älter als 28 aussah. Sein 30. Geburtstag vor fünf Jahren war für ihn ein grauenhaftes Datum gewesen, mit einem Schlag war er sich alt vorgekommen, und mit Sicherheit trug auch dieser Umstand Schuld daran, daß er bereit war, sein bisheriges Leben aufzugeben. Er dachte, daß es in seinem weiteren Dasein keine größere Krise mehr geben konnte als den 30. Geburtstag, den er mit dem Ende seiner Jugend gleichsetzte. Er hatte sogar (halb im Ernst) den Vorsatz gefaßt, Selbstmord zu begehen, der Tod seines Vaters hatte ihn allerdings von dem Gedanken wieder abgebracht, bestimmt aber hätte er ohne dieses Ereignis einen anderen Grund gefunden, es nicht zu tun, denn er liebte das Leben mehr, als er sich eingestand.

Die Fliesen der Toilette waren blau, Wasser rauschte, und Feldt fielen die Fische in seinem Stammlokal ein, die im engen, von Sauerstoffblasen durchperlten Aquarium auf ihren Tod warteten. Inzwischen herrschte ein Kommen und Gehen, Japaner in Anzügen schlugen ihr Wasser ab, suchten eine der Kabinen auf oder wuschen sich die Hände. Feldt musterte jeden einzelnen, manchmal wurde sein Blick erwidert, so daß er hoffte, es handle sich um Hayashi, aber sogleich wandten die Betreffenden ihren Blick wieder von ihm ab. Er haßte die Situation, doch er mußte sich eingestehen, daß es irgendwelche Komplikationen gegeben hatte.

Schließlich verließ er die Toilette und nahm vor dem Eingang die Zeitung aus der Tasche, als ein Mann auf ihn zueilte, der sich im nächsten Augenblick – außer Atem – als Michael Wallner von der Österreichischen Botschaft vorstellte. Wallner warf einen neugierigen Blick auf die japanische Zeitung, die gerade in Feldts Jackentasche verschwand, und beteuerte, daß er ihn überall gesucht habe. Er habe den Auftrag, ihn zum Hotel zu bringen. Feldt war irritiert ... Außer Hayashi wußte niemand von dem Treffpunkt ... Ob man ihn nicht informiert habe, fragte Wallner, als er Feldts Erstaunen bemerkte. »Hier sind die Entfernungen so groß«, fügte er entschuldigend hinzu, »ein Taxi würde Sie ein Vermögen kosten.« Wallner war etwa 35 Jahre alt, trug ein schwarzes Ledersakko und eine Hornbrille, die auf dem Nasenrücken nach vorne gerutscht war. Er erinnerte Feldt an einen jungen Priester vom Land, wie er ihn verlegen anlächelte und sich hilfsbereit nach seinem Koffer bückte.

Verärgert folgte er dem beflissenen Wallner, der inzwischen den Koffer aufgehoben hatte und ihm vorauseilte, als fürchtete er, zu spät zu kommen, wie das weiße Kaninchen in Lewis Carrolls *Alice im Wunderland*.

Draußen war es regnerisch und kalt.

Im Kleinbus wartete auf dem Vordersitz eine betrübt vor sich hin blickende Japanerin. Ihr schwarzes Haar war im Nacken zusammengebunden, sie nickte ihm zu, ohne daß sich das melancholische Gesicht mit den schräggestellten Augenbrauen zu einem Lächeln verzog.

»Frau Sato«, sagte Wallner, während Feldts Ärger einem allgemeinen Unbehagen wich. »Sie wird Sie in den nächsten Tagen betreuen ...«

Rasch gelangten sie auf das offene Land. Die Bauernhäuser standen in kleinen Abständen in der flachen Landschaft, ihre Satteldächer waren mit kobaltblauen, glacierten Ziegeln gedeckt. Die meisten waren neu, so daß die wenigen älteren und verfallenen aus Holz Feldt auffielen.

Mitunter prasselte ein Regenschauer gegen die Scheibe.

Feldt versuchte, sich zu konzentrieren, aber er fühlte sich benommen, wie nach einem Faustschlag ins Gesicht. Das Auto war außerdem überheizt, und der Linksverkehr auf der Straße verwirrte ihn zusätzlich.

Inzwischen hatte Wallner über Erdbeben zu sprechen begonnen. Feldt hatte den Anfang nicht mitbekommen, da sein Problem die Wahrnehmungen mit einer Tarnkappe überzog. Er wußte nicht, wie er sich Dr. Hayashis Nichterscheinen erklären sollte. Es drückte Verachtung aus. Möglicherweise bedeutete es auch Mißtrauen oder Angst oder man wollte das riskante Geschäft überhaupt fallenlassen. In seiner Ohnmacht schwor er, sich zu rächen, ohne zu wissen an wem.

Er sah das Gesicht von Frau Sato im Rückspiegel, ihre tieftraurigen Augenbrauen, die Nase und, als er sich bewegte, ein Ohr. Es war ein so zartes Ohr, ein so liebliches Ohr, es drückte für ihn etwas von Vornehmheit und Güte aus. Er bemühte sich, ihre Hände zu sehen, ihre Fingernägel. Sie waren ein wenig kräftiger, als er vermutete.

Er drehte den Kopf zur Seite und erblickte durch das Fenster mächtige Hochspannungsmasten, dazwischen Gemüsefelder, verwilderte Landstücke mit dichtem verfilzten Bambusgebüsch, dann wieder Äcker mit vulkanroter Erde und Häuser mit immergrünen Zierbäumen und -sträuchern, die ihm wie in die Höhe geschossene Bonsaigewächse erschienen. Sodann fuhren sie durch eine gelb und grün gesprenkelte Obstplantage, Zitronen- und Orangenbäume waren mit blauen Netzen zum Schutz gegen die Vögel abgedeckt. Von Tokyo war weit und breit nichts zu sehen. Trotz der sorgenvollen Gedanken stieg Müdigkeit giftig und schwer in ihm auf.

Er kurbelte das Fenster hinunter, um sie zu verscheuchen.

Wallner beobachtete ihn im Rückspiegel.

»Sie dürfen jetzt nicht einschlafen, sonst brauchen Sie eine Ewigkeit für die Zeitumstellung«, sagte er, ohne sich umzudrehen. »Wir machen einen kleinen Umweg, wenn Sie nichts dagegen haben ... Frau Sato möchte ihre Schwester sehen ...«

Auf den Straßen der Siedlungen, durch die sie fuhren, reihten sich die beleuchteten Getränkeautomaten aneinander. Rote und blaue Fahnen mit Botschaften in Kanji und Kana (chinesischen und japanischen Schriftzeichen, wie er aus der Lektüre seines Reiseführers wußte) hingen schlaff vor den Geschäften im Regen. Und da war es wieder: Dieses Gefühl zwischen Neugier und sanfter Betäubung, das seinen phantastischen Gedanken und Einfällen vorausging, wie beim Blättern in einem Buch, wenn er als Kind Illustrationen betrachtet hatte, ohne sie zu verstehen, oder den Text zu kennen und wenn in knisternder Geschwindigkeit eine Fülle weiterer durchschimmernder, wie Eis auf der Herdplatte zergehender Bilder in seinem Kopf entstanden. So wie jetzt, als er sich vorstellte, die Häuser seien innen mit blutroten Drachentapeten ausgekleidet oder Mustern aus Vögeln oder Zierfischen bemalt, und auf den Fahnen vor den Häusern seien Gedichte zu lesen oder einfach Zahnambulatorien, Buchhandlungen, Bordelle oder Fleischereien angekündigt. Zwischen den Häusern standen Autos mit weißen Preisbezeichnungen auf den Windschutzscheiben, auf den Arealen der Gebrauchtwagenhändler blühten rosa und gelb künstliche Bäume mit Kirschblütenimitationen, das gefiel ihm, nach der trüben Novemberkälte in Wien. Wenn Hayashi keinen Kontakt mehr mit ihm aufnehmen würde, was sollte er dann tun? Ihn anzurufen erschien ihm als eine zu große Demütigung. Aber vielleicht gab es eine ganz banale Erklärung für seine Abwesenheit ... Das war sogar am wahrscheinlichsten.

»Frau Sato ist Germanistin ... Ich habe sie Ihnen noch gar nicht richtig vorgestellt«, sagte Wallner.

Feldt blickte in den Rückspiegel. Frau Satos Gesichtsausdruck blieb ernst und unbeweglich. Er schloß die Augen vor Müdigkeit. Dann mußte er für kurze Augenblicke eingeschlafen sein, aber im selben Moment, als er es bemerkte, öffnete er rasch wieder die Lider. Er spürte den kalten Fahrtwind im Gesicht. Bauern verkauften Gemüse auf der Straße, sah er jetzt, ab und zu tauchten Palmen am Straßenrand auf, und in den Häuserzeilen entdeckte er Reisgeschäfte mit gefüllten Säcken aus Papier und Jute, aber auch ganze Ballen, wie zur Verladung auf Schiffen bestimmt. Auffallend waren die neuerrichteten, zumeist fensterlosen Betonklötze mit neonbeleuchteten grellen Schriftzügen und Ornamenten.

Wallner antwortete auf Feldts Frage, daß es sich um Pachinko-Hallen handelte, Spielcasinos, das Glücksspielgeschäft »boome« im Augenblick.

Feldt griff in die Tasche, um das Scheckkartenetui mit dem Autograph zu spüren, eine Weile hielt er es zwischen den Fingern.

Bald erreichten sie ein kleines Dorf. Bäuerinnen mit weißen Kopftüchern, die dreieckig gefaltet und im Nacken zusammengebunden waren, begegneten ihnen und Männer mit Topfhüten und Arbeitskleidung wie in van Goghs Kartoffelesserbildern. Die einstöckigen Häuser mit den Satteldächern erinnerten ihn an Pagoden. Feldt drehte den Kopf zur Seite. Hinter den Fenstern erblickte er Krimskrams, in den Vorgärten mit blauen Plastikplanen zugedeckte Haufen Gartengeräte und Werkzeuge, dann wieder Schuppen, in die alles achtlos hineingeworfen war wie in großer Hast oder aus Erschöpfung: Blumentöpfe, rostende Fahrradteile, Kinderspielzeug aus knalligem Kunststoff. Vor einem dieser Häuser hielten sie an. Im Garten erhob sich ein Khakibaum, vom kahlen Geäst hingen gelbe Paradiesfrüchte, rundherum das Gezweig von Sträuchern, ein paar Golfschläger im abgestorbenen Gras, zwei dazugehörige weiße Bälle und verwahrloste Gemüsebeete – er kannte eine ähnliche Unordnung von seinen Aufenthalten auf dem Land, wenn die Schneeschmelze vorüber war und sich die Arbeit im Freien wieder meldete.

Ein schmaler Pfad aus Steinplatten führte zum Eingang. Frau Sato war vorausgeeilt, während Wallner den Wagen abstellte. Obwohl es Herbst war, gab es noch viel Grün im Garten, auf den Zierbäumen und -sträuchern und in den Blumenkisten an der Hauswand. Das Grundstück war vollgeräumt mit einer Sonnenliege ohne Matratze, ausgehängten Fensterflügeln, Laternen, einem Gummischwimmbad für Kinder und anderem Zeug. Feldt entdeckte, daß er sich im Fenster einer großen Veranda spiegelte, hinter dem die Vorhänge zugezogen waren. Er erschrak wie früher als Kind, als er sich zum ersten Mal im Fensterflügel des Schlafzimmers sah, durchsichtig gespiegelt zwischen den Blättern des davor stehenden Kirschbaumes. Das zweistöckige Holzhaus mit der unvermeidlichen Satellitenschüssel auf dem Dach war hübsch, eine Schaukel aus Stahlrohr hing bewegungslos im Regen. Frau Sato erschien in der Türe und winkte ihm gerade zu, hereinzukommen, als ihre Schwester, die ihr auf frappierende Weise ähnelte, neben sie trat. Nachdem sie sich mehrmals voreinander verbeugt hatten, folgte Feldt ihnen in das Haus. Sie trug ausgewaschene Jeans, Tennisschuhe und einen Segleranorak mit Reklameaufschrift. Sie war etwas breiter als ihre Schwester, das Haar kürzer geschnitten, aber die Ernsthaftigkeit, die schrägen Augenbrauen, der nach innen gewandte Blick waren die gleichen. Feldt mußte seine Schuhe ausziehen, bevor er in die für Gäste bereitgestellten zu kleinen Hausschuhe schlüpfte und den im dunklen Pianobraun glänzenden Holzboden des Vorraumes betreten durfte. Rechterhand war eine Schiebetüre mit Reispapierfenstern halbgeöffnet, dahinter entdeckte Feldt einen verglasten Bücherschrank, der ihn stumm anzog. Frau Sato und ihre Schwester baten ihn in das Wohnzimmer mit einem niederen Holztisch und blau gemusterten Kissen, auf denen er Platz nahm. Es war so eiskalt, daß Feldt in seinem Kopf die dichten violetten, im Morgenlicht leuchtenden Eisblumen am Küchenfenster im Schrebergartenhaus seiner Tante sah, wohin er sich als Student zurückgezogen hatte, um die Dissertation über die Nationalbibliothek zu schreiben. Angesichts der ineinander übergehenden Eisferngebilde vor seinen Augen, die er mit so großer Aufmerksamkeit noch nie betrachtet hatte, hatte er seine Arbeit vergessen, den hauchweißen Atem als okkulte Aura des Winternachmittags vor sich.

Er war überzeugt, daß es im Haus kälter war als im Freien. Vielleicht fror ihn auch, weil er seine Augen kaum noch offenhalten konnte. Er hörte die Frauen im Nebenraum miteinander flüstern, das machte ihn neugierig. Er streckte seine Beine von sich, lehnte sich an einen Stapel Kissen, knöpfte fröstelnd den Mantelkragen zu und lauschte den ungewohnten Lauten. Wenn er den Kopf drehte, sah er durch die Schiebetüre ein Stück des verglasten Bücherschranks und die Bücherrücken mit den fremden Schriftzeichen. Die Ankunft verlief nicht so, wie er erwartet hatte ...

Als er wieder erwachte, war es so still, daß er im ersten Augenblick befürchtete, etwas Bedrohliches sei geschehen. Er richtete sich auf, griff nach dem Autograph in der Manteltasche, fand es, holte es heraus und steckte es gleich wieder zurück. Seine Füße waren eiskalt, genau wie seine Hände. Er wankte in den zu kleinen Pantoffeln zur Eingangstüre – sie war versperrt. Der Gedanke, daß man ihn unter Druck setzen wollte, löste ein Gefühl der Panik in ihm aus, das er aber sofort unter Kontrolle hatte.

Er entdeckte an der Wand eine Schwarzweißfotografie der Schwestern als Kinder. Es konnten nur die beiden sein mit diesen Augenbrauen und dem melancholischen Blick auf die Welt. Sie trugen feingemusterte Kimonos, weiße Socken mit einem abgespaltenen großen Zeh und Holzsandalen. Natürlich ähnelten sie Puppen. Im Bibliothekszimmer fand Feldt nichts Verdächtiges. Neben dem CD-Player in einem gefüllten Regal entdeckte er Mozarts *Requiem* ...

Er holte eines der schön gebundenen Bücher aus

dem Schrank und verspürte trotz der mißlichen Lage die Wirkung, die Schriftzeichen immer auf ihn ausübten. Die unentzifferbaren Seiten ließen ihn an Rätsel denken, an Zeilen des *Tao Te King* oder eine zenbuddhistische Weisheit.

Als nächstes fand er einen Bildband mit den bunten Holzschnitten von Hiroshige. Er schlug ihn auf und sah die farbige Abbildung eines großen Karpfens aus Papier, der als Drache im Wind an einem Mast schwebte, dahinter, perspektivisch verkleinert, zwei weitere. Ein blaßblauer Fluß mit einer Holzbrücke, winzige Menschen, eine Wiese, in der Ferne die Stadt und die Silhouette des Fudji-san. Schon die handgeschriebene Titelseite über einem Kirschblütenast und einer auffliegenden Nachtigall hatte ihn bezaubert. Weiter hinten stieß er auf einen großen Lampion (wie ein roter Fesselballon), mit dem verkehrten Hakenkreuzzeichen, der Swastika, verziert. Vom bedeckten Himmel fielen Schneeflocken auf den roten Tempel, davor, im Weiß stapften Menschen mit Pergamentschirmen.

Das Bild erinnerte ihn an die Kälte im Haus. Fröstelnd schob er das Buch zurück und entdeckte neben einem Stadtplan von Tokyo, dessen winzige scharfgestochene japanische und chinesische Zeichen ein unentdecktes Reich mit unzähligen Siegeln vor ihm zu verschließen schienen, endlich ein Telefon. Er holte den Zettel mit der Nummer des Kunsthändlers aus seiner Jacke und rief ihn an. Eine rauhe Stimme meldete sich barsch unter Dr. Hayashis Namen. Der Mann verstand ihn offenbar nicht, denn er wurde ungeduldig, als Feldt auf englisch nach dem Kunsthändler fragte. Feldt legte den Hörer wieder auf, dabei fiel sein Blick aus dem Fenster auf eine Krähe, die von einem Ast zu ihm hereinspähte, wie in Wien, dachte Feldt. (Schon am frühen Morgen kamen die Krähen krächzend in den Innenhof der Nationalbibliothek geflogen und nahmen geduldig auf den Bäumen Platz. Am Abend begaben sie sich dann zu ihren Schlafplätzen im Park der Irrenanstalt Steinhof, und im März verschwanden sie wieder nach vorherigem tagelangem Gekrächze in das kältere Rußland.)

Was sollte er in diesem fremden Haus? Es konnte kein Zufall sein, daß man ihn hierher gebracht hatte ... Wahrscheinlich war Hayashi schon auf dem Weg zu ihm ... Hatte man ihn in eine Falle gelockt? Feldt ging in den nächsten Raum, in dem sich ein Gewehrschrank befand. Er erinnerte sich an *Das Jagdgewehr* von Yasushi Inoue. Achselzuckend resümierte er, daß sein Leben nicht so wunderbar war wie das der Menschen in diesem Buch. Als er eine Lade herauszog, sah er einen englischen Browning vor sich. Die Patronen lagen griffbereit daneben. Plötzlich hörte er Stimmen und das Geräusch, wie die Eingangstür aufgesperrt wurde. Er konnte gerade noch die Lade zuschieben, bevor jemand das Licht aufdrehte. Wallner und ein Japaner drängten sich neugierig in das Haus. Der Mann war nicht groß, stämmig und argwöhnisch. Auf dem Kopf saß der gelbe Topfhut; eine orangefarbene Steppjacke und eine grüne Arbeitshose verliehen seinem Aussehen etwas Zirkushaftes.

»Wir haben Sie nicht aufgeweckt, Sie waren todmüde«, sagte Wallner entschuldigend. »Übrigens, das ist der Hausherr, Dr. Sonoda.«

Tokyo
(Ein erster Eindruck)

Es war schon dunkel, als sie in die endlose Vorstadt mit gelben Taxis gelangten, in der immer mehr und mehr Autos und Fußgänger zu einer Menschen- und Autoflut anwuchsen.

»Ich hole Sie morgen ab, sagen wir um zehn«, sagte Frau Sato. Sie fuhren an den unzähligen beleuchteten Bürsten- und Schuhgeschäften, Fahrradreparaturwerkstätten, Drogerien, Insekten- und Schmetterlingshandlungen, Badeutensilien-, Sushi- und Juwelierläden, an Dentisten, Fotohändlern und Elektronikverkäufern vorbei, und an den einstöckigen alten Häusern, die wie Schachteln mit Dächern wirkten. In den Geschäften stapelte sich Pappkarton auf Pappkarton, und zumeist verkauften alle Läden einer ganzen Straßenzeile das gleiche: Krawatten, Brillen, Obst oder Schreib- und Papierwaren, Bekleidungsstücke und Snacks, Bettwäsche, Vasen und Stühle, wodurch der Eindruck eines universalen Magazins entstand.

Feldt bedankte sich und berührte mit der Hand ihre Schulter, zog sie aber rasch wieder zurück.

Farbige Zierlampions wechselten jetzt mit beschrifteten roten, weißen, gelben und grünen Fahnen auf den Gehsteigen ab, ein buntes, wehendes Schriftzeichenlexikon. Er erinnerte sich daran, etwas Ähnliches in dem Film *Blade Runner* gesehen zu haben; der amerikanische Regisseur, Ridley Scott, hatte ganze Straßenzüge aus Tokyo im Studio nachbauen lassen, um die utopische Atmosphäre des Romanstoffes zu erzeugen. Aber der Eindruck, den er jetzt davon erhielt, war noch überwältigender, da er die Dimensionen der Stadt am eigenen Körper erfuhr. Zwischen den Häusern mit den Geschäften öffneten sich schwach beleuchtete Nebengassen mit Bündeln von elektrischen Leitungen auf Masten aus Stahl oder Beton. Allmählich wurden die Gebäude höher, Gruppen von Schülern in schwarzen Uniformen mit goldenen Knöpfen und Schulmädchen, die trotz der Kälte in Matrosenkleidern, weißen Socken und Halbschuhen dahineilten, fielen ihm unter den Passanten auf. Im Wagen beleuchtete das schattiggelbe Licht der Neonreklamen Frau Satos Haar und ihr schönes, geheimnisvolles Ohr. Sie schien seinen Blick zu fühlen, denn ihre Finger richteten irritiert die Frisur.

Die ganze Zeit über hatte er die Frage, ob Frau Sato und Herr Wallner Dr. Hayashi kannten, in seinem Kopf hin und her gewälzt und überlegt, daß ihn die beiden natürlich belügen konnten. Aber warum sollten sie das?

Der Verkehr war so dicht geworden, daß sie kaum vorankamen. Manche Passanten trugen Gesichtsmasken wie Chirurgen oder Operationsschwestern, die meisten steckten in Winter- oder Pelzmänteln und strömten aus den großen Warenhäusern, aus Banken,

Bürotürmen, Kinos und Bars, U-Bahnstationen und Wohnhäusern oder drängten sich in sie hinein. Vor einem Laden mit Holzpuppen bogen sie ab, und sogleich wurde es ruhiger. Eine Weile stotterten sie hinter einem dunkelblauen, mit Messing beschlagenen Bus her in ein geschäftsloses Wohnviertel mit hohen Mauern, Villen und Gärten, dann fuhren sie die steile Auffahrt zum Parkplatz des Hotels hinauf.

International House-Roppongi
(Ein Krankenbericht und ein Vortrag)

Das Doppelzimmer, in das Feldt geführt wurde, wies Schiebetüren mit pergamentfarbenen Reispapierfenstern auf, und das Eierschalengelb färbte das Licht des Raumes und wiederholte sich in der Farbe des Teppichbodens, der Tapete, des Bettüberwurfs, der Fauteuilüberzüge und Lampenschirme. Es war überheizt, worüber Feldt, der nichts so sehr verabscheute wie Kälte, nur froh war. Er haßte den Winter, die monatelangen Phasen von Lichtmangel, in denen er die Tage bis zum April zählte und jede Woche schwer war und finster wie ein schwarzer Felsbrocken in der Tiefe eines Gewässers. Er floh vor der Winterfinsternis in die Nationalbibliothek, wo er sich am liebsten in die Werke Shakespeares oder einen Kunstband Goyas verkrochen hätte.

Er schob eine Türe zur Seite und warf einen Blick in den Park, ein kleiner Teich zwischen immergrünen und herbstlich gefärbten Bäumen, Wiesen und Steinlaternen. Er war jetzt mehr als 24 Stunden unterwegs. Endlich fand er Zeit, wieder Hayashis Nummer zu wählen, er wußte allerdings noch nicht, was er sagen würde, erst als er die letzte Taste drückte, beschloß er (vielleicht aus Angst vor einem Streit), sich nichts anmerken zu lassen. Der Kunsthändler meldete sich nicht. Feldt kramte in seinem Koffer und bemerkte, daß einer seiner Pantoffel mit weißen Punkten bedeckt war. Es handelte sich, stellte er irritiert fest, um ausgetrocknete Hautschuppen von seinen Unterschenkeln, die wie Puder aus der Hose schwebten. Er ging in das Bad, cremte sich die Beine ein und legte sich auf das Bett. Aus Müdigkeit fixierte er den Plafond, die eingelassenen Deckenlampen, die Entlüftungsklappen und die Abdeckung für die Installateure. Schließlich stellte er den Telefonapparat auf seine Brust und wählte noch einmal Hayashis Nummer. Eine lange Zeit ließ er es läuten. Plötzlich nahm er das so sehr gefürchtete und sich in wenigen Sekunden ausbreitende Gefühl der Enge in seiner Brust wahr. Es ging mit beklemmender Atemnot und einem heftigen Pfeifen, Rasseln, Krächzen und Krachen einher und wuchs überfallartig an. Wie bei jedem Asthmaanfall richtete er sich erschrocken auf, aber das unsichtbare Stahlkorsett um seinen Brustkorb wurde enger und drohte ihn zu ersticken. Angsterfüllt holte er den Cortison-Spray aus dem Koffer, schüttelte ihn, während er vergeblich nach Luft rang und das Zimmer sich zu drehen begann. Das Stahlkorsett preßte seine Rippen so fest zusammen, daß es ihm undenkbar schien, jemals wieder aus- oder einzuatmen. Er setzte das Mundstück an und rang verzweifelt nach Luft. Mit einem winzigen Ruck öffnete sich das Stahlkorsett, so daß es ihm mit einem zweiten Atemzug gelang, eine größere Menge des Medikaments zu inhalieren, worauf fast sofort Erleichterung eintrat und er keuchend einen tieferen Atemzug nehmen konnte. Er wußte, daß er dem Medikament Zeit lassen mußte, seine Wirkung zu entfalten. Er saß auf dem Fußboden, das Kinn auf die Knie gestützt, und begann, die Streifen des Baumwollkimonos zu zählen, der auf seinem Bett lag.

Natürlich hatte er immer wieder gegrübelt, woher das Asthma kam, Allergietests gemacht, Tierhaare, Taubenfedern und Staub vermieden, regelmäßig den Pollendienst im Radio gehört, die Atemwege im Winter gegen Kälte geschützt, die verschiedensten Medikamente versucht, Ärzte gewechselt, sich einem Homöopathen anvertraut und Diät verordnet, aber früher oder später hatte alles wieder in einem Anfall und einen neuen behandelnden Arzt mit anderen Medikamenten geendet. Er besaß zu Hause einen Apothekerkasten, dort hatte er die Schachteln und Fläschchen, die er nicht mehr öffnete, aufgehoben, Dutzende und Aberdutzende waren es, mehr noch als es Ärzte gewesen waren, die an seinem pfeifenden und brummenden Brustkorb gelauscht hatten: Zuerst sein eigener Vater, dann der Kinderarzt und der Akupunkteur, der ihm mit eiskalten Händen Nadeln unter die Haut setzte, bis zur Bachblütenspezialistin, mit der ihn eine flüchtige Liebesgeschichte verbunden hatte.

Er inhalierte wieder Cortison aus dem Spray und

zählte die einzelnen Blätter auf dem Bambusmuster des Teppichbodens, und als er damit fertig war und er noch immer das stählerne Korsett (wenn auch schon weniger beklemmend) verspürte, die Reispapierfenster in der Schiebetüre. Sein Brustkorb rasselte noch immer so laut, daß er fürchtete, jemanden im Nebenzimmer dadurch zu erschrecken. Er bemerkte den vertrauten Medikamentengeschmack im Rachen und am Gaumen und setzte sich auf einen Stuhl mit dem Gesicht zur Lehne, über die er sich beugte, um tiefer atmen zu können.

Er durfte jetzt nicht an Dr. Hayashi und an das demütigende, an den Nerven zerrende Warten denken. Er mußte sich sagen, daß er im schlimmsten Fall unverrichteter Dinge zurückfliegen würde – freilich hätte er sich dann vor sich selbst zum Versager gemacht.

Noch immer drückte es ihm die Rippen zusammen, es war ihm, als platzten Lungenbläschen und Bronchienzweige. Ebenso plötzlich aber wie der Anfall gekommen war, verschwand er nach der nächsten Inhalation. Zwar pfiff und rasselte es weiter aus seinem Brustkorb, aber das Stahlkorsett war gesprengt. Erschöpft begab er sich auf die Toilette und putzte sich die Zähne. Er betrachtete das mit Speichel vermischte Zahnfleischblut im Waschbecken, spülte mit heißem Wasser nach und kroch niedergeschlagen in das Bett. Zuletzt schlüpfte er in den blauweißgestreiften Baumwollkimono, den Yukata (der in jedem japanischen Hotelzimmer für die Gäste bereitliegt). Er fühlte sich angenehm an, weil er ihn nicht beengte. Er schloß die

Augen und dachte an den *Zauberberg* von Thomas Mann. Was niemand wußte, war, daß er von Kindheit an eine irrwitzige, unbestimmte Furcht mit sich trug, die zugleich ein kaum sichtbarer verräterischer Funken Licht in der schrecklichen Dunkelheit seiner Anfälle war, die Furcht, eines Tages ohne Asthma leben zu müssen. Nein, Furcht war nicht das richtige Wort, und auch der zweite Halbsatz »ohne Asthma leben zu müssen«, war zu eindeutig, und es war ihm, als verurteilte er sich selbst. Ein Anfall war eine grauenhafte Situation, in der er Angst um sein Leben empfand, aber anschließend gestattete er ihm auch, sich die Freiheit zu nehmen, die ihm oft verwehrt wurde (nicht nur von den anderen, sondern auch von seinem eigenen Gewissen): die Freiheit, mit Genuß zu lesen. Da er sich über dem Lesen erholte, war man sogar erleichtert, wenn er erschöpft nach einem Buch griff und, begleitet von den Lungen- und Bronchiengeräuschen in seiner Brust, mit der Lektüre begann. Er wagte es aber nicht, einen Menschen ins Vertrauen zu ziehen, daß er seine schönsten, intensivsten Leseabenteuer nach Asthmaanfällen erlebt hatte, so als hätte er durch die damit verbundene Gefahr erst Verstand und Phantasie befreit.

Er nahm einen Stadtplan von Tokyo und die *Göttliche Komödie* aus dem Koffer und der Jacke und entschloß sich, mit den Stadtplänen anzufangen. Seine Bronchien gaben immer noch leise, aus dem tiefsten Inneren kommende Geräusche von sich, aber Feldt hörte sie nicht mehr. Er sah jetzt nur die schwarzgezeichneten Straßen, das indigoblaue Meer und schließlich den kaiserlichen Palast, umgeben von einem grünen, riesigen Park und dem schwarzblauen Wassergraben. Es war ein phantastisches Bild, das ihn zum Träumen anregte wie anatomische Atlanten, astronomische Karten und pflanzenphysiologische Darstellungen.

Er erwachte um vier Uhr. Es war noch dunkel und still, und er lag unbewegt da. Jetzt, nachdem er den Anfall überstanden hatte und er sich besser fühlte, verspürte er den glimmenden Funken Stolz über sein Leiden, durch das er sich auf eine geheime Weise ausgezeichnet fühlte. Schweiß brannte in seinen Augen. Er wischte ihn mit dem Ärmel seines Yukatas weg, knipste das Licht an und spielte mit dem Gedanken, Hayashi anzurufen, aber das Regengeräusch von draußen verleitete ihn zu einem Dämmern in seinen dahinströmenden Gedanken. Sie wirbelten ihn allmählich (wie im Sonnenlicht leuchtende Blütenpollen) wieder in den Schlaf.

Als er erwachte, fiel ihm ein, daß er in zwei Tagen seinen Vortrag über die Nationalbibliothek halten mußte. Er nahm das Manuskript aus dem Koffer und las es laut durch.

Er war kein guter Redner, vor Publikum fand er auch nicht zu originellen, neuen Gedanken, weshalb er sich nicht auf das Improvisieren verlassen wollte. Darum bereitete er sich immer gewissenhaft vor, tippte seine Vorträge in großen Buchstaben ab und machte sich Zeichen für die Betonung von Wörtern, Pausen und Zwischenbemerkungen, die spontan wirken sollten.

In erster Linie ging es um die Größe der Bibliothek und ihre organisatorische Struktur. Er versuchte in seinem Vortrag, neben den trockenen Erklärungen auch etwas vom Magnetismus der Büchersammlung spürbar werden zu lassen, gleich zu Beginn zitierte er deshalb aus Robert Musils *Mann ohne Eigenschaften* das unter österreichischen Bibliothekaren berühmte 100. Kapitel des Ersten Buchs »General Stumm dringt in die Staatsbibliothek ein und sammelt Erfahrungen über Bibliothekare, Bibliotheksdiener und geistige Ordnung«. Am meisten liebte er die Stelle, an der der General vom Bibliothekar belehrt wird: »Da war ich dann auch wirklich im Allerheiligsten der Bibliothek«, zitierte Feldt. »Ich kann dir sagen, ich habe die Empfindung gehabt, in das Innere eines Schädels eingetreten zu sein; ringsherum nichts wie die Regale mit ihren Bücherzellen und überall Leitern zum Herumsteigen und auf den Gestellen und den Tischen nichts wie Kataloge und Bibliographien, so der ganze Succus des Wissens und nirgends ein vernünftiges Buch zum Lesen, sondern nur Bücher über Bücher: Es hat ordentlich nach Gehirnphosphor gerochen« – der Satz verursachte wie immer ein Lächeln in Feldts Gesicht. Und weiter las Feldt, eingehüllt in seinen Yukata und der Wirklichkeit entrückt: »›Herr Bibliothekar‹, rufe ich aus, ›Sie dürfen mich nicht verlassen, ohne mir das Geheimnis verraten zu haben, wie Sie sich in diesem ... Tollhaus von Büchern selbst zurechtfinden?‹« An dieser Stelle ging in Feldts Gesicht wieder die Wandlung vom Ernst zur Freude vor sich. »›Herr General‹, sagt er, ›Sie wollen wissen, wieso ich jedes Buch kenne? Das kann ich Ihnen nun allerdings sagen: Weil ich keines lese! Wer sich auf den Inhalt einläßt, ist als Bibliothekar verloren! ... Er wird niemals einen Überblick gewinnen!‹ – Ich frage ihn atemlos: ›Sie lesen also niemals eines von den Büchern?‹ – ›Nie; mit Ausnahme der Kataloge.‹ – ›Aber Sie sind doch Doktor?‹ – ›Gewiß. Sogar Universitätsdozent; Privatdozent für Bibliothekswesen. Die Bibliothekswissenschaft ist eine Wissenschaft auch allein und für sich‹, erklärte er. ›Wieviele Systeme, glauben Sie, Herr General‹, frägt er, ›gibt es, nach denen man Bücher aufstellt, konserviert, ihre Titel ordnet, die Druckfehler und falschen Angaben auf ihren Titelseiten richtigstellt und so weiter?‹« – Feldt kannte solche Bibliothekare, eigentlich waren die meisten nicht anders. Aber die außerordentlichen, die leidenschaftlichen, die verrückten ihrer Profession gerieten bei ihrem Eintritt in die Nationalbibliothek in einen Sog von Gedanken und Eindrücken, wie ein Einsiedler, der sich jählings in einer Millionenstadt wiederfindet. Es dauert seine Zeit bis er lernt, daß er nicht jeden Lebenslauf, jeden Menschen kennen muß, nicht jeden Namen, jede Adresse. Und es dauert auch seine Zeit bis er lernt, daß er nicht jede Bekanntschaft machen kann oder muß; genauso erging es einem Neuling in der Bibliothek. Feldt seufzte. Würde er »seine« Bibliothek jemals wiedersehen? Den genialen Kartographen Bobarek, den vor Intelligenz sprühenden Vizedirektor Kurz und den zynischen Hofrat Kamm? Mit seinem Namen fiel ihm auch das Mozart-Autograph ein, und um nicht weiter daran zu denken, fuhr er laut mit seinem Vortrag fort.

Natürlich hatte er die Ikone jeder Bibliotheksbeschreibung, Jorge Luis Borges' *Die Bibliothek von Babel* zitiert, den Abschnitt, in dem zwei ebenso kühne wie wahnsinnige Bibliothekare das Grundgesetz der ungeheuren Bibliothek entdecken, die mit dem Universum gleichgesetzt wird. »›Die Ruchlosen behaupten‹«, las Feldt laut in seinem nächtlichen Zimmer in Tokyo, »›daß in der Bibliothek die Sinnlosigkeit normal ist, und daß das Vernunftgemäße (ja selbst das schlecht und recht Zusammenhängende) eine fast wundersame Ausnahme bildet. Sie sprechen von der *fiebernden Bibliothek*, deren Zufallsbände ständig in Gefahr schweben, sich in andere zu verwandeln, und die alles behaupten, leugnen und durcheinander werfen wie eine delierierende Gottheit.‹ Diese Worte, die nicht nur die Unordnung denunzieren, sondern sie mit einem Beispiel belegen, liefern einen offenkundigen Beweis des verwerflichen Geschmacks der Urheber und ihrer verzweifelten Unwissenheit. In der Tat birgt die Bibliothek alle Wortstrukturen, alle im Rahmen der 25 Schriftzeichen möglichen Variationen, aber nicht einen Unsinn.« Er bewunderte die phantastischen Vorstellungen des argentinischen Dichters, seinen knappen Stil und seine Eleganz ebenso wie seine lakonische Erzählweise. Im Vortrag las er abschließend aus Umberto Ecos kleiner Schrift *Die Bibliothek* jenen Passus, in dem er den negativen Auswirkungen einer den Menschen gemäßen Bibliothek, die automatisierte Bibliothek, sozusagen als schreckliche Utopie gegenüberstellt ... »das Schlimmste wird kommen«, erhob sich Feldts Stimme, »wenn eine Zivilisation der Lesegeräte und Mikrofiches die Zivilisation des Buches total verdrängt haben wird. Vielleicht werden wir eines Tages noch jenen Bibliotheken nachtrauern, die von Zerberussen bewacht werden, die den Benutzer als Feind betrachten und ihn am liebsten von den Büchern fernhalten würden, aber in denen man wenigstens einmal am Tag einen gebundenen Gegenstand in die Hand nehmen konnte.«

Feldt mußte zugeben, daß ihn der Gedanke, die Bibliothek verwandle sich langsam zu einem Objekt der Archäologie, traurig machte. Eigentlich wollte er den Vortrag nur halten, um die Faszination, die Bibliotheken auf ihn ausübten, zu begründen. Und natürlich hatte er auch nicht die gewissermaßen anatomische und physiologische Beschreibung der Bibliothek vergessen, die schönen Lesesäle, die Katalogisierung mit Hilfe von Karten und Computern ebensowenig wie die Bücherförderanlage, die Aufbewahrung genausowenig wie die verschiedenen Aufstellungs- und Ordnungssysteme. Er hatte mit Lob und Begeisterung nicht gespart, als er vom kostbaren Stundenbuch des Willem van Montfort und der Historienbibel des Evert von Soundenbalch berichtete, vom Statutenbuch des Ordens vom Goldenen Vlies und dem *Wiener Dioscurides*, einer byzantinischen Handschrift über Heilkräuter. Zudem hob er die großartige Papyrussammlung aus Ägypten hervor, die Portolane und Globen, die zahlreichen bibliothekarischen Hauptflüsse der Nationalbibliothek eben, ihre Nebenflüsse, Bäche und Rinnsale aus Buchstaben und Bildern, die zuletzt zusammenflossen zu dem unergründlichen Büchermeer.

Der stellvertretende Direktor Kurz hatte, wenn er auf das permanente Raumproblem zu sprechen kam (sozusagen eine der chronischen Krankheiten einer solchen Bibliothek), auch immer einen Vergleich aus der Medizin zur Hand gehabt, der regelmäßig Schaudern hervorrief. »Wir breiten uns«, hatte er in bedrohlichem Tonfall gerufen, »in der Hofburg geradezu metastasenartig aus.« Jetzt, beim lauten Repetieren fiel Feldt auf, daß er die Handschriftensammlung mit keinem Wort erwähnt hatte, ein schwerer Lapsus, der nur mit seiner Angst vor der Entdeckung des Diebstahls zusammenhängen konnte. Er notierte sich einige Bemerkungen auf der Rückseite des Blattes und feilte an ihnen. Als er fertig war, war er so von Energien erfüllt, daß er sich ankleidete und das Hotel verließ.

Der Morgen war noch nicht angebrochen. Feldt eilte die Auffahrt hinunter, überquerte die Straße und wäre beinahe unter die Räder eines Autos gekommen, da er sich an den Linksverkehr erst gewöhnen mußte. Laut hupend schoß der Wagen an ihm vorbei und bespritzte ihn mit dem Wasser einer Pfütze. Es hatte zu regnen aufgehört, und das zaghafte Tageslicht beschien seinen ersten Morgen in der fremden Stadt. Ein Mann in einem grünen Arbeitsanzug mit Turnschuhen, adidas-Kappe und einer Gesichtsmaske kehrte mit einem Reisigbesen das abgefallene Laub auf dem Gehsteig zusammen. Zwischen den Mauern zu beiden Seiten der Straße öffnete sich die Einfahrt und gab den Blick frei auf Chrysanthemensträucher und blühende Kamelien. Feldt holte sich aus einem beleuchteten Getränkeautomaten eine Dose Coca-Cola und trank sie aus, ein Bein auf eine Limonadenkiste gestellt. Ein Obstladen mit großer Auslage bot Khakifrüchte, Äpfel, Mandarinen, Kiwis, Ananas und Weintrauben an. Er folgte einer stark befahrenen Straße (mit Geschäften, Restaurants und Haufen von Müllsäcken) – eine Stelzen-Autobahn überquerte sie. Dann blieb er vor der Auslage eines Restaurants stehen, in der Dutzende Spezialitäten aus Kunststoff nachgebildet waren, einzelne Reiskörner ebenso wie Seetiere, Sushi oder Sashimi und daneben unzählige Nudel-, Teig- und Fischgerichte, die ihm unbekannt waren, obwohl er in Wien schon oft japanisch gegessen hatte. Die Kunststoffspeisen in der Auslage, offenbar ältere Fabrikate und deshalb nicht mehr farbecht, ließen ihn an Erbrochenes denken. Auf der gegenüberliegenden Straßenseite stach ihm ein über eine ganze Häuserwand sich ausdehnendes, silbernes Fantasy-Wesen ins Auge, das wie ein Taucher an Kabeln und Schläuchen hing. Gleich darauf verfiel Feldt wieder dem Anblick der Schriftzeichen, die in der Stadt noch konzentrierter und intensiver auf ihn wirkten und sein Gefühl verstärkten, in einem illustrierten Buch zu wandeln. Auf den meisten Tafeln waren unter den Schriften englische Untertitel in kleineren Buchstaben zu lesen, so daß er bald wußte, ob er an einem Friseurgeschäft vorbeiging oder am Büro eines Rechtsanwaltes. Aus den Müllsäcken sickerte ein Fäulnisgeruch, der sich mit dem Gestank der Benzinmotoren, dem Geruch von verbranntem Fett und gebratenem Fisch mischte. Im nächsten Haus war das Vorderteil eines blauen Busses zu einem Geschäftseingang umgebaut worden, anstelle des Kühlers war eine Tür angebracht, die Scheinwerfer wurden soeben ausgeschaltet, denn es war hell geworden. Gerade als er umkehren wollte, entdeckte Feldt eine betonierte Einfahrt zwischen zwei Hochhäusern, die sich in einen kleinen Garten mit Ziersträuchern und -bäumen, Steinwegen und einem Teich öffnete, der von einem Bambuszaun umgeben war. Vorsichtig trat er näher. Im klaren, grünen Wasser schwammen goldfarbene Zierkarpfen, die korallenrot, weißschwarz und silbergrau gefleckt waren. Rundherum warfen die achtstöckigen Häuser dunkle Schatten. Ein Krähenschwarm lärmte aufgeregt von den Ästen hoher Nadelbäume und flog dann an Feldt vorüber.

Ohne daß Feldt es bemerkt hatte, hatte sich ihm ein glatzköpfiger Mönch genähert. Er überreichte ihm zwei Eßstäbchen und ein Schreiben in englischer Sprache, aus dem hervorging, daß er auf dem Areal einer buddhistischen Sekte willkommen geheißen wurde. Mit einer Geste lud der Mönch ihn ein, sich umzusehen, und verschwand wieder. Von draußen hörte er das Brummen und Lärmen des Straßenverkehrs, hier aber war ein Ort der Stille mit bemoosten Steinlampen, Tieren und einem Tempel. Er erkannte im Dämmerlicht eines Meditationsraumes einen goldenen, von Kerzen beleuchteten Buddha mit Blumen geschmückt auf einem Altar. Davor ein roter, goldverzierter Lackstuhl auf einem dunkelblauen Teppichboden. Neben seinen Füßen stand ein Kunststoffkübel mit verschiedenen Rechen, Besen und Schaufeln.

Kaum hatte er den Garten verlassen, war er schon

wieder eingeschlossen in den Verkehr. Obdachlose, bärtig, mit Wollmützen und in Anoraks lagen auf der Straße, sie bewegten sich nicht, hatten die Augen geschlossen oder starrten vor sich hin. Langsam erhob sich einer von ihnen in einem dunkelgrünen Overall, mit einem Rucksack am Rücken, eine Kappe auf dem Kopf. Wasserrinnsale suchten sich ihren dunklen Weg auf dem Asphalt des Gehsteigs. Feldt streckte dem Mann eine Banknote hin, erkannte, daß es das Plastikkärtchen mit Mozarts Autograph war, erheiterte sich mehr darüber, als daß es ihn erschreckte, und tauschte es gegen einen 1000-Yen-Schein aus. Unbewegt nahm der Obdachlose das Geld und eilte in einen Pachinko-Spieltempel. Feldt folgte ihm neugierig. Innen sah die Halle aus wie ein Spiegelkabinett, von allen Seiten konnte er sich sehen und die Automaten und die wenigen Spieler und den Obdachlosen, der sogleich auf einem der silbergrauen Drehstühle Platz genommen hatte. Die Automaten waren eine Art Nagelflipper mit bunten Glühlämpchen. Die Belüftung zischte ohrenbetäubend und überdröhnte die laute Pop-Musik. Überwachungskameras richteten sich auf die Reihen zwischen den Automaten, in denen Geldwechslerinnen in adretten Schürzenkleidern geschäftig hin- und hereilten, als seien sie selbst Kügelchen in einem Automaten. Der Obdachlose, sah Feldt, spielte einsam in einem der langen, menschenleeren Gänge.

Im Freien draußen zischte die Belüftungsanlage in Feldts Kopf weiter. Getränkelieferanten stellten klirrend die Kisten mit Flaschen vor die Geschäfte, Müllarbeiter hatten begonnen, die Plastiksäcke einzusammeln, und zwei Vermesser gingen konzentriert ihrer Arbeit nach. Feldt kaufte sich in einer Bäckerei eine Minipizza, dazu kleine gefüllte Sesamfladen, und aus einem Automaten zog er eine Dose Limonade. Heißhungrig verzehrte er das warme Gebäck mit dem kalten süßen Getränk vor dem Eingang zu einer Tiefgarage. Neben ihm kam ein Auto aus dem Untergrund zum Vorschein und wurde von einer Drehscheibe in die Fahrtrichtung gedreht.

Nach Asakusa
(Aufzeichnung eines medizinischen Experimentes)

Noch bevor er das Hotelzimmer öffnete, hörte er das Telefon läuten. Tatsächlich war Dr. Hayashi am Apparat. In schroffem Ton, den Feldt sich nicht erklären konnte, entschuldigte er sich mit einem familiären Todesfall für das Fernbleiben am Flughafen. Feldt spürte, daß er log. Er war empört darüber, daß Hayashi offenbar der Meinung war, er glaube ihm. Er schwieg und wartete. Der Kunsthändler wechselte das Thema. Er verabredete sich mit Feldt für zwölf Uhr vor dem Tempel in Asakusa und forderte ihn auf, »alles mitzubringen«; eilig verabschiedete er sich dann, als befürchtete er, in eine Diskussion verwickelt zu werden. Feldt überlegte: Das Autograph konnte er, ohne etwas dafür zu bekommen, nicht übergeben. Andererseits hatte er mit Dr. Hayashi nie ausführlich über den Preis gesprochen, aus Angst vor Entdeckung. Oberaufseher Glaser hatte in der Nationalbibliothek die letzte

Seite des *Requiems* fotografiert, von der die Worte abgerissen worden waren, und zuvor Schwarzpapier darunter gelegt. Sodann hatte er sich mehrere Vergrößerungen anfertigen lassen, aus denen das fehlende Stück bis in die kleinste Zacke, die geringste Ausrißunebenheit ersichtlich war. Selbstverständlich hatte er dann auch das fehlende Stück fotografiert und es in demselben Maßstab vergrößern lassen, um beweisen zu können, daß der Ausriß mit der Seite vollkommen übereinstimmte. (Das alles hatte sich in dem Kuvert befunden, das er Feldt übergeben hatte.) Die Seite bestand aus zwölf Notenzeilen, deren erste ganz und die zweite am Anfang beschriftet waren. Sodann kamen fünf Leerzeilen, die fünf letzten waren wieder beschriftet, darunter stand der Text des »Hostias«: »fac eas Domine de morte transire ad vitam.« Diese Zeile war viermal angeführt und bedeutete: »Herr, laß sie vom Tode hinüber gehen zum Leben.« Zweimal befand sich die Anmerkung »quam olim da capo« am Rand des Notenblattes, die dritte und fehlende war die herausgerissene. Diese Anweisung: »wie einstmals nochmals« bezog sich auf die Wiederholung der Strophe: »Wie Du es einstmals Abraham verheißen hast«, auf lateinisch »quam olim Abrahae promisisti«. Die Doppeldeutigkeit ergab sich daraus, daß Mozart mit der Bemerkung die Anweisung verbunden hatte, vom Chor sei die Strophe zu wiederholen (da capo). Er hatte jedoch nur die beiden ersten Worte der Strophe »quam olim«, »wie einstmals«, angeführt, so daß man in Unkenntnis des Gesamten vor einem Rätsel stand, das sich wie eine mystische Prophezeiung ausnahm.

Feldt steckte die Fotografie ein und versuchte, im Stadtplan den Asakusa-Tempel zu finden, als der Portier anrief und ihn mit Frau Sato verband. Er blickte auf die Uhr, tatsächlich war es schon zehn, er hatte seinen Termin ganz vergessen.

Frau Sato saß auf einem Fauteuil im Foyer wie eine Porzellanfigur. Er wußte nicht, was er unternehmen sollte, denn er mußte um zwölf Uhr in Asakusa sein und hatte keine Lust, vorher einen Stadtbummel zu machen. Daher sagte er ihr, nachdem er sie begrüßt hatte, daß ihm nicht wohl sei.

Sie runzelte die Stirn, offenbar schien sie ihm nicht zu glauben.

Feldt zog seinen Spray aus der Tasche, aber sogleich spürte er die Peinlichkeit, die mit dieser Geste verbunden war.

»Oh, Asthma«, sagte sie rasch. Ob sie ihn zu einem Spezialisten begleiten dürfe?

Als Feldt zögerte und den Spray unauffällig in die Tasche verschwinden ließ, fügte sie hinzu, daß der Spezialist in der Nähe des Asakusa-Tempels ordiniere, den er anschließend besuchen könne. Vor so viel Zufällen konnte Feldt sich nicht verschließen. Er spürte, daß es besser war, sich treiben zu lassen, als sich Dr. Hayashi auszuliefern. Außerdem gefiel ihm Frau Sato, zumal sein Blick gerade auf einem ihrer Ohren haftete; sie war unauffällig gekleidet mit dunklem Pullover und Rock und erinnerte ihn an ein Mädchen, das gerade erwachsen geworden war. Sie gingen den Weg vorbei an dem noch immer laubkehrenden Arbeiter, hinunter zur Straße, wo inzwischen eine Schule geöffnet hatte. Mädchen in dunkelblauen Röcken, weißen Socken und T-Shirts spielten hinter einem Betongebäude Volleyball und Tennis.

Die U-Bahnstation Roppongi war grell von Neonlicht beleuchtet. Auf weißen Leuchtflächen standen in schwarzen, fremden Zeichen Hinweise. Für Feldt waren es Lichter und Botschaften aus einer anderen Sphäre, aus einer paranoiden und zugleich wahren Welt, der er sich durch ein paradoxes Urteil zugehörig fühlte. Währenddessen folgte er Frau Sato zwischen den Säulen, Zeitungs- und Imbißbuden zu den Kassen, neben denen die U-Bahnlinien in Schaukästen eingezeichnet waren. Durch die Schrift in Kanji und Kana wurde sein Orientierungsgefühl weiter irritiert, und diese doppelte Irritation verursachte in ihm das Gefühl, unter einer Droge zu stehen. Natürlich genoß Feldt die Stimulation heimlich. Er war nüchtern »high«, wie er sich sagte, er konnte die Dinge klar auseinanderhalten, doch waren sie mit einer im altmodischen Sinn romantischen Aura ausgestattet. (Er hatte als Kind so die Beschaffenheit von Wasser erfahren, daß es keine feste Gestalt hatte, durchsichtig war, sich zwischen seinen Fingern auflöste.) Menschen liefen, eilten, wandelten an ihm vorüber, wie er es nur nach Fußballspielen oder zur Rush-hour in New York kannte. Er fühlte sich jedoch nicht eingepfercht, sondern wie von einer sanften Meeresströmung erfaßt, die ihn mit sich führte in eine dahinschwebende Quallenwelt. Ein Teil des Bahnsteiges war für die Fahrgäste reserviert, die zu den Ausgängen liefen, der andere Teil für jene, die hinunter zu den U-Bahnen eilten. Ein uniformierter Ordner dirigierte das Geschehen wie ein Regisseur einen Haufen Statisten. Silberfarben glitt die U-Bahn in die Station, und wie der Rauch einer Zigarette in die Lunge gesaugt wird, schwebte Feldt als mikroskopisches Partikelchen in den hellerleuchteten und mit Reklamen bunt und freundlich dekorierten Waggon. Die Stationen, an denen sie hielten, waren weiß gefliese Prosekturen, gelbe Blindenstreifen führten offenbar als Ariadnefaden durch das gesamte Labyrinth. Feldt gab sich ganz den rumpelnden, zischenden, eisendröhnenden Geräuschen hin, langsam glitt sein Blick über die Zeitungsleser, Schläfer und geistig Abwesenden, die vor sich hin starrten. An einer Station beobachtete er einen gebückten Beamten in einer moosgrünen Jacke mit einer dunkelgrünen Kappe, wie er – nachdem die Passanten verschwunden waren – eine Stiege aufkehrte. Die attraktiv gekleideten Frauen, fiel ihm auf, richteten den Blick zumeist zu Boden. Frau Sato nickte ihm an der nächsten Station zu, und er folgte ihr an Aquarien mit Wasserpflanzen und kleinen Fischschwärmen vorbei, treppauf hinaus ins Freie. Mit gesenktem Kopf eilte sie vor ihm her im leichtfüßigen Trippelschritt, der aber offenbar nichts zu bedeuten hatte. Alle Frauen gingen so. Vor einem Blumengeschäft spritzte eine mollige Verkäuferin im Elvis-T-Shirt die Straße, und wieder konnte Feldt seine Augen nicht abwenden von der rinnenden Schattenfigur, die das Wasser auf dem Asphalt zeichnete. Aus dem Blumenladen, der von üppigen Blüten in allen Farben überquoll, blickten zwei grauhaarige Kundinnen auf Feldt, und aus einer Wohnung bellte ein weißer Spitzhund zwischen blauweißgestreiften Vorhängen. Frau Sato bog in ein unscheinbares Nebengäßchen ein. Feldt stand vor einem gelben Restaurant mit schwarzen Holzmöbeln, das ihn, er wußte nicht warum, anzog. In einer Ecke lief ein TV-Apparat. Der farbige Bildschirm zeigte Bahn-Radrennfahrer, einen Mann im rosa Trikot an der Spitze. Hinter der Theke bereiteten zwei schwarz gekleidete Köche Speisen zu. Feldt beobachtete sie durch die geöffnete Tür bei ihrer Tätigkeit, die sie mit großer Fertigkeit ausführten, erst dann bemerkte er den starken Fischgeruch. Im Inneren des Lokals brannten Lampen, und überall, von der Decke und auf Pfosten, waren Papierbänder mit schwarzen Schriftzeichen angebracht. Der jüngere der beiden Köche mit Brille und Bürstenfrisur hob den Kopf, und als Feldt lächelte, hob er das Messer und winkte ihm damit zu.

Er trat hinter Frau Sato in einen pfefferminzgrünen Hausflur und stieg eine Holztreppe in dem alten, nach Essig riechenden Haus hinauf. Eine Schiebetür wurde geöffnet, und bevor Feldt sich zurechtfand, fing Frau Sato an, mit einem Mann, offensichtlich dem Arzt, zu verhandeln. Er war glatzköpfig und mittelgroß und trug eine schwarzgerahmte Brille in seinem breiten Gesicht und einen Schnurrbart über den schmalen Lippen. Während Frau Sato sprach, starrte er Feldt an, gab zustimmende Laute von sich, nickte. Feldt entdeckte hinter ihm eine Liege in einem kahlen Raum und in einem Glasschrank ein Gefäß mit einem Embryo. Das Präparat war halb durchsichtig, wie eine vom Sonnenlicht durchschienene Frucht, so daß er andeutungsweise Gefäße und Nervenstränge erkennen konnte, das Gehirn, die Lungen und das Herz. Frau Sato verschwand, und der Doktor wies – die Schiebetüre schließend – Feldt an, auf der Liege Platz zu nehmen. Sie war mit einem grünglänzenden Stoff bezogen. Zuerst stellte sich der Doktor vor ihm auf, kniff sich mit einer Hand in das Kinn und begann, ihn dann zögernd zu untersuchen. Er tastete seine Brust mit leichten, fast schwebenden Fingern ab, Feldt sah, daß er eine IWC-Armbanduhr trug. Während er ihn mit dem Stethoskop abhörte, betrachtete Feldt (wunschgemäß laut einatmend und hustend) den Embryo in seinem gläsernen Sarg. (Er mußte an die Staubgefäße einer Dotterblume denken, an ein durchschimmerndes Meereswesen.) Der Doktor untersuchte inzwischen sein Herz, anschließend leuchtete er ihm mit einer Taschenlampe in die Augen. Er fragte ihn plötzlich, ob er englisch spreche. Im selben Augenblick versetzte er ihm mit der flachen Hand einen Schlag auf das Brustbein, bei dem Feldt das Gefühl hatte, etwas in ihm zerbreche, ein Knorpel. Aber sogleich atmete er leichter und tiefer als je zuvor. Der Doktor nickte ihm zu, setzte sich an den Schreibtisch und stellte ihm schweigend eine Honorarnote über 50000 Yen aus. Feldt hatte das Gefühl, der Sauerstoff ströme beim Atmen zum ersten Mal in seinem Leben in seine Bronchien und Blutgefäße, hell und kühl, eine stetige Brise Meeresluft, wunderbarer als alles andere. Dankbar legte er die Scheine auf den Tisch (es war ein guter Teil seines Reisegeldes), ungläubig trat er hinaus in das Wartezimmer. Er stieg die Treppen hinunter, glücklich atmend, und landete schließlich auf der Straße. Erst jetzt bemerkte er, daß Frau Sato verschwunden war.

Er blieb stehen und blickte sich um. Die kleine Straße war gesäumt von zweistöckigen Häusern, durch eines ging ein riesiger Sprung quer über die Fassade, wie der Mauerabdruck eines Blitzes. Kleine Imbißstuben und Restaurants reihten sich aneinander, und als Feldt den Kopf hob, schaute er durch eine Auslagenscheibe in ein ziemlich heruntergekommenes Friseurgeschäft: Eine Kasse, holzgerahmte Spiegel, blaue Regale und Porzellanfiguren. Feldt steckte den Plan, den er herausgenommen hatte, wieder ein und ging weiter. Unterwegs kam er an einem anderen Tempel vorbei, mit bunten Fahnen, die über die Fassade hingen. Das Tor war geöffnet.

Da er den Arztbesuch, den Embryo und das Verschwinden von Frau Sato erst überdenken und sich außerdem auf die Begegnung mit Hayashi vorbereiten wollte, beschloß er, im Tempel zu rasten. Er war etwas benommen, vermutlich von dem Schlag. Vielleicht war wirklich etwas in ihm geplatzt? Im Inneren des Tempels duftete es nach Räucherstäbchen. Der große Raum war durch Säulen unterteilt, von der Decke hingen grüne Leuchtkörper in Form von Pagoden. Außer ihm waren nur noch zwei Frauen anwesend. Die gegenüberliegende Wand glänzte mattgold und bestand aus Gittern und Falttüren. Drei waren zur Seite geschoben und gaben den Blick frei auf einen Altar mit einer goldfarbenen Buddhafigur, von deren Kopf gleichsam Sonnenstrahlen ausgingen, als Zeichen der Erleuchtung. Feldt war, als strahlte es ebenso unsichtbar in seinem Brustkorb. In einer goldfarbenen Vase standen Chrysanthemen. Soeben betrat ein Priester in einem schwarzen Kleid die goldene Treppe, die zum Altar führte, und begann sofort mit einem langgezogenen Betgesang. Zwischendurch schlug er ein Instrument, worauf ein Klang wie aus Glöckchen ertönte. Die beiden Frauen knieten sich vor die Treppe nieder und folgten dem Singsang des nun ebenfalls knienden Priesters. Feldt saß eine Weile stumm da. Er überlegte, ob er Hayashi das Autograph zur Überprüfung vorlegen sollte. Außerdem hatten sie noch keinen Preis vereinbart. Bisher hatte er alles vom Kunsthändler bestimmen lassen, nun aber mußte er sein Verhalten ändern, wollte er nicht übers Ohr gehauen werden. Vor allem mußte er herausbekommen, wieviel Dr. Hayashi das Autograph wert war. Er war entschlossen, sich Zeit zu lassen.

Asakusa
(Eine merkwürdige Begegnung)

Vor dem roten Eingangstor, dem Kaminari-mon, das er wegen des am Querbalken befestigten, riesigen roten Lampions aus dem Bildband von Hiroshige wiedererkannte, hatten sich Hunderte Mädchen und Buben versammelt. Sie begannen gerade, wie in einer Prozession durch die lange Gasse der Souvenirläden auf den Tempel zuzugehen. Die Kinder waren mit bunten Trachten bekleidet. Goldene, pflanzenähnliche Kronen, auf blauen Rundhüten befestigt, zierten die Köpfe der Buben. Ihre roten Kimonos mit Blütenmustern, die weißen Socken und Holzpantinen (die Getas) gaben ihnen ein feierliches Aussehen. Die Mädchen hatten kleine Stoffhüte in Schiffchenform aufgesetzt und blaue, geblümte Kimonos mit weißen Ärmeln angezogen. Sie hielten »Geschenktäschchen« in der Hand und trugen ebenfalls weiße Socken. Jedes Kind wurde von seiner Mutter oder Großmutter an der Hand geführt. Der Umzug machte auf Feldt den Eindruck eines Sonntags-Spazierganges von Kaiserpuppen. Die Kinder waren überdies noch mit zwei schwarzen Punkten zwischen den Augenbrauen und einem weißen Strich auf der Nase bemalt. Er erblickte außer sich selbst keinen Europäer, und da er größer war als alle anderen, konnte Dr. Hayashi ihn mit Sicherheit im Gewühl entdecken, wenn er überhaupt zum Treffpunkt erschien.

Feldt wartete, bis die Prozession im weiter hinten liegenden Tempel verschwunden war. Es war kurz vor zwölf. Aufmerksam schlenderte er zwischen den Andenkenläden mit Fächern, Lampions, bunten Tüchern, Puppen und Papierschirmen herum; dann war er von Schülern in schwarzen Uniformen umringt. Vor dem Tempel reinigten sich Pilger an einem Schöpfbrunnen Mund und Hände, andere umstanden ein Weihrauchbecken und lenkten mit der Hand die Rauchschwaden gegen ihre Körper. Gerade als Feldt überlegte, ob es besser war, hier zu warten oder den Tempel zu betreten, wurde er von einem muskulösen Mann im dunklen Anzug auf englisch angesprochen. Der Mann war etwa vierzig Jahre alt, hatte am Kinn eine Narbe und trug das schwarze Haar gescheitelt. Er machte auf Feldt einen nervösen Eindruck. Feldt verstand im Wirbel der Menschen nur soviel, daß er ihm eine Führung durch den Tempel anbot. Er hatte sich Hayashi anders vorgestellt: hagerer, flinker, mißtrauischer. Der Mann bewegte sich außerdem entschlossener als ein gewöhnlicher Mensch, selbstverständlicher. Auch wenn es sich nicht um Hayashi handelte, dachte Feldt, so wollte er sich dennoch auf ihn einlassen, denn offensichtlich hatte der Autographenhändler den Ort ihres Treffens so ausgewählt, daß nur er bestimmen konnte, wann sie Kontakt aufnahmen.

Feldt nickte und folgte dem Mann zum Tempel, aus dem die Kinder wieder herausschritten, ebenso diszipliniert, wie sie ihn betreten hatten. Links und rechts standen rote, vom Sonnenlicht durchschienene Essenszelte mit Bänken und Tischen, an denen Pilger Hühnerspießchen, Nudel- und Reisgerichte verzehrten, die in Töpfen, auf Kochplatten und Grillöfchen angerichtet wurden. Es roch nach scharfen Gewürzen, nach Algen und Soja. Der fremde Mann setzte eine Sonnenbrille auf und erklärte Feldt, daß sie warten müßten. Ein Schweißtropfen lief stockend seine Schläfe hinunter, es kam Feldt vor, als signalisierte er ihm Gefahr. Er bereute es sogleich, daß er das Autograph in der Jackentasche bei sich trug.

»Sind Sie Dr. Hayashi?« fragte er entschlossen.

»Das hat nichts zu sagen«, antwortete der Mann in gutem Englisch.

»Ich muß wissen, mit wem ich spreche«, beharrte Feldt.

Der Mann griff nach seiner Geldtasche und gab ihm eine in Kanji und Kana gedruckte Visitenkarte. Soeben waren die letzten Kinder aus dem Tempel gekommen. Feldt wollte den Mann fragen, was er damit anfangen solle, aber er war schon die Stiegen hinaufgelaufen, so daß Feldt nichts anderes übrigblieb, als ihm zu folgen.

Der Tempel war weiträumig und hell. Auf den beiden Vorderseiten ähnelte er einem Wettbüro, hinter dessen Schaltern Priester mit kahlgeschorenen Köpfen saßen. Der Mann nickte Feldt von einem der Schalter zu, und als Feldt näher trat, erkannte er auf der roten Stola des Priesters wieder die Swastika, das umgekehrte Hakenkreuz. Der Tempel aus roten Säulen war um einen goldleuchtenden Altar gebaut, in dessen Zentrum ebenfalls eine Swastika prangte.

Die Sonnenbrille des Mannes war angelaufen, Schweiß stand auf seiner Stirn, und seine Mundwinkel zuckten.

Zu beiden Seiten des Schalters erstreckten sich Holzregale, in deren Fächern beschriftete Papierstreifen lagen.

»Hier können wir uns in Ruhe unterhalten«, stellte der Mann fest. »Haben Sie es bei sich?«

»Was?« fragte Feldt.

Er war mit einem Mal ruhig und folgte dem Ablauf des Ereignisses, als gingen sie ihn nichts an. Wenn Hayashi die Sache auf diese Weise abwickelte, wollte er ihn offenbar täuschen.

Der Mann wischte sich den Schweiß mit einem Taschentuch von der Stirn und antwortete heftig:

»Das Autograph ...«

Feldt verneinte.

»Sie mißtrauen mir?« Der Mann nahm eine große, runde Metallbüchse von einem Tisch, warf 100 Yen in einen Schlitz und reichte sie Feldt. Feldt sah an anderen Tischen, wie Pilger die Büchse schüttelten, bis einer der darin befindlichen Holzstäbe herausfiel. Er schüttelte ebenfalls die Büchse. Der Mann griff sofort nach dem Stab, las das aufgedruckte Zeichen, zog eine entsprechende Lade aus dem Fach einer dunkelbraunen, großen Kommode und hielt einen Papierstreifen in der Hand, den er aufrollte.

»Sie haben sho-kichi, mittelmäßiges Glück, aber nicht kichi oder dai-kichi, großes oder sehr großes Glück«, sagte er. »Alles liegt im Nebel, im Ungewissen. Sie sollten das Los an einen Baum binden.«

Sie verließen den Tempel, und beim Hinausgehen entdeckte Feldt einen großen Drachen an der Decke.

Um eine Trauerweide scharten sich Tauben im Gras. Der Mann machte sich wie die anderen Pilger daran, das Los an einen der Zweige zu binden.

»Und was jetzt?« fragte er.

Die Zweige sahen aus, als trügen sie weiße Blüten aus Papier.

Feldt zog die vorbereiteten Fotografien aus der Tasche. Der Mann hatte das Los festgebunden, drehte sich ihm zu und griff nach dem Kuvert. Er betrachtete die Fotografien sorgfältig, steckte sie dann ein und blickte Feldt fest in die Augen.

Feldt roch seinen Atem.

»Wieviel?«

»Eine Million«, sagte Feldt. Er hatte sich diese Summe im Tempel ausgedacht, entschlossen, nicht nachzugeben.

Feldt sah seine gesprenkelte braune Iris, die leichte Gelbfärbung seiner Augäpfel, in deren schwarzen Pupillen er eine unsichtbare Drohung wie aus den Läufen zweier auf ihn gerichteter Pistolen wähnte.

»Haben Sie das Autograph?«

»Haben Sie das Geld bei sich?« gab Feldt zurück.

»Ja.« Er schob die Jacke zur Seite und griff in die Brusttasche.

Ein Bündel Banknoten kam zum Vorschein, und gleichzeitig ein Schulterhalfter mit dem Griff einer Pistole.

Der Mann knöpfte die Jacke wieder zu.

»Dollar«, sagte Feldt. »Ich meine eine Million Dollar.« Während er den Satz aussprach, kam ihm der Gedanke an Flucht. Er wußte, daß er ein Feigling war. Hätte er es nur gewußt, ohne sich zu schämen, hätte aus seiner Feigheit sogar Stärke werden können: sie hätte sich vielleicht in Schlauheit, Weitsicht oder Berechnung verwandelt, so aber lähmte sie ihn bloß. Er stand wie unter Hypnose, konnte sich nicht aufraffen, etwas zu tun, und geriet dadurch in eine demütigende Situation: während seine Scham nicht bemerkt wurde, wurde seine Feigheit allmählich sichtbar.

Er machte kehrt und ging rasch davon. Nach wenigen Eilschritten verfiel er in das gewohnte Gehtempo. Was hinter ihm lag, existierte nicht, war nichts, traumloser Schlaf. (So wie er sich an die Narkose bei einer Operation seiner Nasenscheidewand erinnert hatte: als einen tiefen Erdriß in seinem Bewußtsein, der von einem fremden Fluß durchströmt wurde, kalt, dunkel und geruchlos.) Er hatte beim Gehen auch sein Gehör abgeschaltet, und sein Blick verlor sich in der Auflösung seiner Wahrnehmungen, sie tropften, spritzten, zischten, stäubten, versickerten, schillerten: Körper, Köpfe, Menschen, Taubenschwärme, elektronisches Spielzeug, Masken, Teedosen. Ein fortlaufend zerfallendes Ganzes umgab ihn und schützte ihn, wie er es empfand, mit einem dem Wahn ähnlichen Zustand. Er erreichte das Eingangstor, von dem der riesige rote Lampion hing. Mit jedem seiner Schritte war er selbstsicherer, stärker und unverwundbarer geworden, und als ihn der Mann jetzt einholte und aufforderte, stehenzubleiben, fühlte er sich nicht mehr betroffen.

Ein Taxi fuhr auf der breiten Straße vorbei, er hob die Hand, der Wagen hielt, und die Tür zum Fond öffnete sich automatisch: Polsterschoner aus weißem Gehäkeltem. Wunderbar selbstverständlich fiel die Tür hinter ihm wieder ins Schloß, und das Taxi setzte sich in Bewegung. Der Mann am Straßenrand stierte ihn durch das Seitenfenster an, als wollte er die Waffe aus seiner Jacke holen und sich gewaltsam Zutritt in das Auto verschaffen. Aber Feldt, und das war eine neue, unauslöschliche Erfahrung für ihn (wenngleich sie ihn nicht verändern würde, da es kaum Erfahrungen gibt, die das Gefängnis auf Lebenszeit wie ein Schlüssel öffnen können), Feldt also empfand keine Angst angesichts der Gefahr, da er sie nicht zur Kenntnis nahm, weil er von einem Gefühl – vielleicht war es Hysterie – durchdrungen war, daß er sich mit allem eins fühlte.

Im Hotelzimmer
(Der einsame Leser)

Angstfrei schlief Feldt in seinem Hotelzimmer ein.

Als er wieder erwachte, griff er nach der Ausgabe der *Göttlichen Komödie*, aber was er auch aufschlug, war ihm zu bedeutungsvoll, knüpfte zu viele Beziehungen zu ihm oder kam ihm wie die Erklärung seiner Lage oder eine Prophezeiung vor. Selbst die Illustrationen mochte er in diesem Augenblick nicht. Das Buch war vielleicht nicht mehr als ein Fetisch, sagte er sich. Er hätte sich, dachte er weiter, auch etwas anderes mitnehmen können, einen der schönen Romane von Joseph Conrad, *Lord Jim* vielleicht oder Musils *Tagebücher*, Thomas Manns *Zauberberg* und Pasolinis *Petrolio*. Die Begegnung mit Hayashi fiel ihm wieder ein. Er konnte es sich nicht erklären, aber er kam sich wie ein Sieger vor, obwohl er das Autograph nicht verkauft hatte und der Handel ungewiß war. Doch er hatte ein gutes Gefühl. Dr. Hayashi war offenbar verrückt nach dem Geschäft. Wenn es überhaupt Hayashi war, dem er vor dem Asakusa-Tempel begegnet war. Nachdem er sich beruhigt hatte, empfand er Heißhunger auf ein Buch, das existentielle Erfahrungen vermittelte wie Sartres *Ekel* oder Camus' *Der Fall*. Oder Malcolm Lowrys *Unter dem Vulkan* und die Erzählungen E. A. Poes, vor allem *Die seltsamen Erlebnisse des Arthur Gordon Pym aus Nantucket*, dessen Ende er sich gemerkt hatte: »... und jetzt schossen wir in die Umarmungen des Kataraktes hinein, der einen Spalt auftat, um uns zu empfangen. Aber im selben Augenblick richtete sich vor uns auf unserem Weg eine verhüllte menschliche Gestalt auf, weit größer in allen ihren Ausmaßen, als es je ein Bewohner der Erde gewesen ist. Und die Farbe ihrer Haut war von makellos reinem, schneeigstem Weiß.« Er lag mit geschlossenen Augen da und dachte an Bücher, die er lesen wollte oder schon gelesen hatte. Er war immer neugierig darauf, ein Buch aufzuschlagen und den ersten Satz zu lesen. Manche Anfänge hatten ihn so elektrisiert, daß er die Lektüre unterbrochen hatte, um den Genuß der Inspiration auszudehnen, bevor er weiterlas und kurz darauf wieder eine Pause machte: bei Hamsuns *Mysterien* war es ihm so ergangen, Günter Brus' *Irrwisch* und den Erzählungen von Borges, Kleist und Kafka – grandiose (unkonventionellen Schachspielern ähnliche) Eröffnungskünstler, die in ihrer zeitungshaften Lakonik und epischen Kürze einen besonderen Reiz auf ihn ausübten. Die Erinnerungen an ein gelesenes Buch waren wie das Betrachten alter Reisefotografien: manches war vergessen, verblaßt, manches hatte an Bedeutung gewonnen, manches hatte sich in der Erinnerung verändert. Es gab Bücher, die er wieder und wieder las, wie Marcel Prousts *Auf der Suche nach der verlorenen Zeit*, Melvilles *Moby Dick* oder Joyces *Dubliners* und *Ulysses*, oft kam er sich dabei vor wie der Franzose Jean-François Champollion, dem es gelungen war, den Stein von Rosetta zu entziffern und damit die ägyptische Hieroglyphenschrift. (Der Stein war neben den Hieroglyphen in demotischen und griechischen Buchstaben beschriftet gewesen, und Champollion hatte erkannt, daß die Hieroglyphen sowohl Ideogramme als auch phonetische Zeichen waren und daher für Silben und Bedeutungseinheiten standen.) So entdeckte auch er Schicht um Schicht die Geologie von Büchern und stieß auf neue unbekannte Zonen.

Feldt verlor sich jetzt in seinen Gedanken ... Als Bub hatte er einen Bericht über Howard Carters *Entdeckung des Grabes von Tut ench Amun* gelesen, nachdem er schon Karl Mays *Durch die Wüste* verschlungen hatte, das lange sein Lieblingsbuch (damals hatte er noch solche Kategorien) gewesen war. Und er hatte sie mit demselben Entdeckungseifer gelesen, wie jetzt die *Göttliche Komödie* und vieles nicht beim ersten Mal verstanden. Von Howard Carters Bericht war ihm ein gelbes, mysteriöses Innenbild in Erinnerung geblieben, ein geheimnisvolles und rätselhaftes Phantasiegebilde, das zugleich etwas Fiebriges hatte, wie William Turners Gemälde *Interieur in Petworth*, das zu brennen scheint oder trancehaft eine Geistererscheinung festhält. Von *Robinson Crusoe*, einem anderen »Lieblingsbuch«, tauchte ein grünes und blaues Leuchten in seinem Kopf auf, wenn er daran dachte, der Schrei eines Papageis, der Todesgeruch eines am Strand faulenden Schiffswracks, ein trockener Gewehrschuß und die Fußspuren von Kannibalen im Sand. Die Liebe zu seinen Jugendbüchern hatte nie nachgelassen. *Gullivers Reisen* hatte er auf seinen Flügen nach Amerika und England bei sich gehabt, es war die kleine gelbe Studienausgabe des Reclam-Verlages – sogar beim Begräbnis seines Vaters hatte er sie eingesteckt, bevor er zum Friedhof gefahren war. Am nächsten Tag hatte er sie dann gegen die Insel-Taschenausgabe des *Tristram*

Shandy getauscht, das geschwätzigste Buch der Welt, wie er es liebevoll für sich bezeichnete, weil es gleichzeitig monologisiert, sich unterbricht und unverdrossen weitererzählt, während »draußen« die Welt untergehen kann. Er war davon überzeugt, daß niemand sonst Bücher so inspiriert las wie er – aber gleichzeitig würde er niemals mit irgend jemandem darüber sprechen, da er dachte, daß jeder ernsthafte Leser dieser Überzeugung war. Nach *Tristram Shandy* hatte er Hermann Hesses *Steppenwolf* eingesteckt, aber seltsamerweise nie aufgeschlagen. Es gab Werke, die er nie gelesen hatte und trotzdem verehrte, wie Joyces *Finnegans Wake* oder Miltons *Das verlorene Paradies*. Er war davon überzeugt, daß die Vorstellung, die er sich von ihnen machte, inspirierender war, als es die tatsächliche Lektüre sein würde. So blieben noch alle Möglichkeiten, ungeahnte Perspektiven des Lesens für ihn offen (vielleicht sogar die absolute Erfüllung, lesend auf das wirkliche Leben verzichten zu können). Nach dem *Steppenwolf* kam *Don Quichotte*. Von *Don Quichotte* blieb in seinen Gedanken eine quecksilberfarbene Hitze und etwas wie das Erwachen nach einem schweren Rausch zurück. Dieses Katergefühl stellte sich auch beim Wiederlesen ein und – wie immer, eine Benommenheit, wenn er die Lektüre unterbrach. Bei Inoues *Jagdgewehr*, das er monatelang in seiner Jackentasche mit sich getragen hatte, roch er kalte Luft, sah die Maserung eines aufgeschlagenen Steines und ein Lippenpaar so nahe vor den Augen, als wollte es seine Lider küssen. Ein Gefühl des Entspanntseins wie nach getaner Arbeit, wenn der Körper von Müdigkeit schwer wurde, der Verstand hingegen das Gewicht der Vorausplanung verlor. Die letzten beiden Bücher – er erinnerte sich natürlich nicht an alle – waren *Königin Albermarle oder Der letzte Tourist* von Jean-Paul Sartre gewesen (beschwerlich, da Hardcover-Ausgabe) und Harold Brodkeys nahezu klassische Stories *Unschuld*. Die *Göttliche Komödie* hatte er sich lange schon vorgenommen. Immer wieder hatte er in ihr geblättert, die verschiedensten Ausgaben gekauft, in den Kommentaren gelesen und versucht, in die Jenseitsbeschreibung einzudringen. Schließlich hatte ihn der ersehnte Sog erfaßt und hineingezogen in die Selbstvergessenheit, in der er andere Bereiche seines Ich entdeckte.

Es war etwas Ähnliches wie Aldous Huxleys Erfahrung mit Meskalin in *Die Pforten der Wahrnehmung*, eine unbekannte Sicht auf die Dinge, die Menschen, die Welt, eine zugleich rücksichtslosere und ehrfurchtsvollere stellte sich ein: Ehrfurchtsvoller, was jede Einzelheit betraf, rücksichtsloser, was die vorgegebenen Bedeutungen anging. Insgeheim war er davon überzeugt, daß es religiöse Erfahrungen waren, aber wie hätte er, beim ersten Lesen noch als halbes Kind, jemanden davon überzeugen können, daß *Alice im Wunderland* für ihn eine Vorahnung des Sterbens war? Halb erschrocken stürzte er damals in einen Lesesog, in dem die Trümmer eines untergegangenen Alptraumes trieben. Aber vielleicht interpretierte er das nachträglich hinein, denn das Buch hatte das Innenbild fliegender, schwebender, kreisender Gegenstände in ihm hervorgerufen, die Töne von Musikkapellen beim Stimmen von Instrumenten im Orchestergraben und den Geschmack in Alkohol angesetzter Himbeeren.

Er dachte an verschiedene Romane und versuchte (nicht ohne Ironie und Sarkasmus), wie der Weinpapst Broadbent ein Glas Beaujolais, Bordeaux oder Merlot, die Bücher in poetischen Vergleichen subjektiv zu erfassen. Bald darauf strandeten seine Gedanken an seiner Wahrnehmung des Zimmers, an der Begegnung mit Dr. Hayashi und der Uhrzeit. Wie oft schon hatte er eine Krise bewältigt, Distanz zu den Ereignissen gewonnen, indem er seine Aufmerksamkeit auf Bücher lenkte. Er konnte nichts anderes tun, dachte er weiter, als sich auf den Vortrag vorbereiten und die Reise abwarten. Neuerlich ging ihm die Begegnung mit Hayashi durch den Kopf. Sie hatte sich, mußte er gestehen, in etwas Unwirkliches verwandelt. Er zweifelte nicht daran, daß sie stattgefunden hatte, aber sie hinterließ einen Eindruck, als könnte er sie wie einen bösen Traum in nichts auflösen, sobald er das Licht anknipste und sich aufsetzte. Beruhigt schloß er die Augen. Hier, im International House, war er in Sicherheit, außerdem würde ihn Wallner in wenigen Stunden abholen und mit ihm nach Izu fahren, wo das Seminar der Bibliothekare stattfinden und er das erste Mal seinen Vortrag halten würde. Bei dem Gedanken fühlte er sich einsam. Automatisch griff er zwischen seine Beine und betastete das schlaffe Hautstück, das ihm oft fremd war. Er schloß die Lider halb. Er sehnte sich, wie so oft, nach einer Frau, ihrer Wärme, ihrer Umarmung, ihren Worten. Manchmal, auf Reisen, wenn er einsam war, hatte er am nächsten Zeitungsstand ein pornographisches Heft gekauft und sich damit in das Hotelzimmer verdrückt. Seine Phantasie machte ihn nie zum Mitagierenden auf den Fotografien, sondern er hatte immer die Rolle des Voyeurs eingenommen, der ein anonymer, unsichtbarer Zeuge einer obszönen Vereinigung wurde, wie der Ich-Erzähler in Knut Hamsuns *Hunger*. Nie hatte er sich Anweisungen an die Darsteller ausgedacht, nie in das Gefühl eines der Modelle versetzt, sondern sich höchstens vorgestellt, der Fotograf der Szene zu sein. Jetzt aber lag er auf dem Bett, die Augen geschlossen, den Kopf leer und die Gedanken auf der Suche nach einer erregenden Erinnerung. Am liebsten dachte er an die verheiratete Frau, die ein Stockwerk unter ihm im selben Haus gelebt hatte. Sie war damals vierzig Jahre alt gewesen, vollbusig, etwas größer als er und dunkelhaarig. Immer wieder hatten sie überfallartig Sex miteinander gehabt, auf eine schamlose Weise, wie er es bis dahin noch nie erfahren hatte. Sie hatten sich phantastische Ausschweifungen erzählt, die ihre Lust gesteigert hatte, falsche Geständnisse von sexuellen Abenteuern geflüstert, sich in der offenen Balkontüre geliebt (als unten der nächtliche Verkehr vorüberfloß), es im Lift, auf dem Gang, im Keller miteinander getrieben, auf dem Schreibtisch ihres Mannes, der als Portier in einem Kurhotel die Woche über arbeitete, auf der Waschmaschine, dem Stuhl. Er erinnerte sich an ihr verzücktes Gesicht, die in der Luft tanzenden Beine, ihr lockendes Wippen und ihr Zucken beim Orgasmus.

Irritiert suchte er nach einem Stück Papier. Es würgte ihn leicht in seiner Kehle, als er aufstand und in das Badezimmer eilte. Er ließ Wasser in die Badewanne laufen, wusch sich die Haare, stutzte mit einem Nagelclips die Fuß- und Fingernägel, putzte sich mit der elektrischen Reisezahnbürste die Zähne und saß eine halbe Stunde in der Wanne, bevor er aus dem Wasser stieg, sich gründlich abtrocknete und erneut unter die Bettdecke kroch. Im Fernsehen liefen Werbeclips, die ihm besonders einfältig erschienen. Noch bevor er angezogen war, rief ihn Wallner an und vereinbarte mit ihm, wann er ihn abholen würde.

3. Kapitel

Izu
(Reisenotizen)

Die Reklametafeln und Wassertanks auf den Flachdächern gaben der Stadt etwas Amerikanisches. Manchmal konnten sie einen Blick in die Fenster von Hochhäusern werfen, die an ihnen vorbeiglitten. Als sie auf die Stelzenautobahn wechselten, sahen sie wie von einer Achterbahn aus auf die Stadt hinunter. Sie hielten an einer roten Mautsperre, es war heiß und sonnig. Feldt erfuhr von Frau Sato, daß der Arzt, der ihn behandelt hatte, Psychiater war. Er sei ein Schüler Stan Grofs und experimentiere in seiner Behandlung mit LSD. Dabei wende er verschiedene Methoden an, von einem Schlag gegen das Brustbein hatte Frau Sato aber noch nichts gehört. Sie wußte von Akupunktur, Moxibustion, von homöopathischer und psychoanalytischer Behandlung, schließlich begann sie zu lachen, und Wallner stimmte mit ein, zuletzt auch Feldt. Plötzlich fragte Wallner, ob Feldt selbst schon Erfahrungen mit LSD gemacht habe. Die Frage war wie nebenbei gestellt und stand für Feldt in einem seltsamen Kontrast zur Anstellung Wallners als Beamter in der Österreichischen Botschaft.

Er antwortete nicht darauf, obgleich er sich erinnerte, wie er als Student mit einem Freund in der Vorstadt LSD genommen hatte. Sie hatten sich in einen Obstgarten zurückgezogen, und nach einer kurzen Phase der Übelkeit begannen sich plötzlich die buntgestreiften Liegestühle zu verändern. Wie Engelsflügel erschienen sie ihm damals, regenbogenhaft leuchtend, von Fra Angelico gemalt oder, nein, wie Windkonstruktionen (das Wort war ihm eingefallen), heuschreckenhafte Sommermaschinen (neuerliche Worterfindungen, die sich von selbst einstellten). Die Blüten auf den Bäumen – es war Frühling – schwebten in zeitlupenartiger Langsamkeit zu Boden und hatten eine unbekannte Farbe. Er war liegengeblieben, hatte eine der Blüten aufgehoben und zuerst den Blick nicht von seiner Hand lösen können. Die Falten und Poren waren geheimnisvoll und vergrößert, als führte er eine Untersuchung mit einer starken Lupe durch. Die Hand schien ein eigenes Wesen zu sein, sie tat, was ihr gefiel, ohne daß er einen Einfluß darauf hatte; gleichzeitig wußte er, daß es verrückt war, das zu denken, so wie man manchmal im Traum weiß, daß man träumt. Damals hatte er schon, wie gesagt, die Bücher von Aldous Huxley gelesen, Albert Hofmans Abhandlungen über LSD, Baudelaires *Die künstlichen Paradiese*, Burroughs *Junkie* und Thomas de Quinceys *Bekenntnisse eines englischen Opiumessers*. Trotzdem war er überwältigt gewesen von seiner Erfahrung. Die Vögel zogen einen farbigen Kondensstreifen hinter sich her, der in der Luft versickerte, die Amsel einen schwarzen Strich, ein Fink einen feinen grünen. Die Blüte zwischen seinen Fingern erinnerte ihn an eine Phantasieblume in einem gläsernen Briefbeschwerer, nur war sie um vieles schöner und groß wie eine Pfingstrose. Das Rascheln seines Hemdes klang beruhigend. Er ließ die Blüte fallen, sie schwebte in der Luft. Ein Käfer, metallisch schimmernd, kroch zwischen Steinen. Er hätte ihn ansonsten nicht beachtet, doch jetzt fielen ihm sein kunstvoller Panzer, die goldenen Flügel auf. Er dachte an Kafkas *Verwandlung*, an Märchen, aber alles geschah mit einer zeitlosen Geschwindigkeit. Die Zeit stand nicht still, sondern existierte überhaupt nicht. Er wußte nicht mehr, wie lange er die Wolken am Himmel betrachtete, die aus einer außerirdischen Substanz waren.

Es waren Erfahrungen, die seither an seinem Verstand rüttelten. Feldt hatte Angst gehabt, sie zu wiederholen, da er fürchtete, danach süchtig zu werden. Das Gras fiel ihm ein, sein Grün, wie die Haut einer Raupe, doch »aseptischer«, er fand keinen anderen Ausdruck dafür. Er sah aus dem Fenster des Autos, beklommen, als erwachte er mit einem Taucheranzug in den Tiefen eines Gewässers. Auf der glitzernden Rückseite eines Tankwagens vor ihnen spiegelten sich die Straße und andere Fahrzeuge und das verkleinerte, konvexe Abbild der rostigen Brücke, die sie gerade hinter sich gelassen hatten. Feldt war fasziniert von dem verzerrten, sich ständig ändernden Spiegelfilm auf dem Tankwagen, der ihn an Parmigianinos *Selbstbildnis im Konvexspiegel* denken ließ, eines der Gemälde, die er am meisten liebte. Parmigianino stellte sich dar wie durch ein Fischauge gesehen. Im Hintergrund rutschte ein verzerrtes Fenster nach außen, als gleite es auf der Oberfläche einer schillernden Seifenblase. Im Vordergrund die Hand, ein Teil der Finger, das Fragment einer Wahnvorstellung, das jugendliche Gesicht abwesend, das eines Lesers.

Der Leser war für ihn ein Künstler ohne Werk. Er war davon überzeugt, daß ein Lese-Künstler keine andere Kunst ausüben durfte als das Lesen, um die Reinheit der Lese-Kunst zu wahren. Das kam ihm plötzlich, schlagartig und einleuchtend zu Bewußtsein, ein Gedanke, der von einem Glücksgefühl begleitet war, wie wenn man ein freundliches Wort empfängt an einem regnerisch düsteren Herbsttag. Während die Landschaft sich weiter auf der spiegelnden Rückseite des Tankwagens änderte, erinnerte er sich, wie er im Garten unter dem Einfluß von LSD die grauschwarzen Bergkuppen am Horizont plötzlich durchschimmernd blau und nah vor sich gesehen hatte. Das Dach der daneben gelegenen Villa und der Strauß Wiesenblumen in einer gläsernen Vase waren ein kryptisches Kapitel des *Tao Te King*. Er wußte nicht warum, aber er hatte sich beim Aufheben eines das Sommerlicht reflektierenden Glassplitters in den Finger geschnitten und konnte sich nicht satt sehen am Blutsfaden, der seine Finger hinunterlief. Ihm fiel ein, daß er den Gedichtband H. C. Artmanns *ein lilienweißer brief aus lincolnshire* bei sich hatte. Der blaue Umschlag und die dunkelblaue Schrift waren ihm als farbige Zeichen einer Schattenwelt erschienen, die Gedichte, wenn er die Seiten aufschlug, als mathematische Formeln in Sanskrit (das er plötzlich entziffern konnte). Es war ähnlich, wie wenn er betrunken zu lesen versuchte, doch jedes Wort, das er verstand, kam aus dem Inneren einer Schwärze und explodierte feuerwerksgleich zu einem Bild. Eine große Wanze mit Hunderten kleinen anderen in einem durchsichtigen Gefäß sah er auf das Wort »Echo«. »Hauch« war eine silberne Milchkanne, die »Waldtaube« ein riesiges schwarz und goldenes Vogelauge, »Farn« eine Versteinerung in rotem Fels und die Jahreszahl 1955 eine zerknitterte Schwarzweißfotografie eines Hundes. Er legte das Buch weg und entdeckte dabei, daß er blutige Fingerabdrücke und Blutflecken auf den Seiten hinterlassen hatte. Wo er das Buch aufschlug, blutete es oder war es mit Blutspuren bedeckt. Er hielt den Finger gegen die Sonne, die ihn durchschien, so daß er ein rotes Röntgenbild sah. Sein Freund, übrigens ein Medizinstudent, Paul Eck, hatte den Aquarellkasten neben sich im Gras liegen, seine Schuhe daneben. Er experimentierte damals mit Medikamenten und Drogen, auch später, als Feldt schon in der Nationalbibliothek arbeitete, versorgte er ihn noch mit den neuesten, und wie er jedesmal behauptete, besten Asthmasprays, Beruhigungs- und Schlafmitteln, mit Weckaminen, Magnesiumtabletten und Vitaminpillen. Eck war zu diesem Zeitpunkt längst nicht mehr Medizinstudent, sondern Pharmavertreter eines Schweizer Konzerns, da seine Mutter Selbstmord begangen hatte und Eck, dessen Eltern geschieden waren, auf eigenen Füßen stehen wollte. Was Eck damals gemacht hatte, wußte er nicht mehr, er hatte nur die phantastischen Farben in den runden weißen Täßchen in Erinnerung behalten und die bunten Kleckse im Aquarellkasten, in dem er die Farben gemischt und mit Wasser verdünnt hatte. Feldt hatte versucht, sich Notizen zu machen, später konnte er in seinem Gekritzel nur einzelne Worte ausmachen – in der Erinnerung verband sich seine Schrift dann mit den Farbklecksen von Paul Ecks Aquarellierkasten zu Bildern, die denen von Cy Twombly ähnelten. Noch immer hinter dem Tankwagen herfahrend, fiel ihm M. C. Eschers Lithographie *Hand mit spiegelnder Kugel* ein und das *Stilleben mit spiegelnder Kugel*. Das erste Bild zeigte Eschers Hand mit der Kugel, darin sich der Zeichner in seiner Wohnung spiegelte. Die Hand war in der Kugelspiegelung seesternähnlich geworden. Escher im Mittelpunkt, ein bärtiger forschend blickender Mann, schien unverändert, hingegen das Zimmer wölbte und dehnte sich aus, die Gegenstände darin warteten nur darauf, daß die Schwerkraft nachließ und sie zu Flugobjekten wurden. Er hatte festgestellt, daß der blutende Finger auch auf dem Notizblock Spuren hinterlassen hatte. Mit Genuß ließ er sich in das bunte Leuchten des Liegestuhles zurückfallen, als ihm eine Fliege auffiel, die sich neben der blutenden Wunde am Finger niederließ und mit Fechterhelm, einen Schimmer von Kupferrot werfend, den Rüssel in das Blutrinnsal senkte, um es aufzusaugen. Es war ihm nicht, als betrachte er etwas Häßliches, sondern eines jener Stilgemälde aus dem 17. Jahrhundert von Willem Kalf, in denen das Sonnenlicht, die Falten des Tischtuches, das Schimmern des Glases, das gelbe Strahlen einer Zitrone das Motiv waren. Feldt fiel ein, in der Bibliothek Ecks Musils Prosastück »Das Fliegenpapier« aus dem *Nachlaß zu Lebzeiten* zu suchen, dessen Anfang er auswendig kannte: »Das Fliegenpapier Tangle-foot ist ungefähr sechsunddreißig Zentimeter lang und einundzwanzig Zentimeter breit; es ist mit einem gelben, vergifteten Leim bestrichen und kommt aus Kanada.« (Er erinnerte sich merkwürdigerweise daran.) Er fand die flaschengrüne Taschenausgabe der *Gesammelten Werke* im Schuber, zog den Band sieben – welch bedeutungsvolle Zahl aus der Genesis, schoß es ihm durch den Kopf – und schlug das Kapitel »Bilder« auf. Da stand das Wort »Fliegenpapier«, und es standen auch die Worte »Tangle-foot« und »sechsunddreißig« und »Zentimeter« und »einundzwanzig«. Bei jedem dieser Worte mußte Feldt jetzt aber lachen. Die Worte – jedes einzelne für sich – hatten etwas Komisches. Die Schriftsteller machten es sich offenbar zur Aufgabe, Worte und Sätze zusammenzustellen, und die Leser bildeten sich ein, darin einen Sinn und philosophische Gedanken zu erkennen! Er war außerstande, das Buch in der Hand zu halten, es stürzte mit einem Donnern (als seien die Seiten Wellblechstücke) und dem Geflatter eines Gänseflügels zu Boden, wo es Schallwellen verbreitete. Feldt ließ sich auf eine arabisch-ornamental gemusterte Sitzbank fallen mit geradezu prachtvollen Falten, tektonischen Verschiebungen des Weltmusters, einer Wüste aus Schatten und Farben, einer Rätselflut aus unendlichen Symmetrien, Details, Ornamenten. Er befand sich in einem geschlossenen Universum der anbetungswürdigsten Schönheit. Mit fast unheimlichem Schauer zog er später wahllos einen Atlas heraus und schlug eine Karte von Südamerika auf. Er erinnerte sich jetzt, daß er schon damals das Leuchten der Monitore im Flugzeug, das Aquamarinblau des Pazifischen Ozeans gesehen hatte, das Chlorophyllgrün der Pampas und das Schneegrün der Anden. Zwar mußte er beim Namen der Stadt Buenos Aires auflachen, aber der rote Punkt, der die Stadt anzeigte, glühte wie Lava. Er starrte die Karte an und konnte sich von den vollendeten Abbildungen nicht lösen, noch dazu, wo sich Höhen und Tiefen plastisch abhoben und die Fliege, die sein Blut geleckt hatte, sich darauf niederließ. Er stürzte mit ihr in das Mündungsgebiet des Amazonas ab, in die Regenwälder und die gelbe Wasserflut des Flusses voll Piranhas. Das Schließen des Buches, das er, er wußte nicht warum (vielleicht um sich loszureißen), fast panisch ausführte, war gleichzeitig wie das Schließen eines Tores zu einer anderen Welt. Als Kind hatte er Bücher besessen, die beim Aufklappen ein Szenario aus Papiermodellen zeigten: Zwerge im Wald unter Fliegenpilzen, zwei von Bäumen fressende Esel ... Mit dem oftmaligen Gebrauch lösten sich die Modelle auf, Teile rutschten heraus und wurden umgebogen. Ähnlich erschien es ihm auch jetzt: Er hatte den Eindruck, als müsse er Anden, Amazonas, Buenos Aires und Pampas zurückstopfen in den Atlas und als könne er sie dabei durch Unachtsamkeit beschädigen. Als er in den Obstgarten trat, sah er, daß Eck im Liegestuhl eingeschlafen war.

Erst Jahre später gestand Eck ihm, daß er selbst es nicht gewagt hatte, das Rauschmittel einzunehmen. Er hatte, entschuldigte er sich, zuerst erfahren wollen, wie es Feldt ergehen würde. Feldt hatte das als Treuebruch empfunden, ihm aber wegen seiner unerwarteten Erfahrungen verziehen.

Er öffnete die Augen. Frau Sato aß einen Apfel. Seine Erinnerung färbte ihr Gesicht und den Apfel wie durch einen gelben Filter. Sie fuhren an einem der zahlreichen Golfstadien vorbei, in denen die Spieler nur einen einzigen Schlag gegen das Fangnetz übten, ähnlich einem Tennisspieler, der gegen eine Wand spielt, erzählte Wallner, ohne zu wissen, ob Feldt ihm zuhörte. Über den weiten Platz war ein grünes Netz für verirrte Golfbälle gespannt. Es war heiß und sonnig, und eine Flut von Kühlwagen, Lastautos und Trucks strömte ihnen entgegen. Die Stadt hörte wahrscheinlich nie auf, denn sie erreichten noch immer nicht das offene Land. Wallner hielt vor der nächsten Mautsperre, ein schwarzuniformierter Beamter mit weißen, zerrissenen Arbeitshandschuhen und einer weißen Gesichtsmaske reichte die Quittung heraus, nachdem Wallner bezahlt hatte. Es roch süß nach Frau Satos Äpfeln. Feldts Blick fiel auf ihre Knie und ihre Beine. Noch immer halb schlafend, kam ihm jetzt die Fahrt und die Nähe der Frau wie ein Geschenk vor. Die Autobahn über ihnen wurde von zahlreichen Brücken gekreuzt, auf beiden Seiten der Fahrbahn Grünflächen, haufenweise Häuser, kleine Fabriken.

»Die Suburbia«, wie Frau Sato anmerkte, bevor sie fast geräuschlos in den Apfel biß. »Vor 150 Jahren waren hier überall noch Bauern.« Bald darauf tauchten wirklich die ersten kleinen Landwirtschaften auf, Äcker, Häuser mit blau und grün glacierten Ziegeldächern, Industrieanlagen und eine Kette endloser Starkstrommasten, die energietransportierenden Marionettenschnüre durch das bunte Mosaik aus

Maschinenparks, Plastiktunnels von Gärtnereien, Pachinko-Hallen, Reisfeldern mit kleinen Strohmännchen, Brücken und Kanälen. Die Landschaft ähnelte der, durch die sie vom Flughafen in die Stadt gefahren waren. Seltsamerweise lagen Hayashi, Mozart und Asakusa-Tempel für Feldt nun in weiter Ferne. Wenn es irgendwo Sicherheit gab, dann in diesem Auto, obwohl es den Nachteil hatte, daß er in ihm nicht lesen konnte, ohne daß ihm übel wurde, so las er statt dessen die Landschaft durch das Fensterglas, auch wenn es mitunter eine monotone Lektüre war.

Er stieß beim Fahren immer wieder an Frau Satos Körper. Frau Sato ließ es teilnahmslos geschehen, daß die Schwerkraft sie an Feldts Seite lehnte oder Feldt enger an sie drückte. So rückten sie wie von selbst zusammen. Sie bogen von der Autobahn ab und fuhren zuerst zwischen Palmen, dann durch dichten Laub- und Zedernwald, an Flächen mit Hundertfingergras entlang, bis sie über der weißen Leitschiene in der Ferne das Meer sahen.

»Dort hinten, das Observatorium!« rief Wallner.

Auf einem braungrünen Hügel der Bucht thronte die Kuppel. Der Anfang von Dantes *Göttlicher Komödie* fiel ihm ein. Er zog das Buch aus der Jackentasche, schlug die ersten Seiten mit der Illustration Dorés auf, die Dante lorbeerbekränzt und ängstlich gebückt in einem düsteren Wald zeigt, sein Körper von einer weißen Aura umgeben, die bei den folgenden Bildern, den Begegnungen mit Leopard und Löwe erloschen war.»... blickt ich empor und sah des Hügels Grat schon in den Strahlen des Planeten prangen«, las Feldt.

Er wußte, daß Dante die Verirrung im weltlichen Leben mit der Metapher des Waldes ausdrückte, der Leopard für Wollust und der Löwe für Stolz und Herrschsucht standen und die später erscheinende Wölfin »die von allen Lüsten belastet schien in ihrer Magerkeit, als ob um sie schon viele trauern müßten«, für Geiz und Habgier.

Das kugelförmige Observatorium, dem sie sich näherten, lag da wie ein Riesenbovist, es forderte ihn fortlaufend zu Vergleichen heraus, wie »Riesen-Augapfel« oder »gigantische Blütenpolle«. Frau Sato betrachtete inzwischen neugierig die Dante-Illustrationen, die ihr unbekannt waren.

Außerhalb des Wagens war es kühl, Feldt nahm seine fröstelnde Begleiterin unter den Arm und beobachtete dabei Wallner, der gewohnheitsmäßig das Auto versperrte. Neben dem Kuppelbau erhoben sich ein sondenförmiger Sendeturm und die Masten von Starkstromleitungen, unter denen sie hindurchgingen. Eine Schiebetüre öffnete sich lautlos zu einem chromglänzenden Interieur, wie er es aus Tarkowskis Science-fiction-Film *Solaris* kannte. Ein weißer Lift brachte sie in den dritten Stock, wo sie einen Gang entlang geführt wurden, durch die bis zur Decke reichende umfassende astronomische und geologische Bibliothek (selbst eine zusammengepreßte Galaxie aus Wörtern) zum Refraktor-Raum. Soeben öffnete sich das Riesenauge, und durch die Pupille fuhr das weiße elektronisch gesteuerte Fernrohr nach außen. Der Raum aus weißem Kunststoff mit seiner Einrichtung – Armaturen, Computer, Drehstühle – sah aus wie die

Kreuzung von Tarkowskis Raumschiff mit einem Zahnambulatorium. Vor einem der Bildschirme verfolgte ein Mädchen die Fortsetzung von *Aladins Wunderlampe*: *Des bösen Zauberers Dschafars Rückkehr*. Der bunte, schnelle Walt Disney-Comic, das Geschrei der Zeichentrickfiguren, die Stürze, Flüge und Rasereien schienen den wissenschaftlichen Raum zu beherrschen. Die Synchronisation verstärkte noch den nervösen Effekt des Films. Das Mädchen saß ruhig vor einem kleinen Tisch mit einem Zeichenblock, manchmal wandte es sich ab, um ein paar Striche an seinem Bild anzubringen.

Wallner schüttelte Professor Kitamura die Hand, er hatte den Auftrag, ihn zu einem Kongreß von Geologen nach Wien einzuladen. Professor Kitamura trug Jeans und Jeanshemd, ein saloppes Sakko und gelbe Timberland-Schuhe. Eine Narbe spaltete seine gebrochene Nase quer durch in ein Ober- und Unterteil, eines der Lider hing halb über dem Augapfel. Als er zu sprechen anfing, klang es wie die Stimme eines Roboters. Tatsächlich verbarg ein rotes Stecktuch das Loch in seinem Hals, hinter dem der Kehlkopf fehlte, für den man Kitamura einen Mikrolautsprecher eingepflanzt hatte. Er stellte ihnen mit monotoner Stimme seine Assistentin Dr. Nukada, die Mutter des Mädchens, vor. Während Kitamura mit Wallner verhandelte, erklärte Frau Sato, daß der Professor ein berühmter Erdbebenforscher sei, seine Theorien würden in aller Welt anerkannt, seine Voraussagen träfen mit beängstigender Genauigkeit ein. Natürlich könne auch er von einem Erdbeben überrascht werden, aber sobald er bestimmte Anzeichen registriere, ziehe er intuitiv seine Schlüsse. Noch zu jedem Vulkanausbruch in den letzten Jahren sei er erschienen, jedes Erdbeben, das er vorhergesagt habe, habe er an Ort und Stelle erlebt, denn er reise umgehend dorthin, wo er das Epizentrum vermute. Mehrmals sei er dabei schwer verletzt worden, ein dutzendmal habe er sich die Knochen gebrochen, bei einem Steinschlag aus dem Vulkan Unzen sei sein Kehlkopf zerschmettert worden, bei einem Erdbeben im Norden habe er sich das Nasenbein gebrochen. Sein Auftauchen rufe Angst und Schrecken hervor. Wo Professor Kitamura erscheine, flüchteten die Menschen, daher reise er seit einem Jahr nur noch inkognito unter dem Namen Dr. Negishi.

Professor Kitamura unterhielt sich mit Wallner auf englisch, auch Frau Nukada, seine Assistentin, sprach nicht deutsch. Frau Sato fuhr fort, daß Frau Nukada Vulkanologin sei, ihre Aufgabe sei es, unter anderem den Fudji-san zu beobachten. Sie winkte ihnen, nachdem sie mit ihrer Tochter gesprochen hatte, zu, und unter Dschafars düsteren Trickfilm-Drohungen, die trotz der japanischen Sprache als solche verständlich waren, lud sie Frau Sato und Feldt ein, den heiligen Berg zu betrachten. Zuerst starrte Frau Sato stumm lächelnd durch das Okular, sie trat dann zur Seite, und Feldt, der zuerst noch Frau Satos Wärme an seinem Augenlid fühlte, sah nun im gigantischen Refraktor den Ausschnitt eines Schneefeldes, über das sich eine lange Menschenkolonne bewegte, wie die Goldsucher auf dem Chilkoot-Paß in Jack Londons Abenteuererzählung aus Klondike.

Der Fudji-san, sagte Frau Sato, sei das Mekka der Japaner. Tag und Nacht würde der Berg bestiegen, am Morgen, wenn es noch dunkel sei, beginne der Marsch im Licht Hunderter Taschenlampen und dauere bis zum Einbruch der Dunkelheit an. Weiter unten, am Fuß des Fudji-san könne er den dichten Wald, das Gefilz aus Gestrüpp und Sträuchern erkennen, ein beliebter Platz für Selbstmörder, deren Leichen dort nur zufällig aufgefunden würden. Die meisten Selbstmörder gälten als auf dem Berg vermißt.

Gleichzeitig ertönten Dschafars Stimme und Professor Kitamuras Roboter-Antwort. Mit dem Blick auf den Vulkan machten sie auf Feldt einen kinohaften Eindruck. Vor allem sah er die endlose Menschenschlange im Schnee durch die Refraktorlinse wie auf der Leinwand. Zu seinem Erstaunen ließ sich der riesige, kanonenartige Refraktor federleicht bewegen, er sah die Krateröffnung fast so, als stünde er selbst davor, die Menschen, die Rast machten, sogar Dohlen, während er in dem neonhellen, blitzenden Observatorium wie in einem Raumschiff saß, das in niederer Höhe unbemerkt über die Vulkanlandschaft schwebte. Als er vom Refraktor zurücktrat, war Dschafars, des bösen Magiers Rückkehr noch immer auf ihrem Höhepunkt. Professor Kitamura war begeistert, von Wallner zu erfahren, daß Feldt in der Nationalbibliothek in Wien arbeitete, unbedingt wollte er beim Kongreß die Sammlung alter Landkarten und Globen sehen. Frau Dr. Nukada servierte Coca-Cola und Cashew-Nüsse, während sich Feldt über seine zweite Leidenschaft, alte Landkarten und Globen, in Begeisterung redete.

Das Globenmuseum in Wien, führte er in ungeübtem Englisch aus, sei nach der berühmten Kollektion in Greenwich das umfangreichste der Welt. Neben Erd-, Himmels- und Armillarsphären besäße die Nationalbibliothek drei Mondgloben, ferner einen Marsglobus und ein Tellurium.

Professor Kitamura lächelte bei Feldts Antwort. Er dachte nach. Schließlich fragte er ihn, ob nicht auch der legendäre »Atlas Blaue van der Hem« zur Sammlung gehöre.

Der schönste und wertvollste aller bekannten Sammelatlanten aus der Barockepoche, ein Gemisch aus Landkarten, Stadtplänen, Veduten mit Darstellungen von Personen, Tieren und Festlichkeiten war Feldts geheime Leidenschaft. Wieder und wieder hatte er die Karten auf den großen Kommodentisch in der Mitte des Archivraums gelegt und seinen Schatzinsel-Träumen nachgehangen. Eine besondere Kostbarkeit bedeuteten die auf vier Bände aufgeteilten Manuskriptkarten der niederländisch-ostindischen Kompanie vom Indischen und Pazifischen Ozean, die damals streng geheim waren. Feldt wußte im selben Augenblick, als Professor Kitamura die Frage stellte, daß er sich für die alte Darstellung Japans in dem Atlas interessierte, und schilderte ihm die Karte in allen Einzelheiten. Dschafar war inzwischen in der Gestalt des Flaschengeistes Dschinni erschienen und ließ die Erde erbeben, aufbrechen und rotglühende Lava ausbrechen, die Aladin auf einem Felsen umspülte.

In der kleinen Kantine wurde ihnen anschließend Sansai-udon, eine Suppe mit dicken, weißen Nudeln und Berggemüse serviert. Feldt hatte im Refraktor einen Paragleiter beobachtet, der sich dem Fudji-san näherte, er hatte das Bild noch vor Augen, als er mit den Stäbchen die Nudelstücke in den Mund schob und aufsaugte.

Sobald sie vom Observatorium wieder in die Hauptstraße einbogen, lag vor ihnen der erkaltete, riesige Vulkankrater des Ashi-Sees, auf dem, wie Feldt mit freiem Auge erkennen konnte, winzig kleine, weiße Aussichtsschiffe fuhren. Dahinter ein heller, fast durchsichtiger Schatten im weißgrellen Nebel, eine schneebedeckte Flanke des Fudji-san. Von der Menschenkolonne war von ihrem Standplatz aus und ohne Refraktor keine Spur zu entdecken. Gerade als Feldt den Berggipfel sah, berührte er Frau Satos Hand, die mit gespreizten Fingern neben ihr auf dem Sitzpolster lag. Er spürte zugleich mit der Berührung einen Stich in seiner Brust, aber er ließ seine Hand wie zufällig auf ihrer liegen, und auch Frau Sato zog sie nicht zurück.

Noch immer betrachtete er den Fudji-san, aber er sah ihn nicht wirklich. Er blickte statt dessen Frau Sato verstohlen aus den Augenwinkeln an. Sie starrte geradeaus, wandte sich aber im selben Moment wie unabsichtlich ihm zu, flüchtig, doch wenn er sich nicht getäuscht hatte, mit einem kaum merklichen Lächeln, bevor sie sich wieder der Landschaft widmete. Ihre Hand lag noch immer unter seiner, und Feldt drückte sie. Wieder spürte er bis in seine Brust einen leisen Gegendruck, fast unmerklich. Feldt sah im Rückspiegel, daß Wallner mit dem Lenken des Wagens über die Gebirgsstraße beschäftigt war. Auf den umliegenden

Hügeln ragten Sendestationen und militärische Radaranlagen in den ausgebleichten Horizont, und Feldt war belebt von den Gefühlen der Annäherung. Erneut drückte er Frau Satos Hand, und abermals wurde sein Druck erwidert.

Rumpelnd bog Wallner in einen Aussichtsplatz ein, auf dem kein anderer Wagen stand. Die beiden Hände lösten sich, aber, wie es Feldt schien, mit einem kaum spürbaren versprechenden Streicheln der Finger. Ohne ihn anzusehen stieg Frau Sato aus, Feldt nahm die andere Tür. Der Wind wehte auf der Anhöhe stärker. Zwei Fotografen hatten Pappkartons an Bäumen befestigt, die hin- und herschaukelnd Fotografien mit Touristen vor dem Vulkan zeigten. Von der anderen Seite der Straße konnte man das kugelförmige Observatorium jetzt in einer dunkelgrünen Hügellandschaft vor der Meeresbucht erkennen. Einer der Fotografen scherzte mit Frau Sato. Sie übersetzte lachend, daß er ein Bild von dem schönen Paar machen wolle. Der Fotograf zog Feldt an ihre Seite, doch bevor er noch abdrücken konnte, hatte sich Wallner auf der anderen Seite dazugestellt – Feldt verspürte eine sinnlose Eifersucht. Er legte daher seinen Arm auf ihren Rücken und hielt ihre Schulter mit einer Hand. Unmittelbar nach dem Geräusch des Verschlusses drehte sie ihr Gesicht zu ihm hin, und obwohl sich ihre Augen nur für einen winzigen Sekundenbruchteil begegneten, ahnte Feldt in diesem Moment, was sie dachte und daß Wallner, wenn er sie beobachtet hatte, über sie Bescheid wissen mußte. Wallner holte jedoch gerade die japanisch beschriftete Autokarte von seinem Sitz, faltete sie umständlich gegen den Wind und ließ sich dann von einem der beiden Fotografen die weitere Fahrstrecke erklären, während Frau Sato dem anderen ihre Adresse gab und bezahlte. Der Himmel sah nun staubig-weiß und grün aus, und der Vulkan hatte eine blasse, eisgelbe Farbe angenommen, sein Anblick ließ ihn neuerlich an Thomas Manns *Der Zauberberg* denken. Nebel und Dämpfe lösten sich von dem mächtigen Koloß.

Im Wagen suchten sich – wenn auch zögernd – wieder Frau Satos und Feldts Hand. Auch wenn Feldt keinen Augenblick die kleine Plastikhülle mit dem Autograph in seiner Jacke vergaß, auch wenn er durch die mittägliche Begegnung mit Hayashi gezeichnet war, wie der Rand einer Fotografie durch die Flamme eines Zündholzes, so war er jetzt doch von ab- und anschwellenden Glücksgefühlen durchströmt. Sein Blick blieb auf Frau Satos Haaren, ihrem feinen, anziehenden Ohr, ihren Wimpern, ihrem Mund haften, an der kleinen, charakterstarken Nase, an dem seitlich sich vorwölbenden Augapfel mit der gläsernbraunen Regenbogenhaut. Frau Sato drehte sich zur Seite, um durch das Heckfenster zu schauen, und da Feldt ihrem Kopf mit dem Blick folgte, bemerkte er, daß sie es tat, um in sein Gesicht zu schauen. Sie starrten aus dem rüttelnden Fahrzeug nach hinten, wie um den Berg zu sehen, doch schauten sie sich zuerst in der reflektierenden Scheibe an und dann mit einer knappen Kopfdrehung direkt in die Augen. Sogleich setzte sich Frau Sato wieder zurecht, sie löste ihre Finger und fragte ihn, ob er den Berg nicht wunderbar finde.

»Ja, wunderbar«, murmelte Feldt, enttäuscht darüber, ihre Hand nicht mehr zu spüren.

Frau Sato hatte sie aber schon fast unmerklich auf die seine gelegt mit einem kaum sichtbaren, mädchenhaften Lächeln.

Sie fuhren steil in Serpentinen bergab, die sie gegeneinander preßten und voneinander lösten, um sie wieder sich finden zu lassen.

Neben einer Raststätte blinkte eine Tankstelle, an der sie abermals hielten. Wallner sprang aus dem Wagen – und sofort, als er die Tür in das Schloß geworfen hatte, sahen sich Frau Sato und Feldt in die Augen, dann küßte er sie schnell auf den geöffneten Mund. Er sah ihre dunklen Augen sich leicht senken und verharrte eine oder zwei Sekunden lang, um sich langsam wieder zu lösen. Wallner griff mit einem Arm – ohne hinzusehen – in den Wagen, zum Radio, knipste es an, während er sich mit dem Tankwart unterhielt. Aus dem Fond-Lautsprecher ertönte Bruce Springsteens *The river*. Frau Sato beugte sich über den Beifahrersitz, holte die Autokarte und legte sie auf Feldts und ihre Hände. Vor ihnen lag aufgeschlagen die Halbinsel Izu, ihr Fahrziel, und unter der aufgefalteten Karte konnten sich ihre Hände ungesehen berühren. Die Autokarte war weiß, gelb, hellrot und blau – beschriftet mit den fremden Zeichen war sie für Feldt ein Wegweiser in eine andere Welt. Der japanische Diskjockey im Radio sprach zu den letzten Takten der Springsteen-Nummer, die im Hintergrund versickerte, er lachte, und schon erklangen die ersten mächtigen Akkorde einer John Cale-Arie, das vertonte Dylan Thomas-

Poem *There was a saviour*. Die Musik machte ihn mutiger, ihre Hände zu streicheln, zu drücken und sie schließlich mit einer versteckten Bewegung, indem er die Straßenkarte hob, zu küssen.

Als er sich rasch umblickte, erkannte er, daß von der Tankstelle eine Seilbahn auf einen naheliegenden, kleineren Vulkangipfel führte. Wallner warf sich nichtsahnend in den Wagen, schaltete das Radio aus, wendete und nahm die Strecke bergab. Wortlos legte Frau Sato die Straßenkarte auf den Beifahrersitz. Feldt erinnerte sich an Empfindungen als Mittelschüler und Student, die von gleichzeitiger Hilflosigkeit, Macht- und Unverletzbarkeitsgefühlen geprägt waren, wenn er sich verliebt hatte. Seit ihm seine Freundin Karin wegen seiner Leseleidenschaft und der damit verbundenen Unlust auf Veranstaltungen, Abendessen und Empfänge verlassen hatte, war er vorsichtig geworden. Sie hatten fast zwei Jahre zusammengelebt, Feldt war entgangen, was ihr alles gefehlt hatte. Ihre Trennung hatte ihn einigermaßen erschüttert. Er zweifelte seither daran, ob er überhaupt geeignet war für ein Zusammenleben.

Durch die Windschutzscheibe sahen sie jetzt den Vulkan vor sich wie aus mit Grünspan überzogenem Kupfer. Und überall die Starkstrommasten und Leitungen, als wollte ein Liliputanervolk den Gulliverberg fesseln. Ein Vogelschwarm zog auf dem grellweißen, sonnenhellen, milchigblauen Himmel seine Kreise. Die Straße bog vom Vulkan weg zu einer dichtbewaldeten Bucht ab, mit einem kleinen Hafen in dunstiger Ferne. Nun sahen sie den Fudji-san schneebedeckt über grünen Almmatten, aschfarben davor der See und verstreut die umliegenden Siedlungen. Zwei Motorradfahrer kamen ihnen entgegen, bevor sie in das herbstlichrote und -gelbliche Dickicht eines Waldes tauchten, in dem sie vor der nächsten Mautstelle hielten, um zu bezahlen und dafür ein Spezialticket durch das Seitenfenster in den Wagen gesteckt zu erhalten.

Feldt und Frau Sato waren jetzt so eng aneinandergerückt wie ein Liebespaar, während Wallner mit dem Zahlen beschäftigt war. Feldt hatte keine Ahnung, wie die Beziehung zwischen Wallner und Frau Sato war. Natürlich konnte er sich vorstellen, daß sie unter einer Decke steckten, für Hayashi arbeiteten, aber das wäre, sagte er sich in einem Anflug von Ironie, wie aus einem Film von Hitchcock mit seinem ausgeprägten Gespür für Paranoia entlehnt, von dem er sich sonst so angesprochen fühlte. Er war überzeugt, daß Intelligenz prinzipiell ohne Verfolgungswahn nicht auskam, besser gesagt: eine phantasievolle Veranlagung nicht ohne permanente Gedanken an heimliche Verschwörungen. Außerdem zweifelte er nicht daran, daß jeder Mensch betrogen wurde. Im nachhinein entdeckte man oft Spuren, Hinweise – spielerisch hingeblättert vom Zufall. Feldt akzeptierte neben seinem Voyeurismus als weitere geheime Eigenschaft seine Paranoia – was ihn nur störte, war der Krankheitsbegriff, der damit verbunden war, denn er hielt seine Überlegungen für die normalsten der Welt. Wahrscheinlich waren Wallner und Frau Sato nur oberflächlich befreundet, dachte er, obwohl es möglich war, daß es eine Liebesgeschichte zwischen ihnen gegeben hatte. Er blickte hinaus. Links unten von der Straße breiteten sich terrassenförmig Reisfelder aus, Silotürme, die Dächer wie Bleistiftspitzen. Ein wuchernder Bambuswald, der ihn an große Schachtelhalme erinnerte, rostige Autowracks, eine Schlucht, auf einer Anhöhe ein Krematorium, auf das Wallner hinwies.

In diesem Augenblick, Feldt wußte nicht warum, argwöhnte er, daß Frau Sato und Wallner irgend etwas bezweckten, wahrscheinlich doch in Zusammenhang mit Hayashi oder dem Autograph. Das war zwar egal, denn er glaubte, im äußersten Fall das Autograph wegwerfen und damit auch jeden Beweis vernichten zu können, aber der Gedanke veränderte mit einem Schlag das verträumte Licht des Nachmittags. Erneut hielt Wallner den Wagen an – Feldt bemerkte erst jetzt, daß Frau Satos Hände auf ihren Oberschenkeln lagen – sie hatte sie also zurückgezogen, während er seinen Gedanken nachgehangen war. Sie jetzt zu berühren, würde wohl plump sein, daher überlegte Feldt, ob er aus Scham den Geistesabwesenden spielen sollte. Er bemerkte jedoch, daß ein Lastwagen mit Eisenstangen neben ihnen stehenblieb und der Fahrer sie darauf ansprach, wohin sie wollten, da es offensichtlich war, daß Wallner über einer Straßenkarte brütete. Sie mußten in einer verlassenen Gegend unterwegs sein, nur noch ab und zu waren sie einem Fahrzeug begegnet. Inzwischen redete Frau Sato mit dem Fahrer des Lastwagens. Sie hatten in einer Schlucht gehalten, weiter unten ein Bachbett mit großen Steinen, wie er sie von Fotografien japanischer Gärten kannte. Auf der anderen Seite am Berghang ein Dorf, davor Gewächshäuser, mit vom Wind zerrissenen Planen.

Während Frau Sato und der Fahrer des Lastkraftwagens noch auf Wallner einredeten, kam ein Begräbniszug um die Kurve mit schwarzgekleideten Menschen und weißen Blumenautos. Wallner ließ den Zug an sich vorüberziehen, bevor er die Karte wieder zusammenfaltete. Die Telegrafendrähte leuchteten im Schein der untergehenden Sonne. Als sie im wilden Zickzack die schmale Straße bergab fuhren, dehnte sich eine Plantage mit Khakifrüchten vor ihnen aus, die Feldt an Rosensträucher mit Hagebutten erinnerten. Tief unten in der Schlucht dann überquerten sie eine Brücke zu einem japanisch geführten Hotel, einem Ryokan, wie Frau Sato sagte. Der Vollmond stand am Himmel, und es war kalt.

Ryokan
(Die Welt des toten Dichters)

Bevor Feldt noch seine Schuhe auszog, drückte der Portier ihm einen Zettel mit einer Telefonnummer in die Hand. Feldt wußte, von wem: Natürlich kannte Dr. Hayashi die Adresse und Telefonnummer des Ryokans, er hatte die Reise ja mitgeplant, und im Grunde war es Feldt recht, daß er ihn suchte, das bedeutete ja, daß sein Interesse an dem Autograph weiter bestand. Er folgte Wallner und Frau Sato über einige Treppen an einem kleinen, von einer Glaswand abgeschlossenen Steingarten vorbei in sein Zimmer. Währenddessen erklärte ihm Frau Sato, daß er die Pantoffeln vor dem Zimmer ausziehen müsse. Auch vor den Toiletten befänden sich eigene Hausschuhe, die nur dort getragen werden dürften, er müsse sie daher beim Verlassen der Toilette unbedingt wieder ausziehen! Außerdem hoffe man, daß er sich in das »Onsen« begebe, ein heißes Bad, in dem er die männlichen Teilnehmer des Kongresses kennenlernen würde.

Die Zimmer, bemerkte Feldt, besaßen keine Nummern. Wallner erklärte ihm, daß sie den Namen von Blumen trugen.

»Sie wohnen im Hyazinthen-Zimmer«, ergänzte Frau Sato. Sie blieb auf dem moosgrünen Teppichboden stehen.

Feldt schob die hölzerne Gittertür auf und schlüpfte aus den roten Pantoffeln; hinter einer zweiten Schiebetür mit Reispapierfenstern befand sich ein kleiner mit Tatami-Matten ausgelegter Raum. Er stellte den Koffer ab, öffnete die Schiebetüren der Einbauschränke und entdeckte den blauweißgestreiften Yukata, eine blaue Stoffjacke und zwei Matratzen mit Bettzeug. Müde ließ er sich auf einem der Kissen nieder, sodann nahm er die Telefonnummer aus der Jacke und verglich sie mit der Nummer, die ihm Hayashi gegeben hatte. Es war nicht dieselbe. Er entdeckte das Telefon auf einem winzigen Bambustischchen vor einem Spiegel, der von einem grünen Stoff mit roten, weißen, gelben und violetten Hyazinthen verhängt war. Während er das Freizeichen im Telefon hörte, klappte er auf dem Tisch vor den Sitzkissen eine Blechdose auf, in der er drei blau und weiß gemusterte Teeschalen fand und eine weitere grün und weiß geblümte Teedose. Darunter lag ein Buch. Er sah nur eine Rokokoperücke, einen weißen Stehkragen, eine rote Jacke, aber er war sich sofort im klaren, daß es sich um Wolfgang Hildesheimers Mozart-Buch handelte. Er nahm das Buch heraus, schlug es auf und las die deutsch geschriebene Widmung: »Leider kann ich zu Ihrem Vortrag nicht erscheinen, aber ich bin mir sicher, daß ich es im Laufe Ihrer Reise nachholen werde.«

Im selben Augenblick wurde das Telefon auf der anderen Seite abgehoben, eine männliche Stimme meldete sich, und Feldt hörte im Hintergrund eine Katze miauen.

»Dr. Hayashi? – Sie wollten, daß ich Sie anrufe«, sagte Feldt auf deutsch.

»Ja, weshalb haben wir uns nicht vor dem Asakusa-Tempel getroffen?« fragte die Stimme ungehalten.

»Ich war dort ...«

»So?«

»Ich habe mit einem Herrn verhandelt.«

»Und?«

Die Katze miaute wieder im Hintergrund.

»Es war so obskur, daß ich mich aus dem Staub gemacht habe.«

Als Feldt das Aussehen des vorgeblichen Kunsthändlers beschrieben hatte, antwortete der Mann, der vielleicht Dr. Hayashi war, daß es vermutlich Dr. Chiba gewesen sei, sein Kompagnon. »Hat er Ihnen das nicht gesagt?«

»Nein.«

Dr. Hayashi dachte nach, während die Katze im

Hintergrund weiter miaute. Offenbar hatte sie Hunger.

»Wenn das Seminar zu Ende ist, werden Sie mit dem Taxi zum Bahnhof Shuzenji fahren«, sagte er schließlich. »Herr Wallner und Frau Sato reisen schon morgen ab, Sie müssen daher den Zug nach Tokyo nehmen. Warten Sie in Shuzenji vor der Apotheke auf mich ... Um dreizehn Uhr ... Haben Sie das Papier bei sich?«

Dr. Hayashi zischte etwas auf japanisch zur miauenden Katze im Hintergrund. Plötzlich war die Leitung unterbrochen. Es kam Feldt vor, als sei Hayashis Kabel aus dem Stecker gerissen worden. Nachdem er aufgelegt hatte, hob er wieder ab, um festzustellen, daß sein Telefon funktionierte. Es war in Ordnung. Vielleicht hatte Hayashi die Katze verfolgt und die Telefonschnur war irgendwo hängengeblieben? Sogleich spann sein Gehirn Komplikationen aus, sah grellbunte Bilder von Überfall, Totschlag und Mord in einer solchen Eindringlichkeit, daß er sich, um sich abzulenken, entkleidete, den Yukata überstreifte und aus einer Thermosflasche heißes Wasser in eine Schale goß, in die er zuvor grünen Tee gelegt hatte.

Mozarts farbiges Portrait blickte ihn vom Umschlag des Hildesheimer-Buches sibyllinisch an. Hatte Hayashi es ihm geschickt? Er hatte keine Gelegenheit gehabt, ihn danach zu fragen. Er ließ den Tee in der Schale dampfen, und zum ersten Mal berührte ihn der Umstand, daß er ein Stück Papier mit Mozarts eigener Handschrift, noch dazu seinen letzten Worten, bei sich trug. Er nahm das Plastiketui heraus, legte es neben das Buch. Das Bild auf dem Umschlag, las Feldt, stammte von Barbara Krafft aus dem Jahr 1819 und mußte postum gemalt worden sein. Aber der Komponist sah auf ihm sehr lebendig aus, so lebendig, daß Feldt sogar eine Mißbilligung in seinen Augenwinkeln zu erkennen glaubte. Er kam sich schäbig vor. Wie war es möglich gewesen, daß er sich so hatte verirren können? Seine Familie war immer mit Österreich, dem österreichischen Habsburgerreich vor allem, verbunden gewesen. Sie hatte dem Kaiser gedient, sein Großonkel, der Leibarzt des Kaisers, Joseph Kerzl, hatte sogar seine Memoiren vor der Drucklegung vernichten lassen, letztendlich der ärztlichen Schweigepflicht gehorcht und nicht der Verpflichtung gegenüber der Wahrheit vor der Geschichte. Niemals hatte ein Familienmitglied etwas Unehrenhaftes getan. Keiner war den Nazis auf den Leim gegangen, nicht einmal auf den Ständestaat und Dollfuß war jemand hineingefallen, da sie sich immer nur dem Kaiser und der Monarchie verpflichtet gefühlt hatten. Selbst sein Vater war nie etwas anderes gewesen als ein Anhänger der konstitutionellen Monarchie. In seiner tiefsten Seele hatte er immer die Rückkehr des Thronfolgers Otto erhofft. Naturgemäß war er wie alle anderen auch katholisch gewesen. »Die Österreicher sind kein demokratisches Volk«, hatte er Feldt beschworen, »sie sind ein von der Monarchie geprägtes, katholisches Volk. Am gescheitesten wäre es, dieses winzig kleine Land wieder zu einem Kaiserreich zu machen.«

Natürlich war für Feldts Vater die Demokratie kein Anliegen, offen gesagt fand er sich nicht in ihr zurecht. Er entdeckte, wie er immer wieder sagte, keinen

Lebenssinn in ihr. Er sah sich zuerst als Offizier und dann als Arzt. Sicher hätte er seinen Sohn nicht verstanden, wenn er ihm die Geschichte mit dem Autograph erzählt hätte. Aber Feldt verachtete die Politik als Ganzes, er fand sie altmodisch und vulgär – sie hatte etwas von der Atmosphäre einer Großveranstaltung mit volkstümlicher Musik. Deshalb hatte er sich auch immer schwergetan, seinen Vater zu verstehen.

Feldt steckte das Plastiketui wieder in die Jackentasche und schaltete das Elektroheizgerät ein. Das Zimmer roch nach dem grünen Tee, und er trank einen Schluck, der nach Gras schmeckte. An der Wand hing eine Taschenlampe in einer Klemme, vermutlich war sie für einen Stromausfall vorgesehen, vielleicht nach einem Erdbeben. Hinter zwei weiteren Holztüren entdeckte er einen winzigen Vorraum mit zwei Fauteuils, Tischchen und einem Waschbecken, von dem aus man in den dunklen Garten sah.

Er nahm die zwei vorbereiteten Frotteetücher aus dem Einbauschrank, suchte das Bad, gelangte durch eine aluminiumgerahmte Kunststofftüre in einen Umkleideraum, in dem Plastikkörbe bereitlagen für die Kleidung.

Bevor er sich auszog, erschien ein Herr mit Brille, graumelierten, nach hinten frisierten Haaren und einem freundlichen Lächeln im grobgeschnittenen Gesicht. Er verneigte sich tief, öffnete die zweite Schiebetüre zum Bad, dessen Wände und Boden mit Steinplatten ausgelegt waren. In der Mitte dampfte ein Becken für ein halbes Dutzend Personen. An einer Wand waren Spiegel mit Neonleuchten und Handbrausen mit schwarzen Schläuchen angebracht, darunter Plastikflaschen mit Flüssigseife. Die wichtigste Regel war, daß er sich unter keinen Umständen im Becken einseifen durfte, die gründliche Reinigung hatte außerhalb zu erfolgen, erfuhr Feldt. Mit diesen Worten ließ ihn der Herr, der sich als Professor Aoyama vorgestellt hatte, allein in der Abgeschiedenheit des Onsens zurück. Die Spiegel waren vom Wasserdampf angelaufen, auf dem Boden standen kleine Plastikschemel. Feldt setzte sich auf einen und begann sich, wie man es ihm geraten hatte, abwechselnd heiß zu duschen und mit einem weißen Frotteetuch und Flüssigseife gründlich abzureiben. Dann erst, rot wie ein Neugeborenes, stieg er über die grünverfliesten Stiegen in das Becken.

Noch nie in seinem Leben hatte er so heiß gebadet!

Der Dampf und die Hitze vermittelten ihm das Gefühl, gekocht zu werden. Er ließ sich auf einem Sims nieder, spürte, wie ihm der Schweiß aus den Poren lief, und wartete darauf, daß sein Herz stehenblieb oder eine Ader im Kopf platzte. Bewegungslos hockte er da, zuerst nur das Rot der geschlossenen Lider vor Augen, dann Mozarts Portraitkopf, wie er ihn auf dem Buch von Hildesheimer gesehen hatte, und schließlich die kleine Handschrift mit den lateinischen Wörtern des *Requiems*. Aber vielleicht waren es nur die Äderchen und Kapillaren der Lider, die ihm das Schriftbild vorgaukelten.

Er schlug die Augen wieder auf. Langsam begann sich Wohlgefühl einzustellen. Neben dem Onsen war eine Plastikschüssel bereitgestellt, damit er sich das

Wasser über den Kopf schütten konnte. Nach einer Weile stieg Feldt aus dem Becken, duschte sich, wie Professor Aoyama es ihm geraten hatte, abwechselnd heiß und kalt und stieg wieder zurück in das Becken. Er war froh, allein zu sein, er hatte befürchtet, wie angekündigt auf seine japanischen Kollegen zu treffen. Offensichtlich hatte man jedoch mit seiner Scham gerechnet, jedenfalls ließ sich niemand blicken. (Seine Scham war übrigens sein bestgehütetes Geheimnis. Er schämte sich sogar seiner Scham! Denn vielleicht war sie nichts anderes als eine raffiniert versteckte Eitelkeit, dachte er.)

Wie nach einem erfrischenden Mittagsschlaf verließ er eine Stunde später das Bad, suchte sein Zimmer, verwechselte es mit dem von Frau Sato, die in Straßenkleidung vor ihrem Tischchen kniete und schrieb. Ihr Anblick hatte etwas Rührendes. Feldt blieb stehen, sie hob den Kopf, seufzte, ohne ihn zu bemerken, schrieb weiter. Er kam wieder an dem Steingarten vorbei, in dem Kiesel, kleine Felsbrocken, Blumen, ein Pergamentregenschirm, ein Porzellanpüppchen (einen Dachs darstellend) und ein blattloser Ast eine Landschaft symbolisierten. Daneben erstreckte sich ein langes Becken, braun mit Wasserhähnen, an dem sich ein Mann im Yukata die Zähne putzte.

Feldt streifte zuerst die roten Pantoffeln ab, entrollte eine der Matratzen, legte ein Leintuch darüber und streckte sich aus. Im Fernsehen lief eine japanische Liebesgeschichte zwischen einem älteren Mann und einer jungen Frau. Obwohl er kein Wort verstand oder vielleicht gerade deswegen, verfolgte er das nur langsam sich entwickelnde Geschehen mit Anteilnahme. Um acht Uhr holte ihn Wallner ab und begleitete ihn in den ersten Stock, wo er in einem Speisesaal mit drei langen, niedrigen, gedeckten Tischen von den Seminarteilnehmern erwartet wurde, die sein Erscheinen mit Applaus begrüßten.

Es waren dreißig Bibliothekare und Bibliothekarinnen, alle in Yukatas, stellte Feldt fest. Er hatte befürchtet, daß sich nur wenige für seinen Vortrag interessierten. Der in verschiedenen Grünfarben gehaltene Speiseraum war von oben durch Neonröhren beleuchtet und wurde von mit Stoff bespannten Schiebetüren unterteilt. Über die Tische waren sorglos kräftig gemusterte Plastiktischtücher gespannt, auch auf den Sitzkissen trafen die verschiedensten geometrischen Formen aufeinander. Aber in Tiegeln, Tellern, Töpfen, Schalen und Schüsseln, in Körbchen, in Tassen und Gläsern fanden sich die köstlichsten Speisen: rohe, eingelegte Tintenfische, Wildschweinsuppe, Wildschweinschinken, geräucherte Fische, Pilze, Reis, eine Chrysantheme, gebackene Fische, Salate, Eier und anderes mehr, das Feldt noch nie gesehen, gerochen und geschmeckt hatte, aber seine Neugierde überwand die Hemmungen. Sobald er seine Scheu abgelegt hatte, schmeckte ihm das Essen, das er mit Bier und Sake – wozu er gedrängt wurde – zu sich nahm. Frau Sato und Herr Wallner hatten an einem anderen Tisch Platz genommen, vor ihm hockte Professor Aoyama, neben ihm ein Germanist aus Innsbruck, Dr. Albrechter, der ihn geduldig betreute.

Feldt wußte natürlich, daß er ein schlechter Gesellschafter war. Automatisch versuchte er, eine entspannte Atmosphäre herzustellen, sozusagen ein Niemandsland zwischen Freundschaft und Anonymität zu errichten, das aber von Langeweile geprägt war. Nichts blieb von dem scharfsinnigen Gesprächspartner Feldt, nichts vom ironischen Erzähler, nichts vom ausschweifenden Phantasten, der er unter guten Bekannten war. Ohne Alkohol war er sowieso nach einer Stunde ermattet und sehnte sich nach einem Bett und einem Buch. Je länger ein solcher Abend dauerte, desto stärker wurde dieser Wunsch, und nicht selten kam es dann vor, daß er – endlich zu Hause – noch ein oder zwei Stunden in seinem Bett die Stille genießend las, bevor er einschlief. Die Alternative war, wie gesagt, sich zu betrinken. Je heftiger und unmäßiger er trank, desto unvermittelter verwandelte sich eine gleichgültige Gesellschaft fremder Menschen in einzelne bizarre oder liebenswerte Charaktere, denen er sich verbunden fühlte, für die er scherzte oder laut nachdachte, die er aber am nächsten Morgen, durch Flucht oder unerwartete Zurückhaltung vor den Kopf stieß. Er wußte, daß er durch Trinken »verlor«. Er wurde geschwätzig, wiederholte sich, übertrieb und log sogar. Vielleicht zog sich auch sein Verstand vor den Gefühlen zurück.

Diesmal aber boten die verschiedenen Speisen genügend Unterhaltung und Anlaß zu Scherzen, und außerdem sparte er nicht mit Bier und Sake. Allerdings mußte er immer wieder seine Körperhaltung verändern, zweimal schliefen die Füße ein und erinnerten ihn schmerzhaft an überdehnte Muskeln und unterbrochenen Blutkreislauf.

Nachdem alle gespeist hatten, begab man sich in den »Trinkraum«, der sich ein Stockwerk unterhalb des Speisesaals befand, ein kahles, weißes Zimmer mit Tatami-Matten, Schiebetüren und Fenstern aus Reispapier, blauweiß gemusterten Sitzkissen und zusammengeschobenen, braunen, niederen Tischchen, auf denen Flaschen mit alkoholischen Getränken zwischen Gläsern, Schalen und Nüssen, Orangen und Aschenbechern vorbereitet waren. Die Seminarteilnehmer trugen noch immer den blauweißen Yukata und die roten Pantoffeln. Feldt wurde der Ehrenplatz am Ende der Tafel unter einem auf Gold gemalten kalligraphischen Bild zugewiesen. Frau Sato und Herr Wallner hielten sich am anderen Ende der Tische auf, Frau Sato verschlossen, ohne Lächeln und blicklos, Wallner in ein tiefsinniges Gespräch verwickelt.

Noch während Feldt seinen Blick schweifen ließ, wurde ihm ein dunkelhaariger Mann in Jeansjacke vorgestellt. Das schwarze Haar hinter der hohen Stirn war nach hinten gekämmt, die leicht konkaven Augenbrauen gaben den mandelförmigen Augen etwas von Bubenhaftigkeit, während die kräftige Nase dem ovalen Gesicht und dem weichen Mund Ernsthaftigkeit verlieh.

»Darf ich Ihnen Professor Inoue vorstellen?« fragte der geduldige Professor Albrechter.

»Yasushi Inoue?« dachte Feldt. Der Verfasser des *Jagdgewehres* war schon gestorben, aber vermutlich war der Name häufiger.

Albrechter erklärte aber, daß es sich um Professor Shuichi Inoue, den Sohn des Dichters, handelte, von dem Feldt nicht nur das *Jagdgewehr*, sondern auch die Krankheits- und Altersgeschichte *Meine Mutter* und die Kindheitsgeschichte *Shirobamba* gelesen hatte. Im *Jagdgewehr* bewunderte er besonders Saikos Brief, in dem diese ihren ehemaligen Geliebten an ihren Ehebruch erinnerte. Das Paar war in einem Hotel abgestiegen, mit einem Fenster zum Meer. Gegen Mitternacht öffnete der Liebhaber die Läden, und beide entdeckten ein Fischerboot, das so hell brannte, als hätte man es mit einer Fackel angezündet. »Wir wollen Verbrecher sein!« sagte der Liebhaber, und die Frau antwortete ihm: »Ja, weil wir nicht anders können, als Verbrecher zu sein, wollen wir große Verbrecher sein! Solange wir leben, wollen wir alle betrügen.« Wie oft hatte er diese Stelle gelesen, sich an dem Buch festgehalten, als er zu einer schwierigen Prüfung angetreten war oder einer späteren Geliebten seine Zuneigung gestanden hatte.

Zu seiner Überraschung erfuhr er, daß er sich in Yugashima, dem Heimatort Inoues, befand. In dem Buch über den Altersverfall seiner Mutter hatte Feldt eine Fotografie des Dichters mit ihr vor dem Pagodendach seines Wohnhauses in Erinnerung. Beide saßen auf einer Wiese, die Mutter mit einem Korb auf einer Matte, der Dichter lachend, eine Zigarette in der Hand.

»Ja«, sagte Shuichi Inoue, das Haus sei abgetragen und ein paar Kilometer bergaufwärts wieder aufgestellt worden, »wie es war«. Die halbe Nacht hörte Feldt ihm zu, stellte Fragen und sprach auch von sich selbst. Mehrmals versuchte er Frau Satos Blick auf sich zu ziehen, aber es gelang ihm nicht. Inoue stieß mit

Feldt an und erzählte ihm, daß sein Vater ein »Freigeist« gewesen sei. Man habe ihn nach buddhistischem Ritus begraben. In seiner Jugend sei er eher egoistisch und nervös gewesen, ab seinem 50. Lebensjahr milde geworden. »Anfangs war es für mich nicht leicht, der Sohn Inoues zu sein«, fügte er hinzu. »Man hat in der Schule immer gute Noten von mir erwartet, außerdem hat mein Vater sehr viele Gäste gehabt, vor allem Journalisten.« Man habe Bier und Brandy getrunken, so sei auch er früh zum Alkohol gekommen. Als er für die Aufnahmeprüfung in die Universität hätte lernen sollen, habe er bei den Gesellschaften bereits mitgehalten und dadurch oft sein Lernpensum nicht erledigen können.

Sie tranken den Whisky jetzt rasch wie Bier.

Nach der Arbeit, fuhr Shuichi fort, sei sein Vater immer ausgeglichen gewesen, nie nervös oder schlechtgelaunt. Zeit seines Lebens habe er ihn nachsichtig und sehr liebevoll behandelt. Insgesamt seien sie vier Kinder gewesen, einer seiner Brüder arbeite als Werbetexter.

Feldt erfuhr, daß Shuichi Inoue einen Lehrstuhl für Germanistik an der Tsukuba-Universität, 70 Kilometer außerhalb von Tokyo innehatte. Zwei Nächte in der Woche schlief er in seinem Büro, da er durch das Hin- und Herfahren insgesamt drei Stunden am Tag nur in der U-Bahn oder im Bus verbrachte. Wie Feldt liebte er das Lesen. Er empfahl ihm das *Kopfkissenbuch* der Hofdame Sei Shonagon, das sie um das erste Jahrtausend verfaßt hatte und das Feldt in seiner Privatbibliothek besaß, ohne es gelesen zu haben. (»Eine Bibliothek ist eine geistige Speisekammer, in der die Möglichkeiten zum Lesen geschaffen werden«, war Feldts Prinzip, »je größer die Möglichkeiten, desto größer die scheinbare Unabhängigkeit des Lesers und um so freier die künftige Leseexistenz. Eine Bibliothek ist ein fiktives Bauwerk aus Buchstaben und Ideen, Wörtern und Sätzen, Imagination und Wissen, Inspiration und Kurzweil, ein mikrokosmisches Modell des menschlichen Geistes – egal wie groß oder klein sie ist. Wenn diese Eigenschaft aus einer Bibliothek nicht ersichtlich war, so verdiente sie für Feldt nicht diese Bezeichnung, sondern war nur eine Ansammlung von Strandgut, oft nicht mehr als Altpapier, ein Buchstaben-Schrotthaufen, ein Lese-Müllkübel. Feldts geheime Liebe galt Erstausgaben, seltenen Büchern, die man in Antiquariaten findet, zusammen mit handcolorierten Kupferstichen. Ein solches Geschäft schwebte Feldt auch für die Zukunft vor, wenn er den Verkauf des Mozart-Autographs getätigt haben würde – vielleicht in London, vielleicht in Paris oder New York. Außerdem wollte er schon lange ein Buch über das Lesen verfassen: Die Geschichte des Lesens, Zitate von Leseabenteuern, wie über Jean-Paul Sartres wundervolles Kapitel »Lesen« in *Die Wörter*: »Aber ohne Rücksicht auf den Verfasser liebte ich alle Bücher der Sammlung Hetzel ...«, hatte Sartre geschrieben, »diesen Zauberbüchsen ... verdankte ich meine ersten Begegnungen mit der Schönheit ... Wenn ich sie öffnete, vergaß ich alles: war das Lesen? Nein, sondern Sterben in Ekstase.« – So intensiv hatte Feldt selbst als Kind die Kupferstiche und Landkarten betrachtet, so hatte er mit der Taschenlampe unter der Bettdecke gelesen, am liebsten aber in der Laube vor dem Haus, allein, im Sommer, zu Mittag, wenn es still war. Und noch intensiver, noch verrückter nach einem Asthmaanfall im Bett, geschützt durch das violette Muster der Tapeten und seine Krankheit, wenn das Lesen gleichberechtigt neben der Medizin, dem Essen und der Schule akzeptiert wurde.)

Manchmal stand einer oder ein anderer der Seminarteilnehmer auf, verschwand im Onsen und kehrte nach einer Stunde erfrischt und ausgeschwitzt zurück. Auch Feldt begab sich mit Shuichi gegen drei Uhr früh in das Bad, setzte sich neben das Becken und goß sich mit einem Holzeimer heißes Wasser über den Körper. Inoues Sohn war schlank und schön – sie übersahen jedoch gegenseitig ihre Nacktheit.

Noch immer betrunken, suchten sie ihre Zimmer auf, Feldt ließ sich in der Dunkelheit auf die Matratze fallen und erschrak. Warme Arme umfingen ihn, zarte Hände öffneten seinen Yukata und zogen ihn an einen seidigen, schwebend leichten Körper mit festen Brustwarzen und einer heißen, fließenden, engen Öffnung, mit der er sich wie selbstverständlich vereinigte. Sein Schrecken ging über in eine kalte Bewußtheit, eine fast schadenfrohe Gier, er knipste das Licht an, erkannte im Schein der Lampe die Züge von Frau Satos Gesicht, küßte ihre herausgestreckte Zunge und nahm ihre Beine über die Schultern. Während Frau Sato aus Leidenschaft eine hitzige Umarmung wünschte (ihre Arme und Beine zuckten) – verwandelte sich Feldts Gier in unendliche Langsamkeit, ein Schauen und Entdecken. Er wollte alles von ihr sehen, erst durch das Schauen glaubte er, sie vollends zu besitzen, obwohl es den Anschein hatte, daß sie ihn wie eine fleischfressende Pflanze verschlingen wollte. Er preßte sich so fest er konnte auf sie, um sie daran zu hindern, sich zu bewegen, denn er spürte, wie rasch er sich dem Höhepunkt näherte, doch wollte er die Umarmung nicht so schnell beenden. Er spürte das Klopfen in ihrer Scheide, es raubte ihm die Beherrschung, und er dachte – um sich abzulenken – an Mozarts Bild, das Autograph und Wallner und spürte, wie er langsam erschlaffte. Seine unkontrollierte Leidenschaft verwandelte sich in zärtliche Lust, er tastete nach ihrem Kitzler und rieb ihn sanft. Sie begann an seinem Oberarm zu saugen, er löste behutsam ihren Mund von seinem Körper und drückte eine Hand auf ihre Lippen.

Im Halbschlaf ließen sie später voneinander, im Halbschlaf bemerkte er noch viel später, wie sie ihn leichtfüßig und stumm verließ, im Halbschlaf fand er alles, wie es war, richtig.

Als er erwachte, rief eine Frauenstimme etwas Unverständliches zur Tür herein, bis er antwortete. Er blickte auf die Uhr. Es war sieben. Die Sonne schien auf den grünen Vorgarten, eine schüttere, herbstliche Weinlaube, Sträucher, Bäume, Blätter, einen Weg. Feldt hörte einen Bach rauschen. Hinter dem Garten erstreckte sich melancholisch das Tal mit verfärbten Blättern auf den Bäumen, verstreuten Häusern, dunkelgrünen Nadelbäumen, einem blauen Himmel als nach oben gespiegeltem See. Ein Haar von Frau Sato lag auf dem Polster. Feldt sah das Hildesheimer-Buch mit Mozarts Abbild auf dem Tisch. War Frau Sato aus einem anderen Grund in das Zimmer gekommen? – Er setzte sich auf, suchte die Jacke. Das Autograph war noch in der Tasche. Er hatte doch von Dr. Hayashi erfahren, daß sie abreisen würde, erinnerte er sich. Er schlüpfte in den Yukata, nahm das Handtuch und ging den Gang am Steingarten vorbei zur Portiersloge. Eine ältere Dame mit Brille gab ihm auf englisch die Auskunft, daß Frau Sato und Herr Wallner vor einer Viertelstunde abgefahren seien. Feldt empfand Erleichterung und Bedauern zugleich. Erleichterung, weil er keine Ahnung hatte, wie sich alles weiter entwickeln sollte, Bedauern, da er die Wärme, die Lust, ihre Bewegungen noch zu spüren glaubte und ihren Körpergeruch in der Nase wahrnahm. Er hatte Sehnsucht, sie zu berühren, mit ihr zu sprechen, ihre Hand zu drücken.

Auf dem Rückweg suchte er das Onsen auf, fand es leer, duschte sich, tauchte unter, rieb sich trocken und ging, ohne jemandem zu begegnen, in sein Zimmer zurück. Von dort aus – inzwischen war es acht Uhr – rief er Dr. Hayashi an, er hörte jedoch nur das Besetztzeichen. Er versuchte es mit der alten Nummer, diesmal meldete sich der Anrufbeantworter.

Im Seminar-Raum waren die Bibliothekare schon in ihren Straßenkleidern beim Frühstück versammelt. Sein Platz zwischen Professor Albrechter und Shuichi war gedeckt, und er erfuhr bei grünem Tee, geräuchertem Fisch, pochiertem Ei in Sojasoße, Rettich, kaltem Wildschweinschinken, in Honig eingelegten Karotten, getrockneten und gesalzenen Pflaumen, Reis und

Algenscheibchen, daß sein Vortrag erst am Abend angesetzt sei und Shuichi sich bereit erklärt hatte, ihm das Haus und das Grab seines Vaters zu zeigen. Die meisten Bibliothekare, wie auch Professor Albrechter, waren verkatert und übernächtigt, aber nach dem Frühstück kam langsam Leben in die Gesellschaft. Auch Feldt fühlte sich, so sehr er sich zum Essen hatte zwingen müssen, nachher seltsam wohl.

Die Sonne schien sommerlich warm vom Himmel, als er mit Shuichi in dessen Wagen von dem großen Holzgebäude des Ryokans in das Dorf hinausfuhr. Shuichi war verschlossen, mit seinen schönen Augen erinnerte er ihn an ein scheues Eichhörnchen, merkwürdigerweise dachte er jetzt, allein neben Shuichi im Wagen sitzend, an Frau Sato. Er wußte nicht einmal ihren Vornamen! Die Nacht war eine unerwartete Freude für ihn gewesen, die ihn verwirrte. Er schloß die Augen, aber die Bilder erschienen nicht auf Wunsch, im Gegenteil, je mehr er sich daran erinnern wollte, desto vager wurden sie. Sobald er jedoch mit etwas anderem beschäftigt war, tauchten sie mit aller Heftigkeit vor seinem inneren Auge auf. Plötzlich verloren die anderen Sorgen – Dr. Hayashi, Mozart, das Autograph, die Nationalbibliothek, das Geld – an Gewicht. Nicht, daß sie verschwanden, aber es haftete ihnen jetzt etwas Spielerisches an. Die Umarmung hatte sein Selbstvertrauen gestärkt, seine Zweifel sah er jetzt wie von oben aus der Vogelperspektive.

Sie fuhren durch das »Shirobamba-Land«, den Ort, an dem Inoues Kindheitserzählung spielte. »Shirobamba«, wußte Feldt, hieß »weiße, alte Frau« – so wurden die Insekten genannt, die wie Watteflocken in der dämmrigen Luft tanzten, wenn der Abend über Yugashima hereinbrach. Er dachte an Löwenzahnsamen, die runden weißen Kugeln, die er als Kind im Garten seiner Eltern durch kräftiges Blasen in einzelne Fallschirmchen aufgelöst hatte.

Damals, an dem Nachmittag mit Paul Eck, als er LSD genommen hatte, erinnerte er sich jetzt weiter, hatte auch der Löwenzahn geblüht. Die gelben Blüten leuchteten so grell, daß er die Augen schließen mußte. Das war der Grund gewesen, warum er sich in das Haus begeben hatte. Im halbdunklen Zimmer waren die Löwenzahnblüten aus seinem Kopf auf den dunklen Wänden erschienen wie Dias und dort zerplatzt. Sodann waren sie aus dem Parkettboden gesprossen, aus den Tapeten, aus den Vorhängen. Eck hatte eine Symphonie von Mahler aufgelegt. Von da an waren die Blüten als Wolken symmetrischer, bunter Organismen im Raum geschwebt, hatten sich zu Wellenformationen geordnet und waren durch seinen Körper getanzt. Unentwegt hatten sie sich verwandelt, in leuchtende Radiolarien, Seeanemonen, Seesterne, durchsichtigfarbige Medusen, Quallen und Polypen, in Schuppenmuster, Korallen, Enzianblüten und Farnkräuter. Ein paar Jahre später hatte er in einem Wiener Antiquariat Haeckels *Kunstformen der Natur* entdeckt und war erstaunt gewesen über die Ähnlichkeiten der Haeckelschen wissenschaftlichen Illustrationen von Protozoen und Kleinsttieren mit den kaleidoskopischen Gebilden seiner von Mahlers Musik und den Löwenzahnblüten ausgelösten Bildern. Die farbigen Gebilde hatten schließlich ihre Dichte eingebüßt, sich langsam aufgelöst und waren zugleich mit der verklingenden Musik verschwunden. Feldt wußte noch, daß er am Schluß ein Gefühl unendlicher Dankbarkeit verspürt hatte, wie jetzt, als er an Frau Sato dachte.

»Musik?« fragte Shuichi.

Er drückte eine Taste seines Autoradios, und es erklangen die Anfangstakte eines Klavierkonzertes von Mozart.

»Mozart«, sagte Shuichi lächelnd.

Sie hatten mittlerweile Yugashima erreicht, die Dorfstraße, in der sich alte Holzhäuser mit neuen aus Ziegeln abwechselten. Die alten waren nicht nur schöner, sondern auch trotz ihres verfallenen Zustandes einladender. Kaum ein Mensch war zu sehen, die glacierten Ziegeldächer funkelten im Sonnenlicht, die alten Blechdächer mit den roten und braunen Flecken reflektierten es matt, wie Felsgestein. Ein gelbroter Lastwagen mit grünen Propangasflaschen zuckelte vor ihnen her durch die winkeligen Seitengassen, die plötzlich in ein verstecktes Villenviertel mündeten. Shuichi parkte den Wagen vor einem Drahtzaun, sperrte das Gartentor auf und überließ Feldt sich selbst. Wo das Haus des Schriftstellers gestanden hatte, befand sich jetzt eine mit weißem Kies bestreute Fläche, die von einem grabmal-ähnlichen Gedenkstein abgeschlossen war. Nach ein paar Schritten auf eine kleine Anhöhe sah Feldt zwischen Telegrafendrähten und Villen die zarten Umrisse des Fudji-san, vage wie der Beginn einer Märchengeschichte. Er kam Feldt weniger wie der Anblick eines Berges vor als eine Geistererscheinung. Jetzt fiel Feldt auch ein, daß er auf der Wiese stand, auf der Inoue mit seiner Mutter fotografiert worden war, nur daß das Dach des Hauses im Hintergrund wie wegretuschiert war. Ein Vogel zwitscherte in einem Baum. Shuichi stand hinter der Gartentür und rauchte eine Zigarette.

Feldt spazierte durch den gepflegten Garten mit dichten Azaleen- und Buchssträuchern, kleinen Ahornbäumen, die alle zugeschnitten waren und in mit Steinen eingefaßten Beeten wuchsen, üppig grün, zwischen Platanen und Zedern. Am Zaun entlang wucherten hohe Büsche brauner, vertrockneter Hortensien. Der Gemüsegarten war mit einem Ziegelmäuerchen umfriedet. Eigentlich erschien Feldt alles wie eine Grabanlage. Shuichi war ihm inzwischen stumm rauchend gefolgt und begann stockend zu erzählen, daß der Garten jetzt viel schöner gepflegt sei als früher, denn die Großmutter habe keinen Handgriff gemacht, nur der Großvater zu Lebzeiten Gemüse angebaut. Sie waren vor einem Orangenbaum, der Früchte trug, stehen geblieben. Rundherum erhoben sich, von den Sträuchern und Bäumen halb verdeckt, die weißen Villen. Es war vollständig still.

Feldt wollte wissen, ob die Bewohner der Villen gute Nachbarn gewesen seien. Shuichi sagte nichts, zögerte und gab dann einen schwachen Laut von sich, der ausdrückte, daß er darüber nicht sprechen wollte. Er erzählte aber später, daß sein Vater insgesamt nur sieben oder acht Jahre in Yugashima gelebt habe, während seine Mutter, über die Inoue die Altersstudie geschrieben hatte, hier geboren worden und in dem

Haus auch gestorben sei. Er selbst habe von seinem sechsten bis zu seinem neunten Lebensjahr einen Teil seiner Kindheit in dem nun weiter oben aufgestellten Haus verbracht.

Ein Hund bellte irgendwo. Sie streiften zwischen blühenden, weißen Winterkamelien, Pflaumenbäumen ohne Blätter und nackten Khakibäumen mit gelbroten Früchten umher; vor einem kleinen Misthaufen lag ein totes, vertrocknetes Huhn, die Federn waren gelblich ausgeblichen. Rasch gingen sie über den Kies zum Wagen, ließen ihn jedoch stehen und erreichten zu Fuß einen schwarzen, unauffälligen Marmorpfahl, auf dem ein Schild mit einer Zeigehand die Richtung zu Inoues Grab angab. In einer rostigen Benzintonne daneben wurde irgend etwas verbrannt; sie überquerten eine Bahnübersetzung und erreichten eine betonierte Rampe, die zwischen den Häusern zum Berg hin steil anstieg. Zuerst konnten sie auf die Dächer blicken, dann gelangten sie darüber hinaus zum Berg hin, wo auf einem verwilderten Platz die Trümmer alter Grabsteine und Urnen lagen. Unmittelbar dahinter begann der schattenspendende, kühle Bambuswald, dicht und hoch, wie er ihn sich in seiner Phantasie als Schüler ausgemalt hatte, wenn von Urzeiten die Rede war.

Der Weg führte steil, ohne Biegung oder gar Serpentinen den Berg hinauf, weshalb Feldt bald außer Atem war, während Shuichi zügig voranging und dabei sogar noch sprach. Früher seien auf diesem schmalen Pfad die Särge mit den Toten hinaufgetragen worden, gefolgt von der Trauergemeinde, sagte er. Beim

Begräbnis seines Großvaters sei er selbst noch hinter dem Sarg hergegangen, während sein Vater schon in einer Urne begraben worden sei.

In der Dunkelheit des Bambuswaldes schritten sie weiter bergaufwärts, die Stämme waren so dicht, daß er über den schrägen Hang auf einer Seite nicht mehr bis zum Dorf hinunterblicken konnte. Feldt keuchte, Schweiß trat ihm aus den Poren, während Shuichi flink höher und höher voranschritt. Auf den Bambuswald folgte übergangslos ein Zedernwald, Blätter und Zweige lagen auf dem Betonboden, aus dem kleine Steine ragten. Eine kleine Buddhafigur stand am Wegesrand neben einem Grabstein, weiter oben eine blaugestrichene Wasserstelle mit zwei Kunststoffeimern.

Unvermutet traten sie auf eine große Lichtung. Ein kurzgeschnittener Rasen bedeckte eine weite Fläche, die umgeben war von Grabsteinen und von einem mit Marmor ausgelegten Weg in zwei Teile geschnitten wurde. Der Weg wies feuchte Flecken auf und führte zu einem mehrstufigen, nach oben hin halbrunden Grabstein, unter dem sich die Urne des Schriftstellers befand. Als Feldt sich neben Inoue umdrehte, blickten sie über Laubbäume und das Immergrün von Nadelgewächsen in der glasklaren Luft auf die Schattenumrisse der weit in der Ferne liegenden Bergketten. Hinter ihnen verbreiteten einige Mandarinenbäume mit Früchten eine paradiesische Atmosphäre, der anschließende Bambuswald war bis weit zur Kuppe abgeholzt. Stämme lagen zu Haufen geschichtet am Waldrand. In zwei Grabvasen steckten Blumensträuße.

Auf dem Rasen kehrte ein blaugekleideter Mann mit Baseballkappe und Hornbrille das Laub zusammen. Auch der Grabstein war feucht mit dunklen Flecken und Rinnsalen, als habe es in der Nacht geregnet. Weiter oben hinter dem Grab setzte sich der alte Friedhof fort, in dem die Toten noch in Särgen begraben lagen.

Feldt fragte Shuichi, was die mit schwarzen Schriftzeichen versehenen, fast eineinhalb Meter langen Holzlatten, die hinter dem Grabstein an einem Marmorgestell lehnten, zu bedeuten hätten, und er erfuhr, während er das Todesdatum, den 29. 1. 1991, las, daß darauf der Name des Verstorbenen, den er fortan im Jenseits benutze, geschrieben stehe. Shuichi nahm eine der Latten in die Hand. Jedes Jahr am Todestag werde das Grab besucht und eine solche Sotoba, wie die Holzlatte genannt wurde, mitgebracht. Die erste, mit dem Namen für das Jenseits, der von einem Priester bestimmt werde, habe allein drei Millionen Yen gekostet. Shuichi nickte zur Bekräftigung seiner Kritik kurz mit dem Kopf. Der Mann mit der Baseballkappe und dem Besen hatte sich auf einen Grabstein gesetzt und rauchte.

Feldt dachte an seinen Vater, an das Grab am Grinzinger Friedhof und an seine Mutter in Döbling, mit der ihn nicht mehr viel verband. Sie hatte sich in seiner Kindheit so sehr um ihn gesorgt, daß er oft unglücklich darüber gewesen war. Weder hatte sie gewünscht, daß er mit anderen Kindern spielte, noch daß er sich zu lange im Freien aufhielt. Im Grunde hatte sie seine Lesebegeisterung gefördert, da er dann »beschäftigt« gewesen war, wie sie es nannte. Was in seiner Kindheit für ihn zuviel gewesen war und später lästige Einmischungen in sein Privatleben bedeutete, verschwand fast augenblicklich, als er promoviert hatte, und hinterließ in ihm so etwas wie ein beängstigendes, dunkles Loch.

Feldt folgte Shuichi und versuchte an die Bücher des Schriftstellers zu denken: *Meine Mutter* war eine Glimmerschieferplatte in einer Wiese, die von einem suchenden Taschenlampenkegel erhellt wurde. Es war ein Nachtbuch, etwas von einem entsetzlichen, quälenden Schweigen ging von ihm aus und die Düsternis einer schwarzen Wolke, die einem Tintenfisch im Meer entquillt. *Shirobamba* hingegen ließ ihn eine lärmende Kinderschar sehen, die alte Großmutter aus dem Fenster blicken und eine Hornisse durch ein Zugabteil sausen. Es hatte etwas von süßem Speiseeis, das von tödlichen Keimen befallen war, ohne daß jemand davon wußte.

Auf der Kuppel des Hügels hielten sie vor den Grabsteinen der Großeltern »und der Geliebten des Urgroßvaters«, wie Shuichi sagte. »Sie lebte in Shinode und zog hierher. Mein Urgroßvater adoptierte sie, dadurch erhielt sie einen Teil des Vermögens. Sie zog meinen Großvater auf.« Zwei Frauen standen laut schwatzend vor dem Nebengrab.

Unten hatte der Mann mit der blauen Baseballmütze wieder begonnen, die Wiese und den Marmorweg zu fegen.

Gedankenverloren gingen sie den Weg durch den Bambuswald wieder zurück, bis zum Auto, ohne ein Wort zu sprechen. Feldt verspürte die Lähmung, die ihn stets in Museen befiel, sobald seine Vorstellungskraft erschöpft war. Die Lähmung mischte sich mit Unruhe. Sie kam aus dem Wunsch, sich alles zu merken: den Blick über die bunten Bäume auf die Bergkette, den Bambuswald, die Pflanzen, die vielen wundervollen Einzelheiten, die er zuerst überhaupt erkennen mußte; all das strengte ihn an und, da er wußte, daß sein Bemühen, es sich vollständig einzuprägen, vergeblich sein würde, spürte er jede Sekunde als einen unwiederbringlichen Augenblick. Sie fuhren vom Dorf aus die Serpentinen hinauf und hinunter und hielten mitten im Wald auf einem großen, asphaltierten Parkplatz. Hinter einem Hügel zwischen dem glühenden Rot alter Ahornbäume stand das alte Holzhaus mit den geschlossenen Schiebetüren.

Shuichi erklärte, daß es hierher geschafft worden sei, weil die Dorfbewohner den Andrang von Touristen an den Wochenenden beklagt hätten. Weiter vorne erstreckte sich ein Gebäude, das ein Holzmuseum, ein kleines Café und einen Andenkenladen beherbergte, dort holte Shuichi die Schlüssel. Sie gingen den betonierten Weg an einer Holzmühle vorbei. Das kleine Bächlein rauschte. Das Haus war innen dunkel, windig und luftig.

Während Shuichi erzählte, blickte Feldt sich um. Die Zimmer waren mit Tatami-Matten ausgelegt und leer bis auf ein paar Lampenschirme, eine sechseckige Pendeluhr und die mit dunklem Holz gerahmte Feuerstelle, die mit Sand gefüllt war. Die Einsamkeit unbewohnter Räume war fühlbar. Die Außenwände bestanden zum Großteil aus Schiebetüren mit Reispapierfenstern, wenn Shuichi sie aufschob, hing der Garten mit den schönen Ziergewächsen förmlich als ein dreidimensionales Bild im Raum.

Das erste große, lange Zimmer war ursprünglich, erfuhr Feldt, durch Schiebetüren in drei Räume geteilt, der letzte davon wurde als Gästezimmer benützt. Dort, wo sich die Feuerstelle befand, wurde gespeist, weiter hinten türmten sich Sitzkissen in einem dunklen Zimmer. Es diente dem Großvater als Arbeitsraum und zur Herstellung von Arzneimitteln. Für die Patienten gab es allerdings keinen Einlaß, nur eine fensterähnliche Durchreiche. Inoue öffnete die Schiebetüre zu einer schmalen Küche und bemerkte, daß sich im oberen Stockwerk weitere Zimmer befänden.

Feldt hatte den Eindruck von Geometrie, Licht und Schatten.

Noch bevor sie das Haus verließen, wies Shuichi vor der Eingangstür auf einen Wandschrank, in den er vom Großvater eingesperrt worden war, wenn er etwas angestellt hatte. Er machte die Schwingtür auf und zeigte Feldt den hölzernen Käfig, der an eine Hühnersteige erinnerte. Innen war die Tür mit einer roten Blumen-Tapete ausgekleidet, ein Brett teilte den Kasten in zwei Teile. Es mußte vollständig dunkel in dem winzigen Abteil gewesen sein, in dem der Knabe, wie Feldt dachte, heftige Bilder der Angst und des Verlassenseins entwickelte, bis sein Großvater ihn wieder befreite.

4. Kapitel

Shuzenji
(Verfolgt)

Feldt hatte sich in Begeisterung hineingeredet. Neben dem Manuskript hatte er auch mehrere Schachteln mit Dias vorbereitet, die unter anderem Einbände der Bücher Prinz Eugens von Savoyen zeigten (Maroquin-Lederbände, deren verschiedene Farben den Fachgebieten entsprachen: Rot Geschichte und Literatur, Dunkelblau Theologie und Rechtswissenschaft, Gelb die Naturwissenschaften).

Prinz Eugen, der das Habsburgerreich mitgeschaffen, vergrößert und militärisch abgesichert hatte, war mit dem Philosophen Leibniz befreundet gewesen. Leibniz widmete ihm sogar sein Hauptwerk, die *Monadologie*. Überrascht stellte Feldt fest, daß die japanischen Bibliothekare darüber Bescheid wußten. Er konnte sie allerdings mit der Originalausgabe des *Don Quichotte* von Cervantes überraschen, dessen beide Teile 1605 und 1615 von Juan de la Costa in Madrid gedruckt worden waren, und mit Descartes' *Principia philosophiae*, gedruckt von Ludwig Elzevier in Amsterdam. Wunderbar groß und hell leuchteten dann die Kupferstiche der Maria Sibylla Merian auf der Leinwand des kleinen Seminarraumes, Insekten, Eidechsen und Schlangen der »metamorphosis insectorum Surinamensium« und die handcolorierte Darstellung der »Heliconia Strelitzia«, eine Orchideenart, die die Seminarteilnehmer in Begeisterung versetzte. Sie stammte aus dem *Hortus semper virens* des Botanikers Johann Simon Kerner. Schon bei der Kombination des Falters »Pepilio nestor« mit einem Granatapfel »Punica granatum«, die auf raffinierte Weise nicht nur Blüte, Frucht und Samen der Pflanze, sondern auch Puppe, Raupe und Imago des Schmetterlings zeigte, war Bewegung in die Zuhörer gekommen. Es war, als ob man tief in eine vergangene Menschen- und Naturzeit zurücksehen würde. Die Orchidee wiederum war nicht nur mit Stempel, Blatt und Blüte pflanzenanatomisch genau dargestellt, sondern gleichzeitig auch im Querschnitt mit Fruchtknoten und Samen. Die Begeisterung steigerte sich noch bei den handcolorierten Kupfertafeln aus dem von Kaliwoda gedruckten, dreibändigen *Hortus botanicus Vindobonensis*.

Feldt sprach dann – inspiriert von der Anteilnahme der Zuhörer – über die Zerstörungen der Bibliothek. Der niederländische Bibliothekar Hugo Blotius hatte im Katalog vom Jahr 1576 – Feldt zitierte aus dem Manuskript – festgehalten: »Wie ungepflegt und wüst schien alles – wieviel Schimmel und Fäulnis überall – wieviel Schäden von Motten und Bücherwürmern – wie war alles von Spinnennetzen überzogen! ... Als dann endlich die Fenster geöffnet wurden ... was strömte da für ein Schwall von verpesteter Luft hinaus!« Außerdem zeigte er noch eine Farblithographie des Brandes der Hofbibliothek im Jahr 1848, dem sogenannten »Revolutionsjahr« – die Aufständischen hatten damals Feuer gelegt. Aus dem Dach schlugen Flammen. Die Feuerwehr in schwarzen Hüten und Gehröcken und die Neugierigen verhielten sich auf der Lithographie eher »gemütlich«, wie bei einem Volksfest. Aber, so hatte Feldt hinzugefügt, neunzig Jahre später wurden zur Freude eines Teiles der Bevölkerung dann wirklich Bücher verbrannt, da viele Verfasser und Erkenntnisse nicht in das politische Konzept der Nazis paßten. Nicht wenige Bücher seien in der Nationalbibliothek mit dem Stempel »Gesperrt« versehen worden, sie durften nicht mehr entlehnt, das heißt gelesen werden und kamen zu den unaufgearbeiteten Bänden in den sogenannten »Sarg«, wo sie die Zeit ihrer Verfolgung als Scheintote überlebten. (Feldt assoziierte ihren Zustand mit dem Titel der *Toten Seelen* von Gogol, aber er brachte keine treffende Formulierung zuwege, weshalb er einen Vergleich unterließ.)

Irgendwie glückte es ihm, den Weg am Trinkzimmer vorbei zu seiner Matratze zu finden und den Abend ohne Alkohol zu verbringen. Er las beim Licht eines Tischlämpchens Hildesheimers *Mozart* kreuz und quer, bis er einschlief.

Am Morgen nach dem Frühstück reisten die Bibliothekare nach ausführlicher Verabschiedung ab. Feldt war erleichtert und glücklich.

Ein Taxi brachte ihn zur Eisenbahn, und noch einmal sah er den kleinen Fluß mit einem Angler, den Bambuswald und die Bauernhäuser.

Der Bahnhof in Shuzenji war drei Stockwerke hoch, aus Beton und mit Reklameflächen bedeckt. Feldt war um eine Stunde zu früh gekommen. Er verstaute seinen Koffer daher in einem Schließfach. Schon im Ryokan hatte er das Mozart-Autograph in eine der Schachteln mit den Dias versteckt, denn er wollte nicht, daß er noch einmal in eine Situation kam wie vor dem Tempel in Asakusa.

Er spazierte eine menschenleere Straße hinunter, wo Wäschebalkons, Propangasflaschen, Lüftungsventilatoren und kleine Pflanzen in Töpfen vor den einstöckigen Häusern die Welt hinter der Kulisse des Dorfes bildeten. Auf den gedeckten Balkons hingen getrocknete Kiwifrüchte an blauen Bändern, manche hatten sich schon schwarz verfärbt.

Zunächst begegnete er niemandem, das Dorf sah hier wie in aller Eile von den Bewohnern verlassen aus. An der Tür eines blauen Wellblechhauses hing ein schwarzer Regenschirm. Masten mit Bündeln von elektrischen Leitungen. Auf einer umgedrehten, gelben Kunststoff-Limonadenkiste stand ein Goldfischaquarium.

Als Feldt näher trat, erkannte er, daß es ein Dekorationsgegenstand war, denn die Flüssigkeit und die Fische waren aus Kunststoff und chemisch erzeugt, Feldt blieb fasziniert stehen. Eine Hängematte hing einsam zwischen zwei Betonsockeln. Endlich stieß er auf ein junges Paar, das mit Sturzhelmen neben seinen Mopeds stand und plauderte. Wasser sprudelte in offenen Abflußrinnen links und rechts der Straße. Dann plötzlich ein gepflegter, hübscher Garten mit vielen kleinen und größeren Pflanzen, Bäumchen und Sträuchern hinter einer Steinmauer. An einer Kamelie mit Blütenknospen hatte eine große, wespenfarbene Spinne ihr Netz gebaut, in dem vertrocknete Insektenflügel und Rümpfe aussahen wie winzige Laubteile. Der Geruch von Verbranntem kam von der anderen Straßenseite herüber und das Geräusch von Hammerschlägen auf Eisen. Als er das Ende der Straße erreicht hatte, stand er vor einer Mauer, über der, an einem von Mischwald bewachsenen Berghang, ein Strauch mit Mandarinen wie ein Klimt-Gemälde orangegetupft sich in sein Blickfeld schob. Beim Zurückgehen untersuchte Feldt (man muß es in Anbetracht seiner Aufmerksamkeit so nennen) eine der kleinen Abflußrinnen und entdeckte darin alsbald einen Laubstau: Er stellte sich alles vergrößert vor wie Plastiken von Oldenburg, jedes Blatt wie eine Flagge – obenauf eine riesige weiße Eislutscherhülle mit einer Erdbeere. Ein Stück weiter stieß er auf eine ausgebleichte Krabbe, einen Eisenbahnfahrschein, Getränkedosen, Glasfläschchen, den Rest eines Müllsackes und eine durchsichtige Handtasche aus Kunststoff mit silbernen Dunsttröpfchen, die auf ihr klebten. Nur ab und zu rauschte ein Auto vorbei. Er hielt vor einer Gartenhütte, deren Inhalt ihm ein Rätsel aufgab: Ein blauer Koffer mit silbernen Sternen und ein Bündel Bambusstangen. Über die nächste Mauer lugte eine rote Kamelienblüte durch einen armdicken Oleanderast. Er bog um die Ecke, da er die Apotheke suchen wollte, und vergewisserte sich erstaunt, daß er sich vor ihr befand. In der Auslage stand eine weiße Marmorbüste, vielleicht Konfuzius, vielleicht ein Apotheker, vielleicht ein Arzt. Feldt drehte sich um, wie immer, wenn er bemerkte, daß er sich in seinen Gedanken und Wahrnehmungen verlor.

Ein grüner Toyota mit zwei Männern hielt an der Straßenkreuzung. Wenn er sich nicht täuschte, saß hinter dem Lenkrad Dr. Chiba, der andere Mann mußte wohl Dr. Hayashi sein. (Wieso hatte Hayashi nicht gewußt, daß er Dr. Chiba vor dem Asakusa-Tempel getroffen hatte?, schoß es ihm durch den Kopf. Und was, wenn der zweite Mann nicht Dr. Hayashi war?) Instinktiv betrat Feldt die dunkle Apotheke. Er wollte nicht zu den beiden Männern in das Auto steigen, andererseits mußte er Kontakt mit ihnen aufnehmen. Der grüne Wagen hielt gerade vor dem Laden. Feldt sah durch die Auslagenscheibe Dr. Chiba hereinstarren.

Erst jetzt bemerkte er, daß der Apotheker ihn auf japanisch angesprochen hatte, ein kleiner, gepflegter Mann mit Krawatte und einem grauen Sakko. Im nächsten Augenblick betrat der unbekannte Mann aus dem Auto das Geschäft. Er wechselte mit dem Apotheker blitzschnell zwei Sätze und verbeugte sich vor Feldt.

»Mein Name ist Dr. Hayashi«, sagte er in militärischem Ton.

»Bitte«, er deutete auf einen Vorhang, den der Apotheker beflissen zur Seite zog. Sie setzten sich in einen winzigen Raum mit einem Tischchen und einem Fenster zu einem Garten. Eine hölzerne Apothekerkommode, jedes Lädchen mit goldenen Schriftzeichen verziert, stand an einer der Seitenwände, darauf eine überdimensionale Teekanne, ein getrockneter, brauner Baumschwamm und gläserne Gefäße mit beschrifteten Etiketten versehen.

Dr. Hayashi war ein energischer Mann mit suchenden braunen Augen, schwarzen gescheitelten Haaren und einer flachen Nase. Er ähnelte einem Südsee-Insulaner.

Der Apotheker stellte inzwischen eine große Flasche Sake auf den Tisch, zwei Becher aus grünem und schwarzem Porzellan und verneigte sich, bevor er verschwand. Sofort schenkte Dr. Hayashi ein. Er prostete Feldt zu, trank den Becher auf einen Zug aus und schenkte nach.

Feldt hatte keine großen Erfahrungen mit Sake. Einmal, in einem chinesischen Lokal, hatte er zuviel davon getrunken und war am nächsten Tag mit Kopfschmerzen erwacht. Daher wehrte er sich insgeheim gegen das Trinken, aber er gab nach. Kaum hatte er seinen Becher geleert, wurde er schon wieder nachgefüllt.

»Die Apotheke gehört übrigens zu meinen Geschäften ... Ich dachte, Dr. Chiba soll besser im Wagen draußen warten ... Es gab ein dummes Mißverständnis in Asakusa, und wir bitten Sie um Verzeihung. Dr. Chiba und ich wollten Sie gemeinsam vor dem Tempel treffen, aber wir haben uns bei der Absprache in der Zeit geirrt – ich kam eine Stunde zu spät. Jetzt möchte ich die Angelegenheit zu einem Ende bringen.«

Er schenkte wieder ein, nickte Feldt zu und leerte den Becher neuerlich in einem Zug.

»Haben Sie das Autograph diesmal bei sich?«

»Nein.«

»Darf ich Sie fragen, warum nicht?« Dr. Hayashi hob unwillig die Augenbrauen.

»Wir müssen uns zuerst über den Preis einigen.«

»Sie wollten eine Million Yen?« fragte Hayashi mißtrauisch.

»Nein, Dollar.«

»Das ist sehr viel Geld«, antwortete Dr. Hayashi nach einer kurzen Pause. Wieder tranken sie einen Becher Sake. Der Kunsthändler blickte zum Fenster hinaus und sagte dann: »Einverstanden.«

Feldt war erleichtert, doch blieb er angespannt. Das Schwierigste, wußte er, war die Übergabe. Wie aber konnte er Dr. Hayashi vertrauen?

»Ich habe da einen Verrückten an der Angel ... Offenbar verspricht er sich viel von diesem kleinen Stück Papier ... Er hat ein Gefühl für Werte, wenn Sie verstehen, was ich meine«, sagte Dr. Hayashi ihm zuprostend. »Auf unser Vertrauen«, fügte er hinzu.

Es war offensichtlich, daß er Feldt betrunken machen wollte, aber Feldt wußte keinen anderen Weg, als alles auf sich zukommen zu lassen.

Ohne ein Wort zu sprechen, trank er aus. Er sah, daß dem Kunsthändler Schweißtropfen auf die Stirn traten.

Dr. Hayashi schenkte Feldt nochmals nach und zwang ihn, auszutrinken, bis der winzige Raum sich um ihn zu drehen begann. Feldt hatte die ganze Zeit über angestrengt nachgedacht. Aber der Sake hatte ihn schon so sehr verwirrt, daß ihm zu seiner Rettung nur eingefallen war, den Bewußtlosen zu spielen. Sobald er die Wirkung des Alkohols jetzt spürte, klappte er in sich zusammen und ließ sich zur Seite sinken. Gleich darauf nahm er wahr, daß Hayashi sich an seiner Jacke zu schaffen machte. Schnaufend riß er sie ihm vom Körper, durchsuchte sie und fiel dann über seine Hosentaschen her. Endlich, sah Feldt aus blinzelnden Augen, verließ er den Raum. Er hörte die Ladentüre klingeln, aber kein Auto abfahren.

So rasch er konnte, erhob er sich, zog seine Jacke wieder an und flüchtete durch das Fenster in den kleinen Hof. Da er betrunken war, stolperte er zwischen Kisten und Kartons auf die Straße. Die Häuser waren in ihrer Perspektive verzogen, der Boden schwankte, die Dinge tauchten aus dem Nichts auf. Obwohl die Eindrücke geflogen kamen wie unerwartete Steinwürfe, die das Auge treffen, wußte er, daß er einen Häuserblock weiter gehen mußte, um nicht Dr. Hayashi oder Dr. Chiba zu begegnen, die möglicherweise noch im Wagen saßen. Vielleicht hatte der Apotheker seine Flucht schon bemerkt, jedenfalls gratulierte er sich, daß er das Autograph im Koffer hinterlegt hatte. Der Koffer! Hatte Hayashi ihm den Schlüssel zum Schließfach entwendet? – Er hatte ihn in die Brusttasche seines Hemdes gesteckt.

Offensichtlich hatte Hayashi ihn übersehen, stellte er erleichtert fest. Ein Getränkeautomat schaukelte im Asphalt, eine Auslage mit Süßigkeiten kippte auf ihn zu, Säcke eines Gewürz- und Gemüsegeschäftes stürzten vor seine Füße.

Er drehte sich um, hinter ihm drehten sich daraufhin auch die Häuser um. Er schwankte. Vor ihm lag der Bahnhof, auf dem Parkplatz waren Autos abgestellt. Feldt umkreiste den Platz, erreichte die Wand mit den blauen Schließfächern und nahm den Koffer heraus. Es war ihm jetzt egal, ob Dr. Hayashi ihn beobachtete, denn der Bahnhof war sehr belebt, und er glaubte sich durch die Anwesenheit von Menschen geschützt.

Er nahm die Fahrkarte aus der Geldbörse, ging auf das Drehkreuz zu und ließ sich anmerken, daß er betrunken war. Ein blauuniformierter Beamter sprach ihn neugierig an. Schließlich nahm er ihn respektvoll am Arm, führte ihn hinaus zu den Bahnsteigen auf einen weißen Eisenbahnwaggon zu, geleitete ihn zum Sitzplatz und zog sich lautlos zurück.

Das Abteil war äußerst gepflegt. Der braunrote Boden glänzte (ein Spiegel aus vertrocknetem Blut, wie es Feldt vorkam). Ihm war, als sei sein Gehirn ein Puzzle, das auseinanderfiel. Sein Kopf lag auf einem frischgestärkten Bezug, sein Blick starrte auf den grün, rosa und braun gewürfelten Überwurf des Sitzes, insgeheim wartete er darauf, daß aus dem geometrischen Muster sich ein Lebewesen entwickeln würde, wie in der Reptilien-Lithographie H. C. Eschers, auf der kleine Krokodile fortwährend einem Skizzenbuch entschlüpfen, über ein Buch und einen Dodokaeder klettern und in einen Messingmörser mit Raucherutensilien, worauf sie zurück in die ursprünglichen Zeichnungen verschwinden.

Er saß allein im Waggon, der sich langsam zu füllen begann. Ein Mann mit einem schwarzen Regenschirm tauchte auf, ein uniformierter Schüler mit einem Eislutscher, dessen Plastikhülle eine Erdbeere zeigte – wo hatte er sie schon gesehen? Ein älteres Ehepaar nahm vor ihm Platz, der Mann trug einen in Geschenkpapier eingewickelten Karton unter dem Arm, das Krabbenmuster auf dem Papier stach Feldt in die Augen. Er erinnerte sich an die Abflußrinne im Dorf. Als er zu Boden blickte, sah er, daß ein Blatt an seinem Schuh klebte. Ein Mädchen – eine durchsichtige Kunststofftasche in der Hand – eilte an ihm vorbei. Feldt erschreckte. Der Zug setzte sich langsam in Bewegung.

Ihm kam zu Bewußtsein, daß er alle diese Gegenstände kurz zuvor beim Spaziergang durch das Dorf schon einmal gesehen hatte. Es erschien auch gleich darauf eine junge Frau mit einem Servierwagen, die Getränkedosen anbot. Am besten war es, sich zu vergewissern, ob der Mann vor ihm tatsächlich ein Paket in einem Geschenkpapier (das ein Krabbenmuster trug) auf den Knien hielt. Er beugte sich nach vorne. Im selben Moment wurde es dunkel, da sie durch einen Tunnel fuhren. Als sie die Schwärze hinter sich gelassen hatten, erkannte er auf dem Schoß des Mannes jetzt nicht nur das aufgerissene Geschenkpapier und das Muster aus Krabben, sondern auch ein kleines Aquarium mit künstlichem Wasser und Plastikfischen. Schickte sein Gehirn Bilder zurück?

Wieder donnerte der Zug durch einen Tunnel ... Ein dumpfer Kopfschmerz saß vor Feldts Ohr. Er schloß die Augen.

Er erwachte erst viel später durch eine eiskalte Berührung auf der Stirne. Sein Kopf war im Schlaf gegen die Scheibe gerutscht. Die Pracht einer Pachinko-Halle glühte rosarot in der Nacht wie eine Punschtorte mit weißem, phosphoreszierendem Zuckerguß aus Neon. Daneben im Rot eines Rembrandt-Ochsen flackerte – von weißen Buchstaben wie von Rippen oder Fettadern durchzogen – die Reklame eines Elektronikkonzerns. Biergelb schäumte Licht und spritegrün stürzte es wasserfallgleich abwärts, flackerte nervös, atmete oder bildete Organismen aus Schriftzeichen und Formen. Jetzt, nachdem der Halbschlaf sich aufgelöst hatte in einen benommenen, ekligen Wachzustand, erschienen die Leuchtreklamen Feldt plötzlich ebenso kalt wie die Glasscheibe.

Tokyo
(Der Ausgang eines Labyrinths)

Noch immer schwindlig und verwirrt hielt er den Koffer fest in der Hand, um ihn nicht in der anonymen Masse zu verlieren. Im Abteil hatte er das Autograph wieder an sich genommen, da er schon vor den riesigen Menschenansammlungen in der Zentralstation gewarnt worden war. Es herrschte auch ein Gedränge und eine Eile, die ihn in einer Strömung von Körpern mit sich trieb. Ganz diesem Sog ausgeliefert, blickte er nach oben in ein Wirrwarr von Drähten und Kabeln, das unter der abgenommenen Deckenverschalung sichtbar wurde. Von den Wänden hingen graue Plastikplanen. Offensichtlich wurden Reparaturarbeiten durchgeführt, denn statt der Neonröhren beleuchteten aluminiumfarbene Lampen zur Not den Bahnsteig. Feldt dachte an die Sektion einer Riesenmumie angesichts des elektronischen Aderngeflechts, der dicken schwarzen Kabel, der mit Nylonhüllen umwickelten

Säulen, vor denen Jugendliche mit Haufen bunter Kunststofftaschen und Papiersäcken hockten. Viele der Jugendlichen hatten rotes oder blond gefärbtes Haar, trugen Phantasiekleidung und Wollmützen nach dem Vorbild von Rappern aus Harlem. Sie stachen aus der Mehrzahl korrekt gekleideter Geschäftsleute in Anzügen und Burburrys hervor, die man mitunter ebenfalls gegen eine Säule gelehnt sah. Schöne Mädchen in langen, taillierten Mänteln mit Stöckelschuhen, Ohrringen und abwesenden Gesichtern zogen an ihm vorüber, Bilder wie aus einem utopischen *Satyricon*. Weiter und weiter fortgetrieben und längst schon nicht mehr gegen den Menschenstrom ankämpfend dachte er an die *Satyricon*-Lektüre, die Farbe Purpurrot erschien in seinem Kopf, zu Fratzen verzerrte Gesichter, eine Pfauenfeder in einem nackten Hintern, das Kreischen von jungen Frauen und eine abgeschlagene Hand, aus der ein Blutstrahl spritzte. Die farbigen Bilder waren, bemerkte er, von Federico Fellinis Filmszenen inspiriert. Das Ganze hatte höchstens zwei oder drei Sekunden gedauert.

Es war ihm, als tauchte er immer wieder mit dem Kopf in Wasser, bis er nur noch Schwindel fühlte. Er schwitzte, und ihm war übel. Endlich spülte ihn die Menschenmenge zum Haupttor hinaus, wo sich das Gewühl lichtete.

Auf dem Gehsteig fiel ihm ein Maronibrater auf, Feldt hätte sich keinen anachronistischeren Anblick zwischen den Hochhäusern vorstellen können.

Jählings standen Dr. Hayashi und Dr. Chiba vor ihm, Hayashi, wie es schien, ein wenig verlegen.

»Ich habe mich sehr dumm benommen«, sagte der Kunsthändler, »ich möchte mich entschuldigen. Wir werden Sie gerne in das Hotel bringen, aber wenn Sie lieber mit einem Taxi fahren wollen, so werden wir Sie morgen anrufen, bitte bedenken Sie, daß wir aufeinander angewiesen sind. Ich habe das Autograph bisher nicht zu Gesicht bekommen!« Dr. Hayashi war merkwürdig nüchtern.

Feldt nickte.

Der Wagen Hayashis parkte um die Ecke, Feldt setzte sich, den Koffer auf den Knien, folgsam in den Fond.

»Wir werden uns zuerst stärken, bevor wir miteinander sprechen«, sagte Dr. Hayashi.

Er blieb vor einem Sushiladen stehen, durch das Wagenfenster sah Feldt in die Küche. Im fahlen Licht arbeitete ein Koch mit weißer Mütze und Messern. Er deckte seinen Arbeitsplatz mit dem Körper vor den Blicken der Gäste ab. Ein Gehilfe reichte dem Verkäufer, einem Mann im weißen Mantel, dunklem, schütterem Haar und einer schwarzen Hornbrille die kleinen Sperrholzkästchen mit dem rohen Fisch, der mit Gras vortäuschendem Kunststoff verziert und in Zellophan- und Packpapier eingewickelt war. Dr. Chiba besorgte hierauf am Getränkeautomaten einige Dosen Bier, sodann fuhren sie zum International House.

»Ich habe bei meinem Rechtsanwalt in Wien einen Brief hinterlegt. Er wird geöffnet, sobald ich als vermißt oder tot gemeldet werde«, sagte Feldt, der seine gesamte Energie mobilisiert hatte. Der Schweiß lief ihm die Achselhöhlen und die Stirne hinunter, aber er hatte das Gefühl, standhaft zu sein.

»Das ist sehr klug, aber nicht notwendig. Von jetzt an sind Mißverständnisse ausgeschlossen«, antwortete Dr. Hayashi.

Selbstverständlich hatte Feldts Rechtsanwalt keine Ahnung von dem Handel mit dem Autograph, und Feldt hatte bei ihm auch keinen Brief hinterlegt. Sie fuhren durch die Dunkelheit und dichten Verkehr. Der Kunsthändler wickelte die Päckchen mit Sushi auf, reichte Feldt das Kästchen und eine Dose kaltes Bier. Schweigend aßen sie den rohen Fisch, Dr. Chiba am Steuer. Das Holzkästchen und das Zellophanpapier ließen Feldt an einen kleinen Sarg denken. Als er alles aufgegessen hatte, fühlte er sich besser.

»Ich möchte Sie unter vier Augen sprechen«, sagte Feldt zu Dr. Hayashi.

»In Ordnung.«

Sie gelangten zur Auffahrt des International House, das im Dunklen lag, nur auf den Dächern der davor parkenden Autos schimmerte das Straßenlicht.

Feldt stieg umständlich aus dem Wagen, nachdem er die Verpackung der Sushi auf den Boden gelegt hatte. Seine Hände waren vom Essen klebrig, die Finger rochen nach Fisch. Dr. Hayashi folgte ihm. Im Freien nahm er Feldt den Koffer ab; Feldt ließ es geschehen. Der Kunsthändler übernahm es auch, Feldts Zimmerschlüssel beim Portier zu verlangen und einen Boy aufzutreiben, der den Lift holte und ihnen mit dem Koffer vorausging. Das Zimmer, das Feldt zugewiesen wurde, war kleiner als das erste. Dr. Hayashi schaltete den Fernseher an, suchte den Nachrichtensender CNN und setzte sich dabei auf das Bett. Auch

Feldt hatte sich, nachdem er sich die Hände gewaschen hatte, auf dem Bett niedergelassen, die Füße berührten noch den Teppichboden, aber sein Oberkörper lehnte in den Polstern. Auf dem Bildschirm war ein brennendes Flugzeugwrack zu sehen. Die Kamera fuhr über die Trümmer, Rettungsleute und Leichenteile und schwenkte auf die zerstreuten Gepäckstücke.

Der Flug Geryons
(Ein kunstgeschichtlicher Streifzug)

Feldt trug noch die Straßenkleidung, als er erwachte. Erschrocken suchte er das Autograph; er fand es, wo es immer war, in der Jackentasche. Jedenfalls hatte Dr. Hayashi ihn nicht mehr durchsucht. Auch der Koffer lag verschlossen auf der Ablage – das bedeutete allerdings nichts.

Mühsam stand er auf, suchte das grünweiße Päckchen mit Aspirin-C-Brause, taumelte in das Bad, warf zwei Tabletten in das Zahnputzglas und trank das prickelnde, säuerliche Getränk, das ihn an eine lange Chronologie von Kopfschmerzen, Ekelgefühlen, Übelkeit und Niedergeschlagenheit erinnerte. Er ließ sich wieder auf das Bett fallen, dabei entdeckte er eine Visitenkarte auf dem Nachtkästchen: Die Karte war mit Dr. Hayashis Adresse in Kamakura beschriftet, Feldt wußte nicht, wo das war. Außerdem war keine Telefonnummer angegeben. Er verstaute die Karte in seiner Jacke, in derselben Tasche steckte auch die *Göttliche Komödie*, er nahm sie automatisch heraus, weniger um darin zu lesen als zu blättern. Der Flug Geryons kam ihm in Gustave Dorés Illustrationen ein wenig theatralisch vor. Geryon, wußte Feldt, war ein dreileibiger Riese aus der antiken Mythologie, Enkel der Medusa, der auf der Insel Eytheia eine Rinderherde bewachte und von Herkules getötet wurde. Sein Laster, daß er als König freundlich Gäste empfing und sie dann umbrachte, trug ihm seinen schlechten Ruf ein. Dante gestaltete Geryon deshalb zum Symbol der Falschheit, zusammengesetzt aus dreierlei Lebewesen: Mensch, Löwe und Schlange – freundlich im Antlitz, grausam und schaurig von Natur aus. Als Flugdrache trug er Dante und Vergil vom siebenten Kreis der Hölle, der Region der Gewalttätigen, zum achten, dem Kreis der Betrüger, also aus der Region der Tyrannen, Selbstmörder, Lästerer, Sodomiten und Wucherer (die in glühenden Särgen, Blutseen, blutenden Bäumen und im Feuerregen ihre Strafe fanden) zu den Kupplern, Verführern, Schmeichlern, Dirnen, Wahrsagern und Ämteschacherern, Heuchlern, Dieben, üblen Ratgebern, Zwietrachtstiftern und Fälschern (welche von Teufeln gepeitscht wurden, in Kot wateten, mit verdrehten Köpfen weiterlebten, in Pechseen und vergoldeten Bleimänteln litten oder in Schlangen verwandelt wurden). Dante teilte den achten Höllenkreis in zehn konzentrische Graben, die »Bosheitsmulden«, wie er sie nannte, »Malebolge«, und widmete ihnen den siebzehnten bis dreißigsten Gesang.

Feldt dachte sich immer wieder in die Dantesche Hölle hinein. Er stellte sich den Infernoteil wie ein Gemälde von Hieronymus Bosch oder ein Wimmelbild von Bruegel vor, und es war für ihn verführerisch, wie einst altrömische Wahrsager tierische Eingeweide beschauten oder Vögel beobachteten, das Buch horoskopisch zu befragen. Er besaß zahlreiche Ausgaben der *Göttlichen Komödie* mit Illustrationen von William Blake, der den Flugdrachen Geryon wie eine Abendwolke über dem Feuer des achten Kreises gemalt hatte, mit verklärtem Antlitz, fast verträumt, ohne Flügel, die Pranken zu seehundähnlichen Flossen mutiert, ein Fabelwesen mit einem kleinen Skorpionstachel, die beiden Dichter eher wie ein liebendes Paar als Mann und Frau auf dem Rücken, in ein Gespräch vertieft, dem Geryon andächtig lauschte. Die Illustrationen von Botticelli liebte er wegen ihrer Skizzenhaftigkeit, sie erschienen ihm wie ein Storyboard für einen Film, den Pasolini über das Dantesche Werk drehen würde. Botticelli hatte Geryon im selben Bild dreimal festgehalten. In der *Göttlichen Komödie* wird nämlich geschildert, wie Geryon rückwärts vom Felsrand abhebt, um sich dann in die Flugrichtung zu drehen und in die Tiefe zu segeln, und Botticelli hatte alle diese drei Stadien in einer Zeichnung festgehalten.

Der Flugdrache erinnerte Feldt an ein Wesen aus einem Fantasyfilm – eine verblüffende Konstruktion mit einem furchterregenden Giftstachel am Ende des Schwanzes. Botticelli zeichnete außerdem eine Totale: Vergil und Dante sitzen hintereinander, Dante klammert sich an Vergil, doch sein Gesicht ist unbeteiligt. Der achte Höllenkreis liegt wie ein Brunnenschacht unter ihnen, an dessen Rand die Sünder laufend, sitzend und liegend im Feuerregen leiden.

Für Feldt waren Botticellis Illustrationen Comic strips im Gegensatz zu William Blakes esoterisch-verklärter Sicht. Feldt kannte auch andere Illustrationen von John Flaxman und Heinrich Füssli, von Salvadore Dalí und Robert Rauschenberg. Besonders liebte er die Miniaturen (die als Illustrationen zu den frühesten Handschriften entstanden waren) wegen ihrer Farbigkeit und märchenhaften Naivität. Einen traumschweren Eindruck hatte auf ihn vor allem das Fresko von Nardo di Cione in der Strozzi-Kapelle der Santa Maria Novella-Kirche in Florenz gemacht, wo die Darstellung der Höllenkreise im gesamten zu sehen war.

Seine Gedanken schweiften ab, zu einem Nachmittag in der Stadt am Arno, als er sich im Gastgarten eines Restaurants mit Wein betrunken hatte, im Kopf die Bilderflut von Fresken, Museen und Katalogen, die, wie es ihm vorkam, von seinem Blut durch den Körper gepumpt wurde und ihn zusammen mit dem Alkohol so müde machte, daß er tatsächlich einschlief. Man hatte ihn auf seinem Sessel ruhen lassen, bis das Lokal schloß und ihn für seinen Heimweg dann liebevoll mit einer Flasche Mineralwasser versorgt. Das Telefon schreckte ihn auf. Er tastete nach dem Hörer und stellte fest, daß es sieben Uhr war.

»Ich hoffe, Sie sind schon auf«, sagte Dr. Hayashi, ohne sich zu melden. »Wir müssen unseren Treffpunkt vereinbaren, ich schlage vor, morgen um dreizehn Uhr in Kamakura, Sie finden die Adresse auf der Visitenkarte –«. Mitten im Satz brach die Verbindung ab, wie beim Anruf in Izu. Vielleicht gehörte das zu Hayashis Stil.

Er steckte das Buch ein, zog sich aus, duschte und wechselte die Wäsche. Seine Haare waren noch naß, als er die Schiebetüre zum Park öffnete. Auf dem betonierten Gehsteig saugte eine Frau mit einem leise summenden Gerät, das sie auf den Rücken geschnallt hatte, die abgefallenen Blätter vom Boden auf. Eine zweite, die wie die erste gekleidet war: Gesichtsmaske, gelbes Kopftuch mit blauem Schild und blauer Arbeitskittel, rechte sie zuerst zu kleinen Häufchen zusammen.

Wie ausgemacht, erschien Professor Albrechter um acht Uhr im Speiseraum. Am Abend sollte Feldt den Vortrag in der Metropolitan-Universität wiederholen, zuvor hatten sie vereinbart, einen Ausflug zu machen.

»Ich habe Ihnen etwas mitgebracht«, sagte Professor Albrechter.

Er legte ein kleines Päckchen, eingewickelt in Geschenkpapier, auf den Tisch. Überrascht blickte Feldt auf.

»Woher wissen Sie ...?«

»Sie haben es ja noch gar nicht geöffnet!«

Feldt wickelte es auf. Vor ihm lag E. T. A. Hoffmanns *Das Fräulein von Scuderi*. Feldt hatte das Buch vor fast zwanzig Jahren zum letzten Mal gelesen. Er sah einen kardinalroten Raum vor sich, in dem künstliche Menschen, Androiden, zum Geräusch eines automatischen Klaviers stahlen, sich betranken, stahlen, vergewaltigten und mordeten. Es waren keine Aufziehfiguren aus Blech, sie hatten nichts Steifes an sich, nichts von Mechanik, obwohl sie zwischendurch immer wieder stehenblieben und scheinbar erst wieder durch einen neuen Energiestoß angetrieben werden mußten.

Er bedankte sich, im Kopf jetzt eine Zeichnung von E.T.A. Hoffmanns Trinkergesicht und im Geist damit beschäftigt, das Buch einzuordnen.

War es ein Zufall, daß Professor Albrecht ihm ausgerechnet eine Erzählung von E.T.A. Hoffmann schenkte, den er häufig nach einem asthmatischen Anfall las, weil sein Vorstellungsvermögen dann so angeregt war, daß ihm die phantastischen und bizarren Geschichten wie eigene Erlebnisse vorkamen?

Ein Ausflug nach Kitsine
(Eine Epiphanie)

Der Waggon, in dem sie sich befanden, war trotz des Morgenverkehrs aufgeräumt wie das Wartezimmer eines Modearztes. Feldt und Albrecht saßen auf der langen gepolsterten Bank, ihnen gegenüber hielt ein älterer Mann die Brille in der Hand und las eine bunte Sportzeitung. Der Waggon war nur schwach besetzt. Feldt phantasierte sich in die fremden Schriftzeichen hinein. Er betrachtete die Zeitung wie ein abstraktes Bild.

Er sah später, als der Mann umblätterte, Fotografien von Baseballspielern, Trabrennen, Sumoturnieren, so daß er sich vorstellen konnte, worum es ging.

An der Station »Nishi Hachioji« stiegen sie aus. Herr Kenji Hara wartete mit seinem Wagen in einer der nächsten Quergassen, er war Bibliotheksleiter in der Metropolitan-Universität, ein stoppelhaariger Brillenträger mit einem Kinnbart. Er fuhr sie aus der Vorstadt auf den Jimba-san zu, der sich im grellen Himmel als Umriß in der Ferne abzeichnete.

Es war heiß.

»Das Dorf, zu dem wir unterwegs sind, heißt Kitsine, was soviel wie ›Fuchsgrab‹ bedeutet«, sagte Professor Albrechter unterwegs.

Vor dem Bauernhaus im Dorf erwarteten die Bäuerin, die Schwiegertochter und der Bauer schon den Besuch.

Mehrfach verneigte sich die Familie vor ihnen, immer darauf bedacht, Respekt zu erweisen. Dadurch hatten die Verbeugungen etwas Verletzliches und Rührendes und ermunterten die drei Männer, es wie sie zu machen.

Der Wohnraum, wie von Feldt erwartet, mit Schiebetüren mit Reispapierfenstern, hatte die Wirkung eines dreidimensionalen, panoptischen Bildes. Sie durchquerten ihn und kletterten eine schmale Stiege hinauf in den ersten Stock, wo der Bauer zu erzählen begann, während Professor Albrechter und der Bibliothekar Kenji Hara abwechselnd übersetzten.

Es war ein großer unbeleuchteter Raum, der leer war bis auf mehrere runde Eisenöfen, alte Spindeln, Spulen und Wickelvorrichtungen und einen gemauerten Tisch mit einer webstuhlartigen Vorrichtung.

»Wir haben über viele Generationen Seide hergestellt«, sagte der Bauer, sich fortwährend räuspernd. Der Vorgang verlange große Genauigkeit und Geschick. Bevor das Insekt schlüpfe und den Seidenfaden zerstöre, werde es im kochenden Wasser getötet. Das heiße Wasser löse auch die klebrige Substanz auf, die die Stränge zusammenhielten. Die gekochten Puppen seien übrigens eßbar.

Der Bauer wartete geduldig auf die Übersetzung von Professor Albrechter.

»Wir stellen jedoch keine Seide mehr her«, schloß er. »Wir haben inzwischen weder Raupen noch Maulbeerbäume. Es lohnt sich nicht mehr.«

Feldt konnte der Unterhaltung, die nun vorwiegend auf japanisch geführt wurde, nicht mehr folgen. Er ging durch das Haus. Glattpolierte Wurzel- und Aststücke zierten das Arbeitszimmer. Auf einem Schreibtisch stand ein CD-Player: »Köchelverzeichnis«, las er auf einer der Kassetten.

Im Garten entdeckte er auf einem Telegrafenmast eine erfrorene Gottesanbeterin.

Professor Albrechter und die anderen kamen nach, wie von selbst ergab sich ein Spaziergang durch das Dorf.

Ein schöner kleiner Bach, der sich neben der Straße schlängelte, war dicht bedeckt von gelben Blättern – ein Schüler hängte eine Angel in das kaum sichtbare, dunkelgrüne Wasser. Schon vom Dorf aus konnten sie die Apfelplantagen auf den umliegenden Hügeln sehen, die mit Netzen vor den Makak-Affen geschützt wurden.

Feldt bemerkte, daß das Ehepaar zwei Schichten von Pullovern angezogen hatte. Ihm selbst war warm.

In Gedanken repetierte er seinen Vortrag. Neben den Bauernhäusern stießen sie noch überall auf die kleinen Gräber mit den Urnen der Ahnen. Aus einem der Höfe klang das Geräusch einer Holzsäge. Feldt trat näher. Zwei Spitzhunde umwieselten ihn und führten ihn, wie es ihm schien, in einen Hof. Es war ein kleines Sägewerk. Ein offenes Feuer brannte in der Mitte des Platzes. Vor einem verrosteten Wellblechschuppen war Holz aufgestapelt. Die beiden weißgekleideten Arbeiter trugen Ledergürtel, an denen ein Seil mit einem Karabiner und die verschiedensten Werkzeuge befestigt waren. Außerdem waren sie mit Schnürstiefeln und weißen Arbeitshandschuhen bekleidet. Sie sangen ein Lied.

Als er wieder auf der Straße war, bemerkte Feldt, daß seine Begleiter ohne ihn weitergegangen waren. Er kam an einem Schnapsladen vorbei, in dem ein Soldat und eine Frau hockten. Im nächsten Bauernhaus konnte er durch die geöffnete Schiebetüre einen Mann erkennen, der über die Glaskästen einer Nachtfaltersammlung gebeugt war. Er veränderte seine Haltung nicht. Das Haus war blau, im Hof leuchtete ein brennendroter Ahornbaum.

Plötzlich war Feldt glücklich. Er atmete tief ein, stellte fest, daß sein Denken ausgesetzt hatte, und war sich sicher, daß er nie mehr wieder so etwas Vollendetes sehen würde wie das Sägewerk und den Sammler der Nachtfalter. In einem anderen Garten hingen an mehreren Holzstangen weiße Sweater und T-Shirts zum Trocknen, sie waren durch die Ärmel »aufgefädelt« und schienen im Stillstand zu fliegen. Am Rand eines Zedernwaldes setzte er sich auf eine ausrangierte Sitzbank. Zu seinen Füßen lag ein zerrissenes Pornoheft mit Schwarzweißfotos. Zum Teil waren die Seiten mit Schrift bedeckt, zum Teil zeigten sie junge

Frauen mit gespreizten Beinen. Und wieder dachte Feldt, noch nie etwas so Vollendetes gesehen zu haben wie diese jungen Mädchen in ihrer Schamlosigkeit. Glitzernd lag unter ihm das Dorf. Nach einer Weile ließ sich ein Käfer auf seiner Hand nieder. Der Himmel war herrlich blau. Von weit unten hörte er das Kreischen der Kreissäge, das die Lieder der Arbeiter übertönte.

Die Universität
(Ein Vortrag mit extemporierten Fußnoten)

Zurück folgten sie die ganze Zeit über einem Postwagen. Feldt sah noch immer alles mit anderen Augen. Es war nicht wie unter dem Einfluß von LSD, sondern klarer, äußerlicher. Der rote Postwagen war nichts anderes als ein roter Postwagen, kein Eisblock aus Blut oder ein getarntes Spionagefahrzeug. Der Herbstwald leuchtete, wie er immer geleuchtet hatte, Feldt begriff nur, daß es gut war, wie es war.

Herr Kenji Hara sagte Feldt, daß auf dem Berg, an dem sie vorüberfuhren, Kaiser Hirohito und dessen Vater begraben seien. Sie bogen in eine Allee aus Ginkgobäumen ein, Gehsteige und Fahrbahn waren von Blättern überschüttet, die unter den Wagenrädern aufflogen. Er fühlte sich beschützt durch sie. Das aufgewirbelte Laub hinter dem roten Postwagen prasselte gegen die Windschutzscheibe, als schleuderte sie ein Sturm dagegen. Ein querschnittsgelähmter Bub mit Baseballkappe saß im Rollstuhl am Straßenrand und machte mit den Händen und Armen Zeichen, Feldt verstand nicht, was er wollte. Wahrscheinlich war er in ein Spiel versunken. Sie hielten an einer Ampel hinter dem roten Postwagen. Der uniformierte Beifahrer öffnete den Laderaum und lief mit einem Paket in ein Elektronikgeschäft, dessen Auslage vollgestopft war mit blauen Aquarien, in deren künstlichem Wasser Fische aus Plastik schwammen. Das Firmenschild bestand nur aus einer roten Krabbe.

»Vielleicht«, dachte Feldt, »erlebe ich eine Summe von Belanglosigkeiten. Ich muß sie nicht enträtseln können.«

Ein eigenwilliges, modernes Gebäude fiel ihm auf, von dem Professor Albrechter sagte, es sei ein »Narrenhaus«. Im Garten blühten Kameliensträucher. Kinder spielten im gläsernen Foyer. Der rote Postwagen bog zum Gebäude ab, Feldt sah sich umdrehend, daß der uniformierte Mann auch dort den Laderaum öffnete und Pakete hineintrug.

Nicht weit davon erhob sich die Metropolitan-Universität, ein langgestreckter, postmoderner Hochhauskomplex wie eine Festung. Die einzelnen Institute lagen weit auseinander. Im Universitätspark schneite es Ginkgoblätter, irgendwo wurden Musikinstrumente gestimmt. Feldt setzte sich auf eine der Bänke aus Marmor und betrachtete Ausschnitte der Bibliothek durch die beleuchteten Luken, die quadratische Einblicke in die Büchermagazine boten.

Kurz darauf kehrte Professor Albrechter zurück, um ihn zum Seminarraum zu führen. Dort erwartete sie der Rektor mit vielen Verbeugungen. Feldt spürte jetzt die Nervosität, die ihn immer befiel, wenn er einen Vortrag hielt. In einem Innenhof waren hinter großen Glasscheiben ein Bambuswäldchen und Wasser wie Dekorationsstücke in einer Auslage angeordnet. Der Raum selbst ähnelte einem Kino und war bis auf den letzten Platz gefüllt. Bevor Feldt sein Manuskript aus der Brusttasche seiner Jacke zog und mit dem Vortrag begann, entdeckte er Frau Sato unter den Zuhörern. Ihr Anblick versetzte ihn so in Unruhe, daß in ihm eine leichte Übelkeit aufstieg. Obwohl er sich konzentrierte, mußte er während des Vortrages immer wieder einen Blick auf sie werfen. Als er geendet hatte, erhob sich ein alter, eleganter Mann in Anzug und Krawatte, blätterte aufgeregt in seinen Papieren und bat ihn schließlich, etwas über die berühmte Musiksammlung zu erzählen. Stimme es, daß beispielsweise die handgeschriebene Partitur von Mozarts *Requiem* im Besitz der Nationalbibliothek sei? Feldt errötete. Er führte jedoch ruhig aus, daß die Musiksammlung mit dem ältesten Zeugnis musikalischer Notation auf einem Papyrus begänne, er sich jedoch auf die Wiener Klassik Haydn, Mozart und Beethoven beschränken wolle. Von Haydn besitze die Nationalbibliothek die Klavierfassung des Kaiserliedes »Gott erhalte Franz den Kaiser«, das fast hundertfünfzig Jahre lang mit verschiedenen Texten als Nationalhymne Österreichs gesungen worden sei. Außerdem die Originalhandschrift zur *Schöpfung*, Messen und das *Cellokonzert*. Von Beethoven wollte er nur das *Violinkonzert op.95* erwähnen, das auf vielen Seiten durch die berühmt flüchtige Handschrift des Komponisten Rätsel aufgibt und überhaupt nicht mehr dem Licht ausgesetzt werden dürfe, weil die Tinte völlig auszubleichen drohe. Dann begann er über die Geschichte des Mozartschen *Requiems* zu sprechen. Da es immer wieder in Zusammenhang mit dem Tod des Komponisten gebracht würde (weil es auch das letzte war, woran er arbeitete), gäbe es geradezu zwangsläufig eine Fülle romantischer Legenden. Jedenfalls habe Mozart die Arbeit nicht mehr beenden können.

Er warf einen Blick auf Frau Sato. Sie saß unbeweglich vor ihrem Pult, das Kinn in die offene Hand gestützt.

Natürlich war es eine absurde Situation, in der er sich befand. Ohne es zu beabsichtigen, griff er in seine Tasche, holte das Plastikstück mit Mozarts Autograph heraus und legte es auf das Manuskript.

Er machte eine unvorhergesehene Pause und fing irritiert an, die Schriftzüge Mozarts zu beschreiben. Die letzten Seiten des *Requiems*, sagte er, wirkten wie »hingefetzt«. Er kam auf die beiden Fassungen zu sprechen, zuerst auf die Ablieferungspartitur, in der nur der erste Satz, das »Introitus Requiem« mit dem »Kyrie« und »Christe« von Mozarts Hand stammten, alles andere aber von Süßmayr.

»Die Arbeitspartitur hingegen beginnt erst mit dem zweiten Satz«, setzte er fort, »dem ›Dies irae‹, und enthält alles, was Mozart bis zu seinem Tod vom *Requiem* verfaßt hat. Mozart verwendete verschiedenfarbige Tinten, woraus auf seine Arbeitsweise geschlossen werden kann.«

Er steckte das Autograph wieder ein, warf Frau Sato

einen Blick zu und lächelte. Zu seiner Freude lächelte sie zurück.

Die letzten Noten, die Mozart geschrieben habe, seien vermutlich die Anfangstakte des »Lacrymosa«, erklärte er, obwohl er der Überzeugung war, daß es nicht stimmte, auch wenn es schon tausendmal publiziert worden war.

Aus dem Bedürfnis heraus, den Vortrag nicht mit diesem Thema zu beenden, erwähnte er noch eine andere Merkwürdigkeit der Musiksammlung, die skurrilen Notizkalender Anton Bruckners. Der Komponist hatte unter einem »Zähltick« gelitten, was man übrigens auch aus seinen Partituren schließen könne, führte er aus. In den Taschenkalendern der letzten Jahre habe Bruckner täglich die Anzahl seiner Gebete in Form von Strichen unter den Buchstaben A für »Ave Maria« und V für »Vater unser« eingetragen. Soweit er wisse, seien drei bis vier dieser Gebete am Tag die Regel gewesen. Da Bruckner die Eintragungen mit Tinte und Feder vorgenommen hatte, waren Kleckse, Ausbesserungen, Verwischungen und Auflösungen durch Wassertropfen ein besonderes Merkmal dieser wie irre Kritzeleien anmutenden Aufzeichnungen.

Im Universitätsrestaurant war ein Raum für die Gesellschaft reserviert. Feldt ging an Frau Satos Seite mit den Zuhörern durch den dunklen Park. Noch immer übten Musikstudenten – vermutlich auf einem Balkon des Gebäudes. Hinter dem Restaurant war die Leinwand eines Autokinos zu sehen, auf der gerade die schwangere Polizistin aus *Fargo* mit ihrem durchgedrehten japanischen Jugendfreund speiste. Feldt hatte den Film mehrmals gesehen. Er nahm die Hand Frau Satos, drückte sie fragend und spürte zu seiner Freude die kaum merkliche Antwort ihrer Finger.

Der Park
(Eine Irritation)

Um sechs Uhr erwachte Feldt in der Meinung, jemand habe sein Zimmer betreten. Tatsächlich war die Schiebetür zum Park offen. Er sprang auf und blickte in das Morgenlicht: Soeben lief ein Mann auf einem der schmalen, mit Steinen ausgelegten Wege und verschwand hinter den Bäumen. Feldt griff nach seinem Yukata und schlüpfte hinein. Sodann suchte er in seiner Jackentasche nach dem Autograph. Frau Sato schlief mit dem Kopf unter dem Polster, den Körper zur Seite gedreht, als schütze sie sich vor Geräuschen. Nachdem er sich vergewissert hatte, daß die kleine Plastikhülle mit dem wertvollen Stück Papier vorhanden war, trat er ins Freie. Im dichten Dschungel aus Bäumen, Ziersträuchern und Gebüschen hörte Feldt langgezogene Pfeiftöne und ein aufgeregtes Zwitschern, wie er es nur von Staren kannte: saugend, ziehend, elastisch – ein ungewöhnlicher Laut mit einem nicht überhörbaren Warnton. Dieser Warnton wurde weitergegeben, von einem Baum zum nächsten, von einem kleinen Hügel zum anderen.

Der Steinweg, über den der Mann gelaufen war, führte an einem Teich vorbei in dichtes Gebüsch. Vielleicht hatte der Mann ihn und Frau Sato die ganze

Nacht über belauscht? Ein eifersüchtiger Liebhaber? Oder war es ein Handlanger von Dr. Hayashi und Dr. Chiba?

Im Gebüsch und unter den Bäumen war es schattig, fast dämmrig. Der kleine Park, stellte Feldt fest, war von Hochhäusern umgeben, zur Straße hin wuchs das Buschwerk mehrere Meter hoch, und ein Bambusgeländer schützte vor einem mehr als zehn Meter tiefen Abgrund, der dazwischen lag. Es bestand also keine Möglichkeit, über den Park zu entkommen. Der Warnpfiff der Stare begleitete ihn, wohin er auch lief, als er aber stehenblieb, um zu lauschen, hörte er plötzlich von einer anderen Stelle des Parks die Signallaute der Vögel.

Er ging über einen teppichartigen Rasen aus steifen Kurzgräsern, an Steinlaternen vorbei zum Teich. Im grünen Wasser schwammen die bunten Zierkarpfen. Als sein Schatten auftauchte, schwänzelten sie vertrauensselig herbei. Die Warntöne der Stare erklangen jetzt ganz nahe, vielleicht galten sie auch ihm selbst. Feldt hielt den Atem an und rührte sich nicht. Das Schilf und das Wassergras im Teich bewegten sich im Wind, die Fische unter der Wasseroberfläche.

Schon wollte Feldt in das Zimmer zurückkehren, da entdeckte er im lichteren Teil des Parks einen Mann im blauen Anzug mit Sonnenbrille. Er hatte einen Grashalm im Mund, die Hände in den Hosentaschen und schlenderte wie in Gedanken versunken auf ihn zu. Feldt machte zwei Schritte vom Wasser weg. Er stolperte beinahe über einen Baumstumpf, der vermutlich als Sitzgelegenheit gedacht war. Der Mann blieb vor ihm stehen, bückte sich, hob etwas vom Boden auf. Feldt konnte erkennen, daß es ein Sektkorken war, sogar die Marke »Dom Perignon« entzifferte er. Daraufhin drehte sich der Mann ihm zu und fragte ihn beiläufig etwas. Feldt starrte ihn an. Der Mann steckte den Sektkorken ein, nun erst sah Feldt das kleine Metallschild mit der Aufschrift »security« auf seinem Revers. Der Hoteldetektiv spuckte den Grashalm aus. Er grinste herausfordernd und ließ ihn wortlos stehen. Feldts Herz klopfte. Er war jetzt endgültig davon überzeugt, daß der Hoteldetektiv ihn im Zimmer belauscht hatte.

Frau Sato lag noch immer da, wie er sie verlassen hatte. Mißtrauisch zog Feldt den Polster von ihrem Kopf. Im selben Augenblick öffnete sie ihre Augen. Er beugte sich über sie, streichelte ihr Haar und küßte sie.

Kamakura
(Der vergebliche Versuch, ein Verbrechen zu verstehen)

Erst beim Frühstück erfuhr Feldt, daß Frau Sato in Kamakura wohnte. Sie fragte nicht, was er vorhatte, wollte ihm nur den großen *Daibutsu*, die Buddhafigur aus Bronze zeigen.

In den U-Bahnschächten war es heiß. Unterwegs sahen sie aus dem Waggonfenster eine Wiese am Ufer eines Flusses, auf der Frauen Kricket spielten. Das letzte Stück führte zwischen Gärten und Villen zu einem Vorstadtbahnhof, dessen Schranken sich mit einem aufdringlichen Schellen schlossen. Die ganze

Zeit dachte Feldt über Frau Sato nach. Sie hatte ihn hingebungsvoll umarmt, aber nichts von sich erzählt. Als Feldt sie gefragt hatte, ob sie verheiratet sei, hatte sie ihren Kopf nur ungehalten zur Seite gedreht. Bereitwillig hatte sie mit ihm jedoch über shintoistische Feste, buddhistische Traditionen und japanische Literatur gesprochen. Wann immer sie Zeit hatte, suchte sie das No-Theater auf, erfuhr er. Nie noch hatte Feldt einen Menschen kennengelernt, der so zart, so verschwiegen und fein war. Auch ihre Umarmungen hatten etwas Selbstverständliches, Schwebendes, Leichtes und sich Auflösendes.

Hinter dem Bahnhof spazierten sie an Lebensmittelgeschäften und Andenkenläden auf einen bewaldeten Hügel zu, bis sie das Tempeltor vor dem Park erreichten. In Nischen wachten die wilden Kriegerfiguren aus bemaltem Holz hinter Drahtgittern.

Feldt war mit seinen Gedanken inzwischen schon bei Hayashi. Er hatte nicht mehr viel Zeit. Das dunkle, klare Wasser im Trog hinter dem Eingang erschien ihm auf einmal wie ein lebendiges, gefährliches Bild. Auch die Geräusche seiner Schritte hörten sich für ihn mahnend an, wie die Laute der Stare im Park. Der Weg machte eine scharfe Biegung zu einem wolkenhaften, großen, herbstlichen Ahornbaum, hinter dem die Buddhafigur, umrahmt von farbigen Laub- und grünen Nadelwäldern, sichtbar wurde. Sie war von Grünspan überzogen, erweckte aber eher den Eindruck, aus einem Stein zu sein, der in allen Grün-, Gelb- und Graufarben schimmerte. Die großen Ohren lagen eng an dem gelockten Kopf, die schwarzen

Augenlider waren fast ganz geschlossen. Stumm, ernst, versunken ruhte er vor ihnen, die Hände Daumen an Daumen, die Beine überkreuzt.

Als Feldt den Kopf hob, sah er einen Bussard hoch oben am blauen Himmel über dem Buddha kreisen. Er ahnte, daß es ein schlechtes Zeichen war. Zumeist überkam ihn eine Intuition schon beim Anblick von Einzelheiten. In der Zusammensetzung der Dinge, ihrer Anordnung und ihrer zufälligen Auswahl war eine geheime Schrift verborgen, die er – vorausgesetzt, daß er nicht betrunken war – hin und wieder lesen konnte.

Der Bussard kreiste gelassen über der Statue und den Pilgern. Es war verrückt anzunehmen, irgend etwas geschehe seinetwegen, sagte sich Feldt, trotzdem spürte er, daß es Zusammenhänge gab, die er nicht beweisen konnte. Waren es nicht diese Zusammenhänge, die mehr Einfluß auf sein Handeln hatten, als alle logischen Überlegungen?

In einem Strom von Menschen folgte er Frau Sato zur Rückseite der Statue. Unter den Schulterblättern befanden sich zwei geöffnete, vergitterte Fenster. Lange, dunkle Feuchtigkeitsspuren rannen aus ihnen, als verliere die Statue Blut. Durch ein schmales Tor betraten sie das Innere des Buddhas, in dem ein beängstigendes Gedränge herrschte. Sie stiegen die schmale Eisentreppe hinauf bis in die Arme hinein, von dort konnten sie in den Kopf der Statue schauen, eine von den Arbeitsspuren rötlich wie von Rost gefärbte, unheimliche Öffnung. Feldt beeilte sich, wieder hinauszugelangen.

Frau Sato erklärte ihm sodann den Weg zum Tempelberg und wollte um sechs Uhr am Haupteingang auf ihn warten. Er blickte ihr nach, plötzlich überzeugt davon, sie nie mehr wiederzusehen.

Er nahm ein Taxi, zeigte dem Fahrer die Visitenkarte, lehnte sich zurück und schloß die Augen. Das Taxi hielt vor einem verfallenen, gelben Haus mit geschlossenen Rollbalken und einem Schild, das er nicht lesen konnte.

Nachdem er bezahlt hatte, stellte er fest, daß der Bussard noch am Himmel kreiste. Am nächsten Gebäude, einem Hochhaus, war eine Marlboro-Zigarettenreklame angebracht. Es roch nach Abgasen.

Feldt läutete an der Glocke neben der Eingangstür, die aus Holz und grün gestrichen war. Das Oberlicht war durch ein Gitter ersetzt. Nachdem er ein zweites Mal geläutet hatte, ohne daß jemand erschien, betrat er das Fischrestaurant auf der anderen Straßenseite, nahm an einem Tisch mit japanischen Pilgern Platz und gab die Nummer der Kunststoffspeise in der Auslage an, die er gewählt hatte.

Er hatte sich so gesetzt, daß er die Eingangstür durch eine der Auslagenscheiben beobachten konnte, auch beim Essen ließ er das Haus nicht aus den Augen. Niemand kam und niemand ging. Die Gäste speisten schweigend, nur ab und zu gab jemand eine Bemerkung von sich. Je länger Feldt so dasaß, auf das Haus starrte und den zaghaften Gesprächen lauschte, die er nicht verstand, desto stärker verspürte er die Anwesenheit des Todes. Er war sich nicht sicher, ob er selbst sterben mußte oder ob der Bereich, den er betreten hatte, eine Todeszone, ein Vorraum des Todes war, den er vielleicht noch verlassen konnte. Er wußte nicht einmal, ob er überhaupt die freie Wahl hatte, das Haus zu betreten oder zu gehen. Er sah, ohne zu wissen warum, den Kalender mit den Gebetsaufzeichnungen von Anton Bruckner vor sich. Die Flecken, die Wasserauflösungen.

Er läutete. Als niemand öffnete, drückte er gegen die Türe und stellte fest, daß sie unversperrt war. Er wartete, bis sich seine Augen an die Dunkelheit gewöhnt hatten. Eine Holzstiege führte in den ersten Stock. Den Bruchteil einer Sekunde lang sah er sich jetzt im Inneren des Buddhas. Der erste Stock bestand aus einem holzgetäfelten Loft, einem Schreibtisch, dem Bildschirm eines Computers und einer Reihe von metallenen Aktenschränken. Es stank nach Rauch.

Feldt blieb stehen. Er spürte, daß ihn jemand anstarrte. Jetzt erst sah er Dr. Hayashi auf dem Bretterboden liegen. Er war gekleidet wie im Zimmer des International House, als sie sich zum letzten Mal begegnet waren. Hayashis Augen bemühten sich verzweifelt, ihn auf etwas aufmerksam zu machen. Er folgte ihnen und entdeckte einen verchromten Revolver, der vor einem Stuhlbein lag, daneben eine tote, schwarzweißgefleckte Katze. Von der Decke war ein Knistern zu hören. Feldt hob den Kopf, brennende Holzstückchen begannen vom Dach herunterzufallen, zuerst vereinzelt, dann häufiger und dann rasch in immer kürzeren Abständen, wie glimmende Schneeflocken. Er hörte die Warnrufe der Stare im Park am frühen Morgen. Er sah den Mann im blauen Anzug mit dem Grashalm zwischen den Lippen aus der Lichtung kommen, sich bücken und den Champagnerkorken aufheben. Groß sah er die Aufschrift: »Dom Perignon.«

Er hob den Revolver auf, als ein Schuß fiel. Der Lärm erschreckte Feldt so sehr, daß er zu Boden stürzte, und, obwohl er keine Erfahrung mit Waffen hatte, in die Richtung zurückschoß, aus der er die Explosion gehört hatte. Glas zerbrach klirrend, weitere Schüsse explodierten, dann lief eine Gestalt die Treppe hinunter.

Die glimmenden Holzstückchen brannten auf dem Bretterboden weiter, sie fielen auf Hayashis Haar, seine ausgestreckte Hand, die Hose und auf Feldt. Feldt beobachtete die Treppe, aber von dort drang nur noch unheimliche Stille an sein Ohr. Hayashis Augen waren geschlossen. Feldt stand auf, beugte sich hastig über ihn, tastete nach dem Puls. Blut breitete sich unter Hayashis Brust aus. Wie Wasser auf der Erde lief es in kleinen Strömen und Verzweigungen über den Bretterboden. Instinktiv wischte Feldt den verchromten Revolver an seiner Jacke ab, um keine Fingerabdrücke zu hinterlassen, und legte ihn in die Hand des Toten. Die Holzstückchen prasselten inzwischen von der Decke, ähnlich brennenden Zündhölzern, und es stank unerträglich nach Rauch. Er quoll aus dem Dach und breitete sich langsam im Loft aus.

Beim Hinauslaufen registrierte Feldt, daß auf dem Bildschirm des Computers lautlos eine CD-Rom mit Bildern von Goya aus dem Prado lief. Auf der Stiege dann entdeckte er mehrere Blutstropfen, die zur Eingangstür führten. Sie stand weit offen.

Als er wieder ins Freie trat, blendete ihn die Sonne. Dichte Rauchfahnen stiegen aus dem Dach, Fußgänger blieben stehen und deuteten auf das Haus. Feldt senkte den Kopf, er gab vor, nichts zu bemerken, und machte sich rasch davon.

In der schmalen Straße reihte sich ein kleiner Laden an den anderen: eine Drogerie, ein Fachgeschäft für Messer, eine Schuhboutique. Er beneidete die Gegenstände um ihre Unbeteiligtheit. Plötzlich sah Feldt einen Blutstropfen auf dem Gehsteig. Er schaute auf die Uhr: es war zehn Minuten vor drei. In der Auslage eines Antiquitätengeschäftes, vor dem er stand, fielen ihm mehrere kleine Buddhafiguren auf. Er überquerte die Hauptstraße und gelangte gleich in winkelige Gäßchen mit alten japanischen Häusern und grünen Vorgärten; da sah er den nächsten Blutstropfen auf den Steinplatten des Gehsteigs. Hinter den Zäunen ragten die Äste und Stämme von Pflanzen hervor wie belaubte Schlangen.

Hielt sich der Mörder hier versteckt? Der Weg war zu beiden Seiten von Steinmauern und Zäunen mit Schilfmatten umgeben, so daß er in keinen der Gärten hineinsehen konnte. Er irrte orientierungslos in den winzigen schmalen Gäßchen herum, bis er auf den nächsten Blutstropfen stieß. (Einen Moment lang zweifelte er daran, ob er noch am Leben war.)

Endlich erreichte er hinter hohen Oleanderbüschen, durch die er sich zwängen mußte, die Straße. Ein Auto parkte vor ihm, darin schlief ein Mann mit grauen, schütteren Haaren, ein Taschentuch vor dem Gesicht. Der Motor lief. Feldt suchte den Boden ab und entdeckte in der Höhe des Kofferraums zwei Blutstropfen auf dem Gehsteig. Vorsichtig umkreiste er den Wagen, den Mann, dessen Gesicht von einem Taschentuch verdeckt war, nicht aus den Augen lassend. Eine alte Frau, einen Hut über dem Kopftuch, fuhr langsam auf einem Dreirad vorbei. Plötzlich bewegte sich der Mann hinter dem Lenkrad, reckte sich, gähnte, nahm das Taschentuch vom Gesicht und blickte argwöhnisch um sich. Als er Feldt sah, fuhr er gleich davon.

Feldt folgte hinter zweistöckigen Wohnhäusern dem Wagen die Straße hinunter, die zum Meer führte. Er erreichte eine Bucht mit Sandstrand. Angeschwemmtes lag am Ufer, weiter draußen ankerte ein Kriegsschiff. Feldt spürte erleichtert den Wind im Haar. Eine Gruppe Schüler in den gewohnten Uniformen stand mit aufgekrempelten Hosen bis zu den Knien im Wasser, Schultaschen, weiße Turnschuhe und Jacken lagen auf einem Haufen. Vielleicht hatte sich der Mörder im Kofferraum versteckt? Oder war es der Fahrer selbst gewesen? Mehrere Schüler kamen auf ihn zu, lachende Gesichter, liefen lärmend an ihm vorbei, einige schüttelten ihm sogar die Hand. Im schmutzigen Sand fiel ihm ein Stachelfisch auf: Er lag da wie mumifiziert, braun, die Kiemen zu einem Loch geöffnet, die Brustflossen weggespreizt, als seien sie kleine Flügel, das Maul wie zum Pfeifen zugespitzt, die Augen aufgerissen.

Feldt sah Hayashi vor sich, den verchromten Revolver, die tote gefleckte Katze, die langsam entstehende Blutlache. Er hob den Kopf, noch immer kreiste der Bussard am Himmel, die Luftströmung hatte ihn bis über das Meer abgetrieben, wenn es noch derselbe war. Weiter hinten waren Fischerboote mit Netzen auf den Strand gezogen. Über den Villen erhob sich eine schwarze Rauchwolke.

Eine Schar großer Gestalten kam ihm jetzt entgegen, in ihrer Mitte ein schwarzhaariger Mann mit Goldbrille unter einem roten Schirm. Er bückte sich nach einer angeschwemmten Muschel. Die Männer um ihn blickten Feldt finster an, einer von ihnen löste sich aus der Gruppe, rempelte ihn zur Seite und hielt ihn fest. Der Strand, bemerkte Feldt, war plötzlich leer. Der massige Schlägertyp mit vorspringender Nase, die einem Papageienschnabel ähnelte, hielt ihn weiter fest, während von der Straße, wie er jetzt sah, Polizisten auf sie zuliefen. Feldt wollte sich losreißen und fliehen. Der Rauch über den Villen hatte die Form eines Seesternes angenommen. Inzwischen hatten die Polizisten ihn erreicht. Sie versperrten ihm den Weg mit verschlossenen Gesichtern und mißtrauischen Augen. Feldt hielt verdutzt den Atem an. Sein Instinkt sagte ihm, daß es am besten war, abzuwarten – gleichzeitig starrte er auf den vielarmigen Rauch über den Dächern, der die Polizisten vor ihm wie nebensächlich erscheinen ließ. Die Polizisten fuhren ihn laut schreiend an, griffen nach ihm, tasteten ihn nach Waffen ab, legten ihm Handschellen an. Feldt hatte den Personalausweis in seiner Geldbörse bei sich. Bevor man ihn noch abführte, versuchte einer der Polizisten energisch, ihn auszufragen. Schließlich stopften sie ihn in einen Arrestantenwagen und brachten ihn auf das Revier, wo sie ihm die Handschellen wieder abnahmen und in einen kleinen septisch-weißen Raum mit einem Tisch und zwei Stühlen sperrten. Feldt war davon überzeugt, daß man Dr. Hayashi gefunden hatte. Vermutlich hatte er sich abgesichert, falls ihm etwas zustoßen würde. Er spürte, daß er völlig von der Außenwelt abgeschlossen war, denn es war eine neue Stille, die er wahrnahm, eine scheinbar endlose Stille. Es roch nach dem Reinigungsmittel, mit dem man den Boden aufgewischt hatte. Was sollte er mit dem Autograph machen? Es verschwinden lassen?

Die Tür wurde überraschend wieder geöffnet, zwei Polizisten betraten den Raum, einer von ihnen salutierte und gab ihm den Personalausweis zurück. Er sprach gebrochen englisch. Man habe seine Papiere überprüft – eine Routineangelegenheit. Zu seinem Erstaunen erfuhr Feldt, daß man ihn festgenommen hatte, weil der Kaiser mit seiner Gefolgschaft am Strand einen Spaziergang unternommen hatte. Also war er nicht verhaftet worden, und man brachte ihn auch nicht in Zusammenhang mit Hayashis Ermordung! Der Kaiser, erfuhr er weiter, verbringe manchmal Tage in seinem Schloß in Kamakura. Als Zeichen seiner Anwesenheit ankere ein Kriegsschiff vor der Bucht. Am Nachmittag pflege er mit seinen Leibwächtern am gesperrten Strand Muscheln zu sammeln.

Der Polizist dachte nach, dann wollte er von Feldt wissen, was er in Kamakura vorgehabt habe.

Feldt antwortete, daß er den Tempelberg aufsuchen wollte.

Der zweite Polizist übersetzte dem anderen Feldts

Aussage, griff dann zum Telefon und machte Meldung.

»Ich habe die Anweisung«, sagte er, nachdem er aufgelegt hatte, »Sie hinzubringen.« Er wartete nicht ab, wie Feldt sich entscheiden würde, sondern öffnete energisch die Tür und führte ihn durch die kleine Polizeistation hinaus auf die Straße. Dort lud er ihn ein, auf dem Vordersitz des Streifenwagens Platz zu nehmen, und setzte sich selbst hinter das Lenkrad. Dabei bemerkte Feldt eine Warze zwischen seinen Augenbrauen, etwas tiefer unter der Nasenwurzel als die der Buddhafigur. Sie fuhren durch die engen Einkaufsstraßen mit den niederen Häusern, die Feldt schon kannte. Plötzlich ließ sich Rauch auf die Fahrbahn nieder, verzog sich, hüllte den Wagen ein, so daß sie in der grauen, dichten Wolke die Orientierung verloren, aber gleich darauf hielten sie vor dem gelben Haus Hayashis, dessen Dachstuhl in Flammen stand. Der Polizist lief zu den Feuerwehrleuten hinter der Absperrung, kam aber gleich wieder zurück.

Eine große Menschenmenge hatte sich um das brennende Gebäude angesammelt; sie drehten um, bogen in die Gasse mit den Fischläden ein, währenddessen sprach der Polizist heftig in das Funkgerät. Feldt wußte nicht, ob er aufgeregt war, denn die Sprache war nach wie vor fremd für seine Ohren. Als sie abbogen, sah er den schwarzen Rauch jetzt wie eine Säule aufsteigen.

»Ein Buchhändler«, erklärte der Polizist zwischendurch zu Feldt auf englisch, er sprach offensichtlich mit irgend jemandem in der Zentrale. Ein Mopedfahrer vor ihnen transportierte auf seinem Gepäckträger eine Grünpflanze. Der Polizist beendete das Gespräch mit der Zentrale und zündete sich eine Zigarette an.

»Man hat den Leichnam geborgen. Vermutlich ist es Dr. Hayashi selbst«, wandte er sich an Feldt. »Ein angesehener Mann.«

Langsam begann es zu dämmern. Sie hielten vor dem Tor zu einem dunkelgrünen, bewaldeten Hügel. In einem winzigen Häuschen brannte Licht; ein glatzköpfiger Mönch erschien, öffnete das Tor und wartete, bis sie eingetreten waren. Der Polizist hatte es offenbar eilig und ging Feldt voraus, der mit seinen Gedanken noch immer bei Dr. Hayashi und dem brennenden Haus war. Er mußte sich zwingen, unauffällig zu bleiben.

Ein Mönch mit einem Korb voll Brennholz auf dem Rücken kam ihnen entgegen. Er trug einen krempenlosen Hut, hatte einen weißen Bart und schritt rüstig den Berg hinunter. Ihm folgte eine Frau mit blauer Jacke, zwei weiße Nylonsäcke in den Händen.

Der Polizist deutete auf eine schwach beleuchtete, zweistöckige Pagode, in der eine goldene Buddhastatue zu sehen war. Riesige Wurzeln von Bäumen ragten aus der Erde, Blätter raschelten unter ihren Füßen. Am liebsten hätte Feldt sich umgedreht und wäre zurückgegangen. Auf Steinfiguren, die er in der einbrechenden Dunkelheit nicht genau erkennen konnte, lagen Münzen. Das Licht in der Pagode erlosch plötzlich, die goldene Buddhastatue verschwand. Die Straße war nur schwach beleuchtet. Er folgte dem Polizisten unwillig in einen Garten hinter einer Mauer. Betende Mönche hockten auf dem Fußboden in einem großen, leeren Tempel. Wie von Geisterhand schlossen sich die Schiebetüren. Im Halbdunkel dehnte sich ein Kiesgarten vor ihnen aus. Die Linien zogen Feldts Blick auf sich, als wollten sie ihn hypnotisieren. Der Polizist sprach kein Wort, er stellte sich neben Feldt unter einen uralten Baum, dessen Äste von Bambusstangen gestützt waren. Draußen auf der Straße kam der Mönch mit dem leeren Tragekorb wieder zurück. Er führte jetzt ein Kind an der Hand. Kaum sah er sie aus dem Klostergarten treten, fing er zornig an zu schimpfen. Der Polizist versuchte, ihn zu beschwichtigen, aber der Mönch schimpfte weiter, ohne sein Gehen zu unterbrechen.

Irgendwo in der Nähe wurde in der Dunkelheit Laub verbrannt. Feldt roch den Geruch früher, als er das Feuer sah. Dr. Hayashis Gesicht stand vor seinen Augen, und die glimmenden Holzstückchen, die von der Decke gefallen waren, glosten in seinem Haar. Ein Hund bellte. Vor einer Stiege warf ein Gärtner eine Gartenraupe an und schob sie auf dem Betonsteig neben der Treppe lärmend bergauf.

Das japanische Café
(Eine Abschiedsszene)

Frau Sato wartete bereits mit einem Kind an der Hand in der Dunkelheit vor dem Eingangstor. Der Polizist gab ihr eine kurz angebundene Auskunft, bevor er mit seinem Wagen davonfuhr.

Von der Bahnübersetzung war das elektrische Schellen zu hören, während die Schranken sich schlossen. Feldt hatte das Schellen auch am Tempelberg aus der Ferne gehört.

»Stellen Sie sich vor, das Haus von Herrn Dr. Hayashi ist abgebrannt!« sagte Frau Sato. »Im Radio habe ich gehört, daß er ermordet wurde.«

Der Bub an ihrer Seite folgte ihr stumm.

Sie hatte ein Fahrrad an einen Baum gelehnt, öffnete im Dunkeln das Schloß und unterbrach dabei ihre Erzählung.

»Dr. Hayashi handelte mit Büchern und Bildern«, fuhr sie fort. »Er hatte eines der größten Antiquariate von Japan ... Angeblich soll er seine Hände auch im Pachinko-Spiel gehabt haben ... Wissen Sie, daß er sich für Sie verwendet hat?«

Sie hängte, ohne seine Antwort abzuwarten, die Tasche über den Lenker, setzte den Buben auf den Gepäckträger und schob das Rad neben sich her.

»Er hatte geschäftlich mit unserem Institut zu tun ... Ich wundere mich, daß Sie ihn nicht kennen.«

Feldt schwieg.

»Sein Antiquariat befand sich unter seinem Haus«, fuhr sie fort. »Angeblich soll alles verbrannt sein. Die Feuerwehr hat das Viertel abgesperrt. Auch Dr. Chiba, sein Kompagnon ...«

Feldt erschrak.

»Vermutlich ist er umgekommen wie Dr. Hayashi. Oder er hat Dr. Hayashi ermordet und ist geflohen.«

»Aber warum?« fragte Feldt.

Frau Sato schüttelte den Kopf. Sie schob das Fahrrad entschlossen auf die andere Seite der Straße.

Vor einem Lebensmittelgeschäft kettete sie es an einen Lichtmast. Der Bub lief bereits auf einen Pfad zu. Leichtfüßig sprang Frau Sato hinter ihm die tausend winzig-kleinen Stufen bergauf, die mit Brettern und Pflöcken in die Erde getrieben worden waren. Sie waren so klein, daß Feldt achtgeben mußte, nicht über sie zu stolpern. Außer Atem und schwitzend erreichte Feldt die Anhöhe. Vor ihnen dehnte sich eine weite Wiese mit Sträuchern aus, die als noch dunklere Schatten erkennbar waren. Irgendwo tollte das Kind herum.

»Ich komme so gerne hierher«, sagte Frau Sato. Sie legte die Tasche auf einen Baumstumpf. »Dieser Platz ist so schön.« Plötzlich schlang sie die Arme um ihn, stellte sich auf die Zehenspitzen und fing an, sein Gesicht zu küssen.

»Kenkichi?« rief Frau Sato plötzlich.

Von weiter weg antwortete der Bub.

Fest aneinandergeschmiegt standen sie in der Nacht.

»Ich habe einen Mann«, sagte sie. »Kenkichi ist unser Sohn.« Sie löste ihre Arme und verschwand in der Dunkelheit. Ihre Eröffnung verwirrte Feldt, er kam sich überrumpelt vor, und gleichzeitig dachte er an ihren Mann, der sich vielleicht an ihm rächen würde. Er hörte sie über die Wiese laufen und den Namen ihres Sohnes rufen.

Nach einer Weile kehrte sie mit ihm zurück.

»Kommen Sie, man kann Dr. Hayashis Haus von hier aus sehen.«

Feldt war noch immer verunsichert. Er folgte ihr, bis sie das Glitzern der Lichter von Kamakura unter sich erkannten. Weiter hinten brannte etwas, und in der Dunkelheit stieg Rauch auf, dunkler als die Nacht, so bedrohlich, wie Feldt noch nie etwas gesehen hatte.

»Die Bücher«, sagte Frau Sato.

Das Kind flüsterte seiner Mutter etwas ins Ohr.

»Kenkichi möchte nach Hause«, erklärte Frau Sato liebevoll.

Sie hörten das elektronische Schellen der Bahnschranken. Es kam Feldt vor, als läuteten sie einen Abschied ein.

Unten schob Frau Sato das Rad mit dem Kind bis zu einem Kaffeehaus, das nicht weit entfernt war, ein brauner, trister Laden mit braunen Tischen, braunen Wänden (auf denen Wasserflecken – wie es Feldt schien – ein verrücktes Muster bildeten), braunen Stühlen und Bänken. Zwei Glühbirnen hingen von der Decke, über dem Ausschank war eine schwarze Tafel mit Kreide beschrieben.

Feldt betrachtete den Buben im trüben Licht genauer. Kenkichi war ein schönes Kind mit schwarzem Haar und verträumten Augen. Er trug ein Sweatshirt mit der Aufschrift »Liberty walker« und darunter das Bild eines gelben, alten Doppeldecker-Flugzeuges. Frau Sato nahm ein Heft und Buntstifte mit kleinen Donald- und Goofyaufsteckern aus der Tasche, und der Bub begann sofort die Umrisse einer Katze zu skizzieren.

Inzwischen legte Frau Sato das Foto auf den Tisch, das sie vor dem Fudji-san auf der Fahrt nach Izu hatten machen lassen und auf dem Wallner als einziger lachte.

Sie bestellten Bier und Oden, eine Speise aus gepreßtem Fischmehl. Frau Sato, beobachtete Feldt, griff sich abwechselnd mit einer Hand an die Stirn, mit beiden Händen auf die Augen oder an die Schläfe. Erst jetzt fiel ihm auf, daß sie das schon früher gemacht hatte. Sie öffnete die Tasche wieder, verstaute das Foto und legte zwei Bücher auf den Tisch, eines über das No-, das andere über das Kabuki-Theater. Sie zeigte ihm die Abbildungen, und Feldt betrachtete die Schauspieler, die sich von Menschen in Puppen verwandelt hatten. Es gab Masken für eine eifersüchtige Frau, den Geist eines ertrunkenen Mannes oder einen traurigen und einen gewalttätigen Dämon.

Der Bub hatte die Katze fertig gezeichnet, weiß mit schwarzen Flecken, und eine Maus, die nichtsahnend in den leeren Raum gefallen zu sein schienen. Feldt hatte die Katze schon einmal gesehen. Er bildete sich ein, daß sie tot auf dem Boden in Dr. Hayashis Loft gelegen war. Frau Sato regte unterdessen Kenkichi an, als nächstes Haus und Garten der Katze zu zeichnen, währenddessen brachte der Wirt die Speisen und Getränke sowie Kekse für den Buben.

Nach dem Imbiß schlug Frau Sato neuerlich das Buch über das Kabuki-Theater auf, das Kapitel mit den Fotografien weiß geschminkter Schauspieler. Sie deutete auf einen von ihnen, der ein Samurai-Schwert in der Hand hielt.

»Das ist der Onkel von Dr. Chiba«, sagte sie. »Er war ein berühmter Schauspieler im Kokuritsu Gekijo in der Hayabusa-cho. Er stammte aus einer alten Schauspielerdynastie. Dr. Chiba selbst war auch einige Zeit

lang Kabuki-Schauspieler, er brachte es aber nur zum
›sangai yakusha‹, einem drittrangigen Darsteller. Was
er dann machte, weiß ich nicht.«

Feldt betrachtete die Gestalt mit Perücke, dunklen
schrägen Brauen, den nachgezogenen Augenlinien
und dem rotgeschminkten Mund.

»Es ist für Sie«, sagte Frau Sato. Sie schob ihm das
Buch über den Tisch.

Sie hörten das elektronische Schellen der automatischen Schranken.

Feldt rief den Wirt, um zu bezahlen.

Eilig und schweigend gingen sie zum Bahnhof. Sie
lehnte das Fahrrad an die Mauer, hockte sich neben
Kenkichi, und winkte ihm nach, Wange an Wange mit
dem Kind.

Feldt fühlte sich ausgebrannt und auf eine Weise
enttäuscht, die ihm kein Selbstmitleid erlaubte. Er
konnte sich andererseits nichts vorwerfen, und so stieg
er unzufrieden den Bahnsteig hoch ... hatte er nicht die
Kugeln von Hayashis Mörder überlebt? ... Er drehte
sich noch einmal um und winkte mechanisch zurück.

Auf der Fahrt
(Beobachtungen und Gedanken)

In Shinjuku stieg er um, suchte die Toilettenanlage
und sah dort eine Zeitung in der Hand eines Mannes.
Das brennende Haus Hayashis prangte über der halben Seite, vermutlich des Chronikteiles.

Der Platz vor dem Bahnhof war vom bewegten

Lichtspiel der Reklamen erhellt. Er kaufte sich die Zeitung, fand den Bericht und eine Fotografie des ermordeten Kunsthändlers. (Natürlich konnte er nicht lesen, was berichtet wurde.)

Die U-Bahnstation füllte sich stetig mit Betrunkenen. Auch die nächste Subway, in der Betrunkene auf den Sitzen lagen, mit geöffneten Hemdkragen und überdrehten Augen, war überfüllt. Einer der Männer hatte in die Hose uriniert, über seinem Kopf war ein Plakat befestigt, das den Hochgeschwindigkeitszug Shinkansen auf der Fahrt zeigte.

Feldt sagte sich, daß alles umsonst gewesen war. Er würde seine Vorträge halten, Gespräche führen, das Land sehen. Vielleicht konnte er in Wien das Autograph wieder mit dem Manuskript vereinen, und niemand würde je erfahren, welche Reise es unternommen hatte. »Wie einstmals noch einmal«, dachte er.

Bald schlief die ganze Reihe der Fahrgäste neben Feldt. Einer älteren, gepflegten Frau mit Pagenkopf waren sogar im Stehen die Augen zugefallen, sie hielt sich nur mit einer Hand an der Stange fest. Die Gegenzüge, die die Arbeitenden aus der Stadt nach Hause brachten, waren ebenfalls völlig überfüllt.

Feldt nahm den Zettel heraus, auf dem Frau Sato ihm die Fahrt beschrieben hatte. Die Schrift ihrer Hand auf dem Papier verursachte einen Schmerz in ihm, der ihn lähmte. Er steckte den Zettel wieder ein.

Wo seine Sitznachbarin gegen die Scheiben geatmet hatte, war ein halbkreisförmiger dunkler Fleck im beschlagenen Fensterglas entstanden. Der Fleck erinnerte Feldt in seiner Form an ein verkleinertes Gehirn. Mehrere Tropfen rannen aus ihm heraus nach unten zur Einfassung. Plötzlich erwachte die junge Frau. Sie warf einen Blick auf das kleine Gehirn, das sie mit ihrem Atem gebildet hatte, und wischte es weg. Feldt war unsäglich müde, trotzdem betrachtete er die Fenster, die mit Hunderten von Tropfen bedeckt und zum Teil angelaufen waren. An der nächsten Station torkelte eine weitere Schar Betrunkener in den Wagen. Es roch nach Magensäure und Urin. Feldt gab seiner Erschöpfung nach und schlief kurz ein. Als er erwachte, stieg er aus, ließ sich mit der Menge auf die Straße treiben und winkte einem Taxi.

Die Keio-Universität
(Grundrisse der Schönheit und der Angst)

Es war schon hell, als er erwachte.

Auf dem unbenutzten Teil des Doppelbettes lagen die Pläne der Nationalbibliothek noch für seinen Vortrag aufgeschlagen. In seiner Vorstellung sah er sich durch den Eingang die Abteilung »Benützung und Information« (so lautete die genaue Bezeichnung) betreten. Dahinter war der große Lesesaal untergebracht, ein Bibliotheksraum mit einer eher stillosen Ansammlung von Tischen, Stühlen und Lampen. Feldt hatte dort viele Stunden seiner Studienzeit verbracht, umgeben von Büchern, Kollegen und dem Personal, in Erwartung, bald selbst ein Teil der Bibliothek zu werden, eines zersplitterten Ganzen, denn die Nationalbibliothek setzte sich aus zahlreichen verstreuten Gebäuden zusammen.

Er sah sie jetzt von oben, wie ein Architekturmodell. Auf der einen Seite des Hofes, mit dem Eingang zum Josefsplatz, lag die Generaldirektion mit dem Prunksaal. Feldt öffnete die Augen, und der Prunksaal mit seinen hohen Bücherwänden, den barocken Deckengemälden und der Marmorstatue Karls VI. löste sich in nichts auf. Rasch schloß er die Augen wieder, denn er liebte den Prunksaal, die Sammlung von Inkunabeln, alten und wertvollen Drucken, die im selben Gebäude untergebracht waren, und vor allem den Augustinerlesesaal. Hier hatte er (noch vor der Restaurierung) seine Dissertation geschrieben. Man durfte nur Bleistifte benutzen, da die Direktion befürchtete, es könnten Notizen in entlehnte Bücher gemacht werden.

Feldt träumte im Halbschlaf von der Nationalbibliothek wie von einer fernen Heimat. Einmal hatte ihn ein Hausarbeiter auf den Dachboden geführt: Wie ein zum Himmel hinaufweisendes Schiffsinneres erschien er ihm, ein vergessener Sakralbau. Die Holzpfosten schon grau und ausgetrocknet, auch die Querbalken. Die Schuhe waren alsbald mit dickem Staub bedeckt gewesen. Man konnte in zwei Stunden die gesamte Hofburg auf den Dachböden durchwandern, allerdings verirrte man sich leicht, wenn man nicht von einem Ortskundigen begleitet wurde. Die ganze Nationalbibliothek war sowieso, wie jeder dort sagte und in einem fort wiederholte, ein Labyrinth. Daß die Musik- und die wertvolle Papyrussammlung von den übrigen Gebäuden getrennt ihren Platz in der Augustinergasse hatten, machte eine Orientierung noch schwieriger. Der neueste Teil der Nationalbibliothek, die Zeitungs- und Zeitschriftendatenbank, die Planungsstelle und die Abteilung für Reprographie schlossen an den Verwaltungstrakt mit der Generaldirektion an. Feldt kannte trotz seiner Neugierde nur einen Bruchteil aller Zimmer.

Wieder die Augen öffnend, fiel ihm ein, daß er seit dem Besuch bei dem merkwürdigen Arzt in Asakusa keinen Asthmaanfall mehr gehabt hatte. Er stand auf, faltete die Pläne zusammen, verstaute auch die Zeitung mit dem brennenden Haus Dr. Hayashis im Koffer und blickte, nachdem er die Schiebetüre geöffnet hatte, in den Park. Dunst stieg aus den Wiesen. Seufzend legte er sich auf das Bett und las im Purgatorio der *Göttlichen Komödie* über die suchenden Ankommenden am Strand, die wartenden Säumigen im Tal der Fürsten, die Stolzen und Hochmütigen, die bedrückt waren von Lasten, die blinden Neidischen und die Zornigen in Rauchwolken. Er las über die atemlos laufenden Verdrossenen, die an den Boden gebannten Geizigen und Verschwender, die hungernden und dürstenden Schlemmer und endlich die Liebenden im Flammenmeer des siebenten Simses. Vieles, worauf Dante anspielte, übersah er aus Unkenntnis der geschichtlichen und religionsphilosophischen Zusammenhänge, aber die Schönheit, die Großartigkeit der Dichtung beeindruckte ihn.

Wallner holte ihn pünktlich ab.

Bevor Feldt einstieg, wollte er von ihm in einer

plötzlichen Anwandlung von Mißtrauen wissen, weshalb er ihn betreue.

»Habe ich Ihnen das nicht gesagt? Ich muß mich entschuldigen!« rief Wallner, durch das Heckfenster schauend. »Ich habe den Auftrag von der Österreichischen Botschaft, mich um Sie zu kümmern. Frau Sato hat sich freiwillig gemeldet ... Sie arbeitet an der Metropolitan-Universität als Assistentin«, er entschuldigte sich nochmals.

Als sie die Straße erreichten, fragte ihn Wallner, ob er Dr. Hayashi gekannt habe.

»Sie haben schon davon gehört? – Er hat sich sehr für Ihre Reise eingesetzt!«

Er reichte Feldt eine Zeitung mit mehreren Schwarzweißfotografien des brennenden Hauses und Dr. Hayashi selbst.

»Mehr als zwanzigtausend antiquarische Bücher und Autographen sind verbrannt ... Handschriften, alte Landkarten, Erstausgaben. Auch der Computer mitsamt der Inventarliste und der Kundenkartei ist zerstört ... Es gibt keine Hinweise ... Man hat einen zweiten Leichnam gefunden und nimmt an, daß es Dr. Chiba, sein Kompagnon ist ... Wahrscheinlich war es ein Racheakt, Brandstiftung.«

Schweigend fuhren sie dahin.

»Ich habe ihn nie kennengelernt«, log Feldt.

Durch das Seitenfenster sah er gleich darauf den kaiserlichen Park. Feldt erschrak über den merkwürdigen Zufall. Nachdem er den sterbenden Hayashi gefunden hatte, war er am Strand von Kamakura dem Kaiser begegnet. Und nun, während Wallner mit ihm über die Ermordung Hayashis sprach, fuhren sie am kaiserlichen Palast vorbei. (Er fürchtete sich jetzt vor nichts mehr als vor einem Fischgeschäft oder einem Geschenkpapier mit einem Muster aus Krabben.)

Ein breiter, grünbrauner Wassergraben in dem Enten schwammen, umgab den Schloßpark und machte ihn zu einer Halbinsel. Dahinter erhob sich eine Umfassungsmauer, über die das schwere Geäst alter Ulmen hing. Feldt bestaunte den Umfang des Parks, der endlos schien. Ein paar Wohnblocks weiter ragten die Wolkenkratzer der Banken über die Häuser.

Plötzlich kam der Verkehr zum Erliegen. Sechs Reiter in blauen Uniformen mit Schildmützen und weißen Hosen ritten vor einer eleganten, dunkelroten, goldenen und schwarzen kaiserlichen Kutsche, dahinter abermals sechs Reiter, gefolgt von zwei großen schwarzen Limousinen. Die Kutsche war leer.

Wallner vermutete, daß ein Diplomat, der seinen Antrittsbesuch beim Tenno gemacht hatte, mit ihr in die Botschaft zurückgebracht worden sei. Die Prozession bewegte sich gemessen durch die herbstlich-gelbe Allee auf den Park zu.

Wallner betrachtete das Schauspiel mit sichtlicher Freude.

Der Tenno, sagte er, pflege an manchen Wochenenden in der Nähe von Kamakura in seiner Sommerresidenz auszuspannen. Dann fahre er mit einem großen, schwarzen, japanischen Wagen, geschützt von einem Dutzend Polizisten und Leibwächtern, durch die Stadt. Wenn ein Kriegsschiff in der Bucht vor Anker liege (um die Sommerresidenz vom Meer aus vor einem Angriff zu schützen), sei das ein sicheres Zeichen dafür, daß der Kaiser anwesend sei.

»Und mischt er sich unter das Volk?«

»Wo denken Sie hin!« rief Wallner.

»Sucht er Muscheln am Strand?«

»Kein Mensch hat das je gesehen!«

»Kann man ihn nirgends treffen?«

»Ein gewöhnlicher Mensch nicht.« Die Kutsche hatte inzwischen den Schloßpark erreicht. Als sie weiterfuhren, fragte ihn Wallner, ob er das Erdbeben gestern, vor Mitternacht, gespürt habe?

Feldt fiel ein, daß er in Shinjuku vor der Rolltreppe den Eindruck gehabt hatte, daß der Boden zu zittern anfing. Die Subway war schon im Tunnel verschwunden, also konnte das Zittern nicht von dem Zug hervorgerufen worden sein. Es bebte etwa fünf Sekunden, erinnerte er sich jetzt, währenddessen hatte er es nicht gewagt, die Rolltreppe zu betreten. Aber da jedermann weitergelaufen war wie vorher, und auch sonst keine Anzeichen von Angst oder Panik zu bemerken waren, hatte er an einen Schwindelanfall gedacht und ihn seiner Verfassung zugeschrieben.

»Nein«, log Feldt erneut.

»Aber Sie *müssen* es gespürt haben! Haben Sie am Ende schon geschlafen?«

»Vermutlich.«

Wallner konzentrierte sich jetzt auf das Fahren.

An der nächsten Kreuzung fiel Feldt am Straßenrand ein verfallenes Holzhaus auf. Es war dunkelblau, aber die Farbe hatte im Laufe der Zeit alle Schattierungen von Blau angenommen, an manchen Stellen lugte sogar ein Weiß hervor. Feldt war fasziniert von den verschiedenen Blauschichten, als ob eine Archäologie der Farbe Blau zu besichtigen sei, kam es ihm vor.

Er war froh, daß Wallner aufgehört hatte, mit ihm zu reden.

Rechter Hand, zwischen den Geschäftsgebäuden und Bürosilos, schimmerte aus einer Lücke das Rot einer shintoistischen Säule hervor. Daneben ein Stand aus gelbem Stoff mit den Bildern von Krabben, die der weißgekleidete Mann hinter der Bude als Speisen verkaufte. Das Paranoide seiner Wahrnehmungen und Gedanken machte ihm angst. Es war klar, daß es Milliarden von Zusammenhängen gab, und die unwahrscheinlichsten waren oft die richtigen, die logischen nicht selten die falschen.

Kurz darauf erreichten sie die Treppe zur Universität, die von Studenten bevölkert war. Sie umrundeten zu Fuß den Block, dahinter blieben sie vor mehreren Giebelhäusern stehen.

Wallner führte Feldt in ein Konferenzzimmer, wo er bereits von Professor Makino erwartet wurde. Der Raum war in einem eleganten Braun gehalten, Tische mit Glasplatten, gepolsterte Schwingsessel, Zeitungen, eine Handbibliothek. Professor Makino war für einen Japaner ungewöhnlich groß und korpulent. Er hatte das Gesicht des passionierten Zynikers: bösartige Augen und ein gutmütiges, breites Lachen, beides zusammen schien sein Gegenüber gleichzeitig zu begrüßen und zu verspotten, ihn zugleich freundlich zu stimmen und sich über ihn zu amüsieren – also insgesamt zur Vorsicht zu mahnen. Wallner stellte ihn als

»den Übersetzer von Hermann Hesses *Siddharta* ins Japanische« vor. Feldt hatte das Gefühl, daß Makino Wallner für diese Plumpheit am liebsten getreten hätte.

Unter den Dozenten und Professoren entdeckte Feldt auch den Vulkanologen Professor Kitamura und seine Assistentin Frau Dr. Nukada, die an einem Tisch saßen und sich über eine Karte beugten. Seine schnarrende Lautsprecherstimme war im ganzen Leseraum zu hören. Wallner eilte sofort zu ihm, um ihn zu begrüßen, Professor Kitamura erhob sich daraufhin und verbeugte sich stumm lächelnd. Als er Feldt sah, streckte er ihm die Hand entgegen und sagte ihm, er habe von seinem Vortrag gehört und hoffe, daß Herr Wallner ihm das Wichtigste übersetzen werde. Professor Kitamura hielt an der Keio-Universität Vorlesungen über Geologie, erfuhr Feldt. Er erklärte ihm die auf dem Tisch ausgebreitete Karte des Aso-san, eines riesigen erloschenen Vulkans. Im Krater befanden sich noch fünf weitere, tätige Vulkane. Bereitwillig beantwortete Professor Kitamura Feldts Fragen über die phantastisch anmutende Karte aus rosa, grünen und grauen Elementen, umgeben von gelben, flammenförmigen Ausbuchtungen, die Feldt an die Kupferstiche Athanasius Kirchners erinnerten, nur war die geologische Karte abstrakter, leerer und komplizierter, während Kirchners Kupferstiche mystisch waren und Querschnitten geheimnisvoller Planeten glichen.

Professor Kitamura wollte zu einer Antwort ansetzen, aber die umstehenden Professoren waren bereits unruhig geworden, weshalb Professor Makino Feldt am Arm nahm und mit ihm über den Platz vor dem

Gebäude spazierte (der Feldt an einen Schulhof erinnerte), um ihn durch die Bibliothek zu führen. Stolz wies er auf die umfangreiche Entlehnkartei hin, die Computer, die Leseräume im ersten Stock in Form von Nischen aus Naturholz, und zuletzt auf den lexikographischen Raum mit Tausenden Nachschlagwerken in allen Sprachen.

Feldts Leidenschaft für Lexika übertraf noch seine Begeisterung für Literatur. Nach den Asthmaanfällen in seiner Kindheit lagen immer die schweren Lexikonbände aus der Bibliothek mit braunen Lederrücken und Goldimprägnierung auf einem Stuhl neben dem Bett. Sie stammten aus der Zeit der Monarchie. Die alphabetische Reihenfolge war Ordnung, Traum, Chaos und Wirklichkeit in einer bizarren Anordnung. Sie zeigten die Bilder mit der Patina einer entschwundenen Welt, Bekleidung von Bergsteigern, Afrikaforscher, den Kaiser, Doppeldeckerflugzeuge, alte Automobile, längst überholte Landkarten kombiniert mit anatomischen Darstellungen des menschlichen Körpers, Zeichnungen von Mineralen, Lurchen und Sternhaufen, Tabellen des periodischen Systems, Formeln der Photosynthese oder eines physikalischen Experimentes. Es war eine Summe von inspirierenden Eindrücken, Spuren und Fragmenten eines Ganzen, das niemand sonst erfaßte als diese Bücher.

Feldt trug auch von der Nationalbibliothek eine solche einzelne Spur in seinem Kopf. Es war der Ausschnitt eines nur wenigen bekannten Glasdaches, das sich im Gebäude der Musiksammlung befand und am besten zu sehen war, wenn man den Dachboden betrat.

Das Glasdach war schachbrettartig in schwarzgerahmte Quadrate unterteilt. Ein blattförmiges Muster strahlte in jedem dieser Quadrate zum Rand hin aus.

Das Glasdach sah an einem schönen Sommertag anders aus als an einem winterlichen Nachmittag, anders, wenn es am Morgen hell wurde, als wenn das Minutenlicht ausging und er das Muster über seinem Kopf in der blassen Dunkelheit erst wieder erahnen mußte. Mit niemandem hatte Feldt jemals über das Glasdach gesprochen, und niemandem war es offenbar auch jemals aufgefallen. Feldt nannte es hingegen sein Wasserzeichen der Nationalbibliothek.

Der Vortrag fand im sechsten Stockwerk eines anderen Gebäudes statt, zu dem ein Personenlift sie brachte. Die Zuhörer hatten Feldts Manuskript vergrößert und in japanischer Übersetzung vor sich liegen; beim Umblättern der Seiten entstand dann jedesmal ein so lautes Geräusch, daß Feldt seine Lesung unterbrechen mußte.

Gerade, als er über die verschiedenen Klassifikationssysteme von Bibliotheken sprach, verspürte er einige Stöße, wie wenn eine Straßenbahn über einen Stein auf den Schienen fährt oder ein Auto in eine ausgetrocknete Pfütze, nur heftiger und schneller hintereinander. Feldt blickte von seinem Manuskript auf in die Gesichter seiner Zuhörer, die ihn fragend, wie es schien, musterten.

»Ein Erdbeben«, sagte Wallner laut in die Stille.

Jetzt erst sah Feldt Professor Kitamura mit Frau Nukada neben Wallner. Frau Nukada blickte auf die Armbanduhr, um die Dauer des Bebens festzustellen,

Professor Kitamura hielt die Augen halb geschlossen und schien in sich hineinzulauschen. Die nächsten Stöße kamen heftiger, und ihr Abstand war kürzer, die Stärke steigerte sich weiter, und Feldt, der den Zwischenfall anfangs nicht ernst nahm, stellte mit wachsender Verblüffung fest, daß das Wasser im Glas überschwappte.

Langsam verebbten die Stöße wieder.

»Stärke drei bis vier«, stellte Professor Kitamura fest, »neun Sekunden Dauer.« Wallner übersetzte.

Die Zuhörer beugten sich wieder über ihren Text, Professor Makino lächelte, und Feldt bemerkte, daß er begonnen hatte, ein Portrait von ihm anzufertigen.

Als er den Vortrag beendet hatte, fragte ihn Professor Kitamura nach einem bestimmten Globus Vincenzo Coronellis (des bedeutendsten Globenbauers aller Zeiten).

Feldt antwortete, daß Coronelli Kaiser Leopold I. einen Erd- und einen dazu passenden Himmelsglobus zum Geschenk gemacht habe. Diese beiden mannshohen Exemplare bildeten noch heute einen Blickfang im Prunksaal der Bibliothek. Er empfahl dem Professor, bei seiner Europareise auch die vatikanische Bibliothek wegen des langen, hohen Flures zu besuchen, der mit karthographischen Darstellungen bemalt sei, die zusammen mit der Architektur wunderbar auf den Betrachter wirkten; da der Flur eigentlich ein Ineinanderübergehen von Sälen sei, würden die Landkartenfresken durch die Größe der Räume und aufgrund der Ausschmückungen in Form von kleinen Landschaftsgemälden oder geographischen Details, mit einem

Wort: aufgrund des noch nicht versachlichten, wissenschaftlichen Stiles, sicher einen unvergeßlichen Eindruck auf ihn machen.

Nach dem Ende der Diskussion folgte Feldt der Einladung Professor Makinos, Wallners und einem Teil der Zuhörer über die Straße in ein Viertel mit zweistöckigen Häusern, engen Gäßchen und den verschiedensten Läden, kurz gesagt einem Winkelwerk, einem Wirrwarr von Blocks.

Das Lokal befand sich im Keller eines Hauses. Über der Theke hingen schwarze und rote Schriftzeichen auf Papierstreifen, eine der Wände war beleuchtet und mit Bier-Etiketten und Sake-Marken geschmückt. Der Wirt, glatzköpfig mit einem Bleistift hinter dem Ohr, begrüßte jeden einzeln. Er trug eine dunkelgraue Kimonojacke, die in Kanji und Kana mit dem Namen des Lokals beschriftet war.

Rasch wurde das Essen serviert: Oden, Sushi, Sashimi, Octopus, Spießchen mit Pilzen und Paprika, Hühnerfleisch mit Zwiebel und Fischbällchen. Professor Makino aß nichts, sondern zeichnete unermüdlich mehrere Portraits von Feldt. Plötzlich erhob sich ein fremder, kräftiger Mann mit kantigen Gesichtszügen, scharfer Nase, groß wie ein Berg in einem karierten Sakko, und schenkte Feldt Sake aus einer Flasche ein. Eilig war der Wirt hinzugeeilt, hatte Becher aufgestellt, sich vor dem Mann höflich verbeugt.

Professor Makino steckte Feldt inzwischen rasch ein Zeichenblatt zu, auf dem in deutscher Sprache stand: »Der Wirt hat mir soeben gesagt, daß der Mann ein Kriminalpolizist ist.«

Im nächsten Augenblick hatte Professor Makino auch schon den Kriminalpolizisten zu portraitieren begonnen. Reglos saß dieser da. Der Wirt kam mit einem langen Küchenmesser heraus, ging auf einen anderen Tisch zu und zerlegte dort vor den Gästen einen Fisch. Inzwischen überreichte Professor Makino dem Krimininalpolizisten das Portrait, das er von ihm angefertigt hatte. Der aber schüttelte nur verärgert den Kopf, worauf Professor Makino sofort einen neuen Versuch unternahm. Der Polizist stand auf, prostete Feldt zu und bat Professor Makino zu übersetzen.

Er sei sich nicht sicher, sagte er, ob er den Fremden nicht schon gesehen habe. Er sagte »Gajin«, ein Wort, das verächtlich klang und das Feldt aus der Literatur kannte. Es könnte möglich sein, daß der Fremde (wieder Gajin) sich gestern nachmittag in Kamakura aufgehalten habe und am Strand entlangspaziert sei, als der Kaiser seinen Spaziergang absolvierte. Ein Leibwächter habe dort nämlich einen weißen Mann festgehalten, bis die Polizei erschienen sei. Er selbst habe den Vorfall von der Straße aus mehr oder weniger zufällig beobachtet. Feldt spürte, wie sich alle Blicke auf ihn richteten. Beim Wort »Kaiser« war es so still geworden, daß Feldt den eigenen Atem hören konnte. Sein Herz klopfte. Er versuchte einen Ausweg zu finden, aber er war wie vor den Kopf gestoßen.

Zu seiner Überraschung erklärte Wallner, daß Feldt unmöglich dieser Mann gewesen sein könne – so übersetzte Professor Makino –, denn er habe sich gestern den ganzen Nachmittag in seiner Gesellschaft befunden.

Der Kriminalpolizist nickte.

Gestern sei es auch gewesen, daß ein Antiquar in Kamakura ermordet worden sei. »Dr. Hayashi«, sagte er. »Sie kennen den Fall aus der Zeitung.«

Feldt schluckte.

Sein Kompagnon, Dr. Chiba, scheide als Verdächtiger aus, fuhr der Kriminalpolizist fort, »die Zeitungen haben nur Unsinn geschrieben. Wir haben ihn in der Nacht aufgeschnappt und verhört. Er befindet sich auf freiem Fuß, aber er muß sich täglich bei der Polizei melden. Dr. Chiba hat ein Alibi. Und er wußte auch nichts von einem Gajin.«

Feldt dachte daran, daß er auf der gegenüberliegenden Seite von Hayashis Haus im Restaurant gegessen hatte. Und daß er, als er Hayashis Haus verlassen hatte, möglicherweise von Passanten gesehen worden war.

»Wir haben einige Kenntnis über den Täter«, sagte der Kriminalpolizist. »Wir haben Blutspuren gefunden. Sie führten vom Haus weg und verloren sich irgendwo in der Innenstadt.«

Insgeheim spürte Feldt ein Triumphgefühl aufsteigen, da er mehr wußte als der Kriminalpolizist.

»Wir haben beispielsweise die Blutgruppe und den Rhesusfaktor. Dr. Chiba jedenfalls war es nicht, das sagen auch die Blutanalysen. Was aber, wenn er einen Komplizen hatte? Sie sehen, die Dinge sind nicht so einfach.«

Der Kriminalpolizist schenkte Feldt nach und prostete ihm zu.

»Waren Sie schon einmal in Kamakura?«

»Nein«, log Feldt. Ihm fiel Frau Sato ein, das Café, der Polizist, der ihn zum Tempelberg gebracht hatte.

»Dann haben Sie etwas versäumt. Wie lange bleiben Sie in Tokyo?«

»Ich reise morgen ab.«

»Nach Hause?«

»Nein, nach Kyoto.«

»Oh, Kyoto ist schön! Sie müssen auch die Heilige Stadt besuchen, Nara! Darf ich Sie fragen, wo Sie untergebracht sind?«

»Im Goethe-Institut.«

Professor Makino hatte inzwischen das Portrait des Kriminalpolizisten fertiggestellt und färbte das Gesicht, indem er einen Tropfen Soja mit der Fingerkuppe aus einem Schälchen entnahm und ihn auf dem Papier verrieb.

Der Kriminalpolizist betrachtete das Blatt, ohne eine Regung zu zeigen.

Professor Makino lächelte erleichtert. Sein Zynismus schien mit einem Schlag verflogen und einer unerwarteten Unterwürfigkeit gewichen zu sein.

»Und wer ist der verkohlte Tote, von dem die Zeitung berichtet?« fragte Wallner.

Der Kriminalpolizist legte das Blatt auf den Tisch, starrte es an und begann zu reden, während Professor Makino weiter übersetzte.

»Es war keine Tat des Zufalls, sondern ein professionell ausgeführtes Verbrechen. Das Magazin unter dem Haus sollte absichtlich vernichtet werden. Dr. Hayashi hat im Pachinko-Spiel mitgemischt und illegale Geschäfte abgewickelt. Zuerst nahmen wir an,

Dr. Chiba hätte ihn umgebracht, er war es aber nicht. Außerdem will jemand eine Gestalt in das Hayashi-Haus gehen gesehen haben, einen Gajin. Er soll nicht wieder herausgekommen sein. Im Restaurant gegenüber ist man sicher, daß ein Gajin dort zu Mittag gegessen hat. Nun, wir haben die Leiche geborgen. Es ist höchstwahrscheinlich dieser weiße Mann, ein Franzose, ich habe mir seinen Namen nicht gemerkt. Im Ehering war sein Name eingraviert, und die französische Botschaft hat uns bestätigt, daß er, ein Journalist, dem Kunsthändler auf der Spur war, da Dr. Hayashi angeblich gestohlene Gemälde in Japan verkaufte. Aber warum ist auch er ums Leben gekommen? Und die Blutstropfen?«

Der Kriminalpolizist hob die Augenbrauen, wartete bis Professor Makino seine Zeichnung beendet hatte und lächelte zum ersten Mal, denn es war ein gelungenes Portrait Feldts. Er nahm das Blatt an sich, schob Feldt sein eigenes Portrait hin, und sagte: »Sie sind doch einverstanden, daß wir tauschen?«

Feldt gab vor, nicht verstanden zu haben, stand auf und tastete sich halb betäubt durch einen Korridor an der offenen Küche vorbei. Ein uraltes, schwarzes Telefon läutete auf einem Tischchen. Feldt öffnete eine Tür mit der Kreideaufschrift: Toilet. Es stank faulig. Vor ihm stand ein schwarzes Podest, das von einem weißen Plastikdeckel zugedeckt war. Feldt hob den Deckel auf, es dunstete nach Verwesung. Vor Übelkeit mußte er sich übergeben.

Als er zurückkehrte, war der Kriminalpolizist schon gegangen. Vor Feldts Stuhl lag sein Portrait auf dem

Tisch. Inzwischen hatte jemand etwas auf japanisch dazugeschrieben.

»Er hat Ihnen seinen Namen und seine Adresse hinterlassen«, sagte Wallner. »Und wir haben ihm Ihren Namen gegeben, er wollte ihn unbedingt wissen.«

»Das Portrait von Ihnen hat er mitgenommen«, ergänzte Professor Makino. Seine Augen waren spöttisch, und auch das freundliche Lächeln war wieder zurückgekehrt. Er hatte den Kriminalpolizisten so lebensnah getroffen, daß Feldt keinen Blick von der Zeichnung abwenden konnte. (Er war einmal in Paris in einem Café gesessen, dessen Wände aus Spiegeln bestanden, und immer, wenn er mit seinem Gegenüber sprach, tauchte irgendwo sein eigenes Gesicht auf. Schließlich hatte er vorgeschlagen, das Café zu wechseln. Daran erinnerte er sich jetzt.) Da er keinen Verdacht wecken wollte, verlangte er nach einer Zeitung, um darin das Bild einzuwickeln. Der Wirt brachte einige Seiten, und als Feldt endlich das Gesicht des Kriminalpolizisten nicht mehr sah, hatte er statt dessen Hayashis brennendes Haus aus der Vogelperspektive (vermutlich von einem Polizeihubschrauber aus aufgenommen) vor sich. Darunter blickte ihn die Fotografie des Kunsthändlers an, verschlagen, ernst und mit einem Anflug von Hochmut.

5. Kapitel

Shinkansen
(Der Fluß der Bilder)

Irgend jemand spielte mit einem elektronischen Gerät. Feldt hörte das Eintippen, das elektrische Klingeln, hin und wieder – »rassel rassel qui qui« – ein Signalscherzo. Er war die ganze Nacht wachgelegen. Wallner hatte ihn in der Früh zum Bahnsteig gebracht, ohne ein Wort darüber zu verlieren, ob Feldt in Kamakura gewesen war oder nicht – allem Anschein nach maß er dem Zwischenfall mit dem Kriminalpolizisten keine Bedeutung bei. Aber für Feldt war die Begegnung schockierend gewesen. Erst nachdem er in den blauweißen, stromlinienförmigen Zug gestiegen war, hatte er Erleichterung empfunden. Zuerst hatte er im vollbesetzten Abteil vor sich hin gedöst.

Als sie eine Brücke überquerten, schaute er hinaus auf ein grünes Gewässer mit bunten Ruderbooten und gepflegten Wiesen. Der Shinkansen glitt auf einem erhöhten Bahndamm geräuschlos wie ein Segelflugzeug über die Landschaft. Seltsamerweise bereute Feldt nichts von dem, was geschehen war. Obwohl er Angst vor dem Argwohn des Kriminalpolizisten hatte, fühlte er sich mit dem Dante in der Jackentasche und dem neuen Montblanc-Kugelschreiber noch immer beschützt. Die Mozart-Biographie von Hildesheimer hatte er Wallner geschenkt, während er die Erzählung über das Fräulein Scuderi von E. T. A. Hoffmann in der letzten Nacht Wort für Wort durchlebt hatte. Die Geschichte mit ihren romantischen und früher publikumswirksamen Schauereffekten hatte ihn überrascht, es war ihm gewesen, als entdeckte er in seinem Kopf Szene für Szene eines verborgen gebliebenen Alptraums. Trotzdem hatte ihn das Buch stärker gemacht, auf eine schwer beschreibbare Weise sogar glücklich. Glücklich, weil es ausgerechnet ihn getroffen hatte zu erleben, was ihm gerade widerfuhr (obwohl er den Kriminalpolizisten förmlich in seinem Nacken spürte). Zum ersten Mal konnte sein Leben dem Lesen standhalten, sogar dem *Fräulein von Scuderi*, dachte er.

Das Verlangen, Gelesenes in der Realität nachzuvollziehen, hatte er schon bei den Büchern von Jules Verne empfunden: 20000 *Meilen unter dem Meer* hatte er mehrmals gelesen, bis ihm schließlich die Bilder der alles verschlingenden Riesenkrake und des komfortablen Unterseeboots Kapitän Nemos wie Beispiele erschienen für die gefahrvolle Außenwelt und die Geschütztheit des Lesers. Von da an hatte er seine Lustgefühle bei der Lektüre gerade aus dieser wie schizophrenen Gespaltenheit bezogen.

Tunnels zerschnitten die Fahrt in kurze Abschnitte der Dunkelheit und lange der Helligkeit, wie Blackouts in Filmen. Feldt nutzte die dunklen Passagen zum Nachdenken, die hellen dazu, Aufzeichnungen in ein Notizbuch zu machen, das er sich in Tokyo gekauft hatte.

Als er aufblickte, sah er im Meer, hinter Palmen am

Ufer ein riesiges Torii, ein heiliges, rotes Shinto-Tor. Gleich darauf eine Bucht, Kanäle mit vertäuten Motorbooten.

Er war davon überzeugt, daß der Kriminalpolizist ihn überprüfen lassen würde.

Die Geräusche des elektronischen Gerätes lenkten ihn kurz ab. Gärtnereien breiteten sich vor ihm aus mit langen Teebüschen wie riesige grüne Raupen. Weiße Windräder aus Aluminium drehten sich. Aber da war etwas anderes, das ihn mehr beschäftigte: es war der Rebuscharakter seiner Wahrnehmungen. Diese Landschaften vor dem Fenster, waren sie nicht auch Bilderrätsel? Draußen zog jetzt gerade ein Riesenrad hinter einem ausgelassenen Schwimmbad mit einer Wasserrutsche vorbei ... ein Baseballstadion, vor dem Hunderte Fans mit gelben Fähnchen und darauf gedruckten roten Schriftzeichen warteten ... Betonwohnblock folgte auf Betonwohnblock, eine wabenförmige Stadt, grau, geometrisch, viereckig ... ein asphaltierter Platz in einem Park ... zwei Männer im Baseballdreß ...

Am meisten wiederholten sich Tunnels und Brücken. »Eine lange Bogenbrücke, über die gerade eine Eisenbahn fährt«, notierte er. Er machte sogar Skizzen von den Brücken. Später schob sich eine weiße Mauer mit schwarzen Schriftzeichen als Rätsel zwischen seine Wahrnehmungen. (Während er sich damit beschäftigte, bemerkte er, wie seine anfangs bedrängenden Gedanken spielerischer wurden.) Die Landschaft nahm einen hügeligen Charakter an, auf einem bewaldeten Berg schlängelten sich in Serpentinen Straßen hinauf. Nach einer Ortschaft erhoben sich mit Schnee angepuderte Bergrücken, die Hänge dampften und rauchten wie die Halden in einer Köhlerei.

Plötzlich erschien eine schwarze Pachinko-Halle in einem Reisbauerndorf, groß, viereckig, »die Kaaba in Mekka«, dachte er. Offenbar hatte es zuvor geregnet, denn alles leuchtete, glitzerte und blendete. Das Wasser auf der Straße staubte als Lichtspritzer unter einem Lastwagen weg. Erst die Geräusche des elektronischen Gerätes weckten Feldt aus seinem Schauen auf, über dem er alles vergessen hatte.

Der heilige Bezirk
(Eine Fuchsjagd)

Ein gebrechlicher Mann führte Feldt in das für ihn reservierte Kellerzimmer des Goethe-Institutes. Da das Wochenende begonnen hatte, war sonst niemand in dem modernen, mehrstöckigen Gebäude untergebracht, das an einem Fluß, dem Kamo-gawa, lag. Feldt hatte dem Taxifahrer einen handgeschriebenen Zettel von Wallner mit einer Skizze und der Adresse unter die Nase gehalten, und sie waren bei Sonnenschein zwischen alten Häusern stadtauswärts gefahren. Feldt gefiel die Stadt.

Der Kamo-gawa in seinem betonierten Bett floß gemächlich dahin, schnurgerade von den Bergen kommend unter Brücken, an den niedrigen Häusern vorbei. Feldt sah den Fluß noch vor sich, als er in der Dunkelheit des Kellerflures nach dem Schalter suchte.

Das Licht, eine Neonröhre, ging mit einem leisen

Klingen und Summen an, der einzige beruhigende Eindruck in den folgenden Minuten, denn sobald er sein Zimmer betrat, stellte er fest, daß er sich in einer Art Gefängniszelle befand. Das sogenannte Fenster war ein schmaler, betonierter Luftschacht. Sogleich bemerkte er ein an ihn adressiertes, gelbes Kuvert auf dem Tisch. Es enthielt einen Stadtplan von Kyoto und einen mit Schreibmaschine getippten Brief.

»Ich bin ganz in Ihrer Nähe«, las er. »Sie finden auf dem Plan Ihren Standort am Kamo-gawa. Gehen Sie über die steinernen Schildkröten (das bringt Glück) zum anderen Ufer. Es ist heute sonnig und warm, aber nehmen Sie Ihre Jacke mit, bis zum Abend wird es kühl. Wenn Sie auf der anderen Seite des Flusses angekommen sind, fragen Sie einen Passanten nach dem angegebenen Restaurant (drehen Sie den Brief um, dort finden Sie die Adresse). Sie sind mein Gast.«

Es war Samstag, sein Vortrag sollte erst Montagabend stattfinden, er kannte niemanden in Kyoto und hatte vorgehabt, die Stadt allein zu erforschen. Nun aber stellte sich ein unsichtbarer, unbekannter Begleiter ein. Steckte er vielleicht in dem Institut, schließlich behauptete er, in Feldts Nähe zu sein. Und wie war der Brief hierhergekommen?

Feldt nahm – wie empfohlen – die Jacke, versperrte das Zimmer, ohne das Licht zu löschen, und begab sich durch den Flur in einen schwach beleuchteten Vorraum, von wo eine Treppe zum Vortragssaal führte. Er hörte keine Geräusche. Daher stieg er vorsichtig die Stufen hinauf und befand sich im Pausengang mit Sitzgarnituren und der leeren Portiersloge. Über einer der

Couchen hing ein gerahmtes Filmplakat mit dem Schauspieler Peter Lorre als Hauptdarsteller in Fritz Langs Film *M* – es war die Szene, in der der Kindermörder entdeckt, daß der Rücken seines Mantels mit dem weißen Buchstaben »M« für Mörder gekennzeichnet ist. Darunter stand: »Hundert Jahre deutscher FIL«, der letzte Buchstabe (das »M«) war zugleich auch das weiße »M« auf dem Rücken des Mörders.

Feldt überlegte, zuerst das Institut zu durchsuchen, ob sich in einem der Räume Dr. Chiba aufhielt, oder besser gesagt versteckte, dann aber kam er zu der Überzeugung, es sei das Klügste, das Gebäude zu verlassen.

Er fand sogleich die zu Schildkröten geformten Steine vor der Brücke. Eine Treppe führte hinunter zum Fluß. Nachdem er das Ufer erreicht hatte, sprang Feldt von Schildkröte zu Schildkröte auf die andere Seite. Neugierige Möwen umschwärmten ihn.

Am anderen Ufer spielten mehrere alte Paare auf einem Sandplatz Gateball. Feldt sah, wie sie die Kugel durch kleine mit Schildchen markierte Tore schossen. Er wandte sich an eine der Frauen, zeigte ihr das Papier, sie hob die Brauen, ein Mann trat hinzu. Schließlich empfahl man ihm auf englisch, eines der vorbeifahrenden Taxis zu nehmen.

Der Chauffeur, ein grauhaariger Herr mit weißen Handschuhen, fuhr ihn am kaiserlichen Sommerschloß entlang den Kamo-gawa aufwärts, dann an Holzhäusern und Trauerweiden vorbei, bis sie vor einem Restaurant hielten. Man empfing ihn, als habe man ihn längst erwartet, und führte ihn in ein elegantes Zimmer mit einem quadratischen schwarzen Holztisch, schwarz- und weißgemusterten Wollteppichen, schwarzen Stühlen und einer schwarzen Kommode. Zwei Wände zum Garten hin waren aus Glas. In der Aussparung des Tisches befanden sich feine Asche, Holzkohlestückchen und darauf ein gußeiserner Wassertopf.

Lautlos erschien eine junge Frau in einem Kimono. Sie servierte ihm eine Lackschachtel, verneigte sich und verschwand durch eine Schiebetüre. Feldt, der gedacht hatte, daß Dr. Chiba sich zeigen, vielleicht sogar mit ihm speisen würde, war verwundert, allein zu bleiben. Das Autograph trug er bei sich in der Jackentasche zwischen Umschlag und Einband der *Göttlichen Komödie*.

Die Speisen in der Lackschachtel waren ausgesuchte Köstlichkeiten: Sashimi, Pilzsuppe, weißer Rettich, kunstvoll geschnittenes Gemüse und Obst. Nachdem er gegessen hatte, erschien eine andere junge Frau mit einer kleinen roten Schachtel. Feldt war der Meinung, daß sie die Rechnung brachte, sie erklärte ihm jedoch, es sei ein Geschenk. Neugierig öffnete er den Deckel. Diesmal war es der Nachdruck eines alten Stadtplanes von Kyoto mit Darstellungen der Tempel und Gebäude. Der Plan war kunstvoll ausgeführt, der Rand mit Nachtigallen und Lotosblumen geschmückt, die Schrift kalligraphisch. Feldt stellte fest, daß das Restaurant mit schwarzer Tusche eingekreist war. Von dort führte eine Linie über den Shimogamo-Schrein und den Goldenen Pavillon Kinkaku-ji zum Ryoanji-Tempel. Was hatte Dr. Chiba vor? Als er bezahlen wollte, erstaunte es ihn nicht, daß die Rechnung schon beglichen war.

Neben dem Eingang zum Shimogamo-Tempel war zur Orientierung ein großer Plan auf einer Plakatwand angebracht.

Der Park glühte vom Rot und Gelb der Akazienblätter. Ein stilles grünes Bächlein trug Laub mit sich. Feldt war auf der Hut. Er sah zwei Maler auf der Steinbrücke den herbstlichen Park aquarellieren und Fotografen mit ihren Stativen. Der Park war kein guter Platz, um ein Verbrechen zu begehen, denn die verschiedenen Wege waren von Radfahrern und Kindern belebt. Ab und zu fiel ein Regentropfen. Ein junger Mann mit Rucksack überholte ihn. Möglicherweise war Dr. Chiba in seiner Nähe oder er ließ ihn beobachten und wartete den besten Zeitpunkt für eine Begegnung ab. Also mußte er sich vorsehen.

Mitten in seinen Gedanken hörte er das saugende Pfeifen von Staren wie im Garten vor dem International House in Tokyo. Wieder kontrollierte er, ob er verfolgt wurde. Er konnte jetzt die Allee weit hinunter bis zum Eingangstor überblicken, ein gelber Laubtunnel, in dem die Spaziergänger winzig erschienen. Hinter den nächsten Bäumen tauchte das Torii, das hohe rote Tor auf, durch das man zum Tempel schritt.

Feldt kam an einer Holzwand vorbei. Die Latten waren beschriftet wie die Jahresgaben auf Inoues Grab, nur waren sie viel kleiner und in einem Rahmen befestigt, der von weitem wie ein Kamm aus Holz aussah. Der Weg machte eine Biegung und öffnete sich dann zu einem zweiten Torii mit dem Schrein.

Feldt glaubte zuerst an Puppen, als er das Hochzeitspaar erblickte, aber die Puppen bewegten sich. Das Gesicht der Braut war weiß geschminkt, sie hatte einen weißen Hut auf dem Kopf mit orangefarbenen Kunstblumen und bewegte sich zierlich wie E. T. A. Hoffmanns Olympia. Der Bräutigam im schwarzen Kimono trug weiße Socken und Getas. Das Paar nahm auf Stühlen Platz, rundherum die Verwandten. Die Assistentin des Fotografen kniete vor ihr, richtete das Brautkleid, zupfte, glättete Fältchen und Falten, bildete neue. Nur die Schritte des Fotografen auf dem Kies waren zu vernehmen. Noch immer stellte er die Stative mit seinen Kameras um, während die Verwandten ruhig und ohne zu schwätzen die langwierige Zeremonie über sich ergehen ließen.

Feldt fiel ein Passant mit Regenmantel und Gesichtsmaske auf. In einiger Entfernung schritt er an ihm vorbei, ohne einen Blick auf die Hochzeitsgruppe zu werfen oder Feldt zu mustern. Offenbar hatte er es eilig, zum Schrein zu gelangen. In einer Pagode war die Schiebetüre zur Seite gezogen, eine Frau räumte Gegenstände zusammen. Feldt wandte seinen Blick von ihr ab. Der Mann war dabei, das letzte Tor zu durchschreiten, wo Feldt ihn zwischen mehreren Holzgebäuden aus dem Auge verlor. Unentschlossen hielt Feldt an. In der Mitte des von Pagoden umgebenen Gehöftes erhob sich ein Tempel wie ein Tanzboden. Die Enden der Holzpfosten waren vergoldet, Treppen führten zu Schiebetüren, und vor den Fenstern waren blumengemusterte Tatami-Rollos heruntergelassen. Der Mann war ihm schon von weitem bekannt vorgekommen; er hatte dieselbe kräftige Statur wie Dr. Chiba. Aber wenn es Dr. Chiba war, weshalb versteckte er sich dann vor ihm? Wurde er selbst verfolgt? Die Schrittgeräusche auf dem Kies waren verstummt, auch pfiff kein Star warnend aus einem Geäst. An der Rückseite des Hauptgebäudes knieten zwei Priester in weißen Kleidern vor einem weißgedeckten, niederen Tischchen und schrieben und lasen. Eine junge Frau, ebenfalls weißgekleidet, ordnete Papiere. Sofort war Feldt von der priesterlichen Arbeit des Lesens und Schreibens fasziniert, obwohl er sich noch immer nach dem Mann mit der Gesichtsmaske umsah. Einmal lächelte die weißgekleidete Frau ihm hinter der Glasscheibe zu, von da an blieb sie ernst. Die Priester musterten ihn nur hin und wieder aus den Augenwinkeln.

Draußen vor dem Park bedeckten die gelben Blätter der Ginkgobäume den Boden wie seltsame, ums Leben gekommene Insektenschwärme.

Es war derselbe Taxifahrer von vorhin, der wieder mit seinem Wagen anhielt. Schweigend ging es flußaufwärts dahin – Feldt war in die Betrachtung des Ufers versunken, wo zwischen Eichen und Kirschbäumen Hunderte von Kindern und Jugendlichen um die Wette liefen, Ball spielten, sich in Gruppen um die Lehrer sammelten, sangen, Steine in das Wasser warfen und musizierten.

Erst als sie zur Stadt abbogen, überlegte Feldt wieder, wer der Mann mit der Gesichtsmaske gewesen sein konnte. Wirklich Dr. Chiba, der sich vor ihm vermummt und anschließend versteckt hatte? Und weshalb war es derselbe Taxifahrer, der ihn zur Kinkaku-ji, dem Goldenen Pavillon, führte? Obwohl er wußte, daß er die Frage nicht klären würde, konnte er nicht aufhören, sich mit ihr zu beschäftigen. Es gab allerdings noch eine andere Möglichkeit, fiel ihm ein, und diese beschloß er nun als die wahrscheinlichste anzunehmen: daß Dr. Chiba sich von der besten Seite zeigen wollte. Er konnte ihn vermutlich nicht begleiten, ohne selbst Gefahr zu laufen, entdeckt zu werden, aber er wollte ihn durch die Einladung zum Essen, den alten Stadtplan, die Schönheit des Parks und des Schreins und alles, was noch kommen sollte, für den ausgestandenen Schrecken entschädigen. Die Kinkaku-ji war ihm von Yukio Mishimas Roman *Der Tempelbrand* und Paul Schraders Spielfilm über den Dichter, der rituellen Selbstmord »seppuku« verübt hatte, bekannt. (Mishima hatte vom Balkon der Militärakademie in Tokyo, wußte Feldt, in einer Phantasieuniform zu den Offiziersanwärtern gesprochen, da er sie für eine kaiserliche Restauration begeistern wollte, und war von ihnen verhöhnt worden, worauf er sich im Büro des Kommandanten den Bauch aufschlitzte und von zwei seiner Getreuen köpfen ließ.)

Inzwischen hatten sie das Tor zum Goldenen Pavillon erreicht. Nachdem er den Fahrer bezahlt hatte, wurde er an der Kasse von lärmenden Schulkindern mit gelben Schirmkappen und Sonnenhüten umringt, denen weitere und immer mehr folgten. Noch immer hingen Regenwolken am Himmel. Feldt wollte zuerst darauf warten, bis der Kinderschwarm sich auflöste, es strömten aber ohne Unterbrechung Buben und Mädchen nach, weshalb er sich schließlich sagte, daß es etwas Besonderes sei, zusammen mit den Kindern die Sehenswürdigkeit zu betrachten und nicht als ein einzelner Tourist, der etwas »genießen« wollte. Es stellte sich heraus, daß der gesamte Weg, soweit er sehen konnte, von Schülern wimmelte, in den verschiedensten Uniformen, mit Fähnchen, Mützen, Collegerucksäcken und Turnschuhen. Lärmend und doch folgsam ließen sie sich von ihren Kameraden und Freundinnen vor dem dreistöckigen Pavillon fotografieren, der sich mit den ihn umgebenden alten Bäumen in einem tintenblauen Teich spiegelte. Das unterste Stockwerk des Pavillons war aus Holz, die beiden oberen aus Gold – zusammen bildeten sie einen märchenhaften Sonnentempel.

Vor und hinter sich die Menge hüpfender gelber Mützen, ging Feldt den leicht ansteigenden Weg neben dem wie ein Traumbild leuchtenden Goldenen Pavillon bergauf, immer das verdoppelte, durch die Spiegelung im Wasser auf den Kopf gestellte Bild (das ihn an eine Spielkarte erinnerte) vor Augen. Am Wegrand kam jetzt ein Klostergebäude zum Vorschein, mit einem aus Steinen gebildeten Bach und einer grünen Zierkiefer, deren Äste auf ringförmige Holzgestelle gestützt und in eine Schraubenform gebracht waren. Oben hielt er dann an und blickte hinunter zum gelben Kinderfluß, der ohne Unterbrechung fortströmte. Wie die Nabe eines Zaubermühlrades, dachte er, bildete der Goldene Pavillon ein Zentrum, um das herum die Kinder im Kreis liefen.

Als er sich umdrehte, stand der Mann mit der Gesichtsmaske vor ihm. Wie er an ihn herangelangt war, konnte sich Feldt nicht erklären, es war jedoch mit Sicherheit derselbe Mann, der zwischen den Gebäuden des Shinto-Schreines verschwunden war. Der Fremde machte seinerseits kehrt, schob die Kinder zur Seite und eilte davon. Feldt war durch das Gedränge schwindlig geworden, weshalb er Mühe hatte, seinen Verfolger nicht aus den Augen zu verlieren. Plötzlich war er jedoch verschwunden. Er konnte sich nur in der mit weißen Leintüchern verhängten Pagode am Wegrand versteckt haben, dachte Feldt, aus der das Gehämmer von Handwerkern ertönte.

Obwohl er unter Menschen war, hatte er Angst. Er spürte, daß er beobachtet wurde. Wahrscheinlich war es am besten, so rasch wie möglich den Park zu verlassen.

Vor dem Tor prüfte er, ob wieder derselbe Taxifahrer auf ihn wartete, doch hatte er, wie er sich sagte, Glück und fand einen anderen Wagen.

Aus dem Auto entdeckte er auf einer Hauswand eine gemalte Struwwelpeterfigur mit einem schwarzen Streifen vor den Augen, aber er wollte nicht anfangen, darüber nachzudenken, auch nicht über den großen weißen Octopus auf einem Reklameschild und schon gar nicht darüber, weshalb er sich an Dr. Chibas Anweisungen hielt.

Während er in dem Taxi fuhr, kam ihm die Idee, das Mozart-Autograph in ein Briefkuvert zu stecken, dieses an sich selbst in Wien zu adressieren und alles weitere auf sich zukommen zu lassen. Aber er war mit dem Einfall nicht ganz zufrieden, da er noch immer die Absicht verfolgte, das Autograph zu verkaufen. Und wenn er es nach Kagoshima schickte? Es war die nächste Universität, an der er seinen Vortrag halten sollte ... Er atmete erleichtert auf. Wenn er es eingeschrieben nach Kagoshima an das Universitäts-Institut aufgab, würde er vermutlich noch genügend Zeit finden, das Geschäft abzuwickeln.

Er bat den Taxifahrer, zur Hauptpost zu fahren, was dieser nach einigen Mißverständnissen tat, suchte in seinem Notizbuch die Adresse, kaufte Kuvert und Schreibpapier und gab das Plastiketui eingewickelt in den Bogen auf. Zum ersten Mal hatte er das Gefühl, in dieser Angelegenheit intelligent gehandelt zu haben – selbst wenn die Polizei gegen ihn ermittelte, so würde sie kein Motiv finden, weshalb er Hayashi umgebracht haben sollte.

Es dauerte mehr als eine Stunde, bis er endlich den Ryoanji-Park erreichte.

Zwei Arbeiter mit Gartenhüten, die ihn an Imkermasken erinnerten, kehrten die Blätter aus der Abflußrinne neben dem Weg auf. Der geschwungene Seerosenteich mit der Insel voller Ziersträucher, dem Bootshaus und dem Ruderboot, das bis oben angefüllt war mit Laub, lag ruhig da. Unter den Ahornbäumen breiteten sich Mooswiesen aus, übersät von gelben, abgefallenen Blättern wie winzige Sternschnuppen. Begleitet von Arbeitern mit weißen Handschuhen, Kappen und Brillen, kam ihm jetzt ein grauhaariger Herr in einer blauen Schürze entgegen. Vielleicht war es der mehr als zweihundert Jahre alte Gartenbaumeister, dachte Feldt scherzhaft. Gerne hätte er ihn angesprochen, doch er wagte es nicht. Der Garten war so raffiniert angelegt wie das mechanische Werk einer komplizierten Spieluhr. Alles mußte sein Schöpfer im voraus berechnet haben, das Aussehen, die Größe und Breite der Pflanzen, ihre Blütezeit ebenso wie die Geschwindigkeit ihres Wachstums, die Blattfärbung und die Astformen, damit das Zusammenspiel der Baumkronen und Sträucher, der Jahreszeiten und ihrer verschiedenen Farben übereinstimmten.

Es dämmerte schon, als Feldt den Kiesgarten erreichte. Da der Park in weniger als einer halben Stunde schließen würde, war er der einzige Besucher in dem langen Klostergebäude. Beim Ausziehen der Schuhe erspähte er durch den Spalt einer nicht vollständig geschlossenen Schiebetüre zwei kniende, buddhistische Mönche, denen die Köpfe rasiert wurden. Unbewegt verharrten sie unter dem schabenden Messer, das ein anderer Mönch führte. Sobald die Prozedur beendet war, erhoben sie sich und zogen sich lautlos zurück. Der Korridor des Klosters, hatte Feldt gelesen, würde durch eine spezielle Konstruktion der Bretter bei jedem Schritt Gezwitscher wie die Stimme des Uguisu, der japanischen Nachtigall, wiedergeben, um vor möglichen Feinden zu warnen. Aber die Mönche schienen in der Luft zu wandeln. Bei seinen eigenen Schritten jedoch vernahm Feldt die Töne. Ihm fielen die saugenden Pfeifgeräusche der Stare in den Parks, der Security-Beamte im International House und der Mann mit der Gesichtsmaske wieder ein.

Von der Veranda aus blickte er in den ummauerten

Steingarten. Er wußte nicht, wie lange er so geschaut hatte: auf einmal veränderten sich die Größenverhältnisse ... die Felsbrocken wurden zu Bergen ... der Kies zum Meer. Das leise Zwitschern des Uguisu richtete seine Aufmerksamkeit aber wieder auf die Veranda. Das Zwitschern kam näher, und Feldt erkannte den Mann mit der Gesichtsmaske.

»Ich bin ein Freund von Dr. Chiba«, rief er von weitem auf englisch. Er blieb vor Feldt stehen. »Wir bedanken uns, daß Sie unsere Einladung angenommen haben. Dr. Chiba schickt Ihnen eine Eintrittskarte für das Kabuki-Theater, morgen. Ich bin beauftragt, sie Ihnen zu überreichen.« Damit streckte er ihm eine Hand mit der Eintrittskarte hin, verneigte sich noch einmal und verschwand, begleitet von den Uguisu-Tönen im Klostergang. Wenn Feldt sich beeilt hätte, hätte er ihn stellen können, denn der Mann hatte, wie er selbst, die Schuhe ausgezogen und mußte sie demnach auch wieder anziehen. Plötzlich spürte er seine kalten Füße. Aus dem Park war das Schnarren von Krähen zu hören, das ihm vorkam wie das Aufziehen einer alten verrosteten Turmuhr.

Vor dem Raum, in dem die beiden Mönche rasiert worden waren, lag nun eine Pauke mit zwei Schlägern.

Als er den Park bei Einbrechen der Dunkelheit und als letzter verließ, wurde das Tor hinter ihm sogleich geschlossen.

Kyoto
(Nächtliche Impressionen)

Das Kabuki-Theater sah verwirrend bunt und auf eine knallige Weise prunkvoll aus. Der Platz war von blütenförmigen weißen Straßenlampen aus Reispapier und roten Lampions beleuchtet. Eine Reihe farbiger Bilder in holzschnittartigem Stil zeigte über dem Eingang die dramatischsten Szenen des angesetzten Stücks: den Kampf eines gräßlichen weißhaarigen mit einem nicht weniger furchterregenden rothaarigen Dämon, Samurai mit der typischen Haartracht und Kleidung, Männer und Frauen in gemusterten Kimonos und expressiven Körperhaltungen. Ein Sperrgitter, das über mehrere Stockwerke reichte, war dicht behängt mit weißen Fahnen, auf denen die Namen der engagierten Schauspieler zu lesen waren, der große Balkon über dem geschwungenen Dach war von Neonröhren erhellt und mit Pflanzen geschmückt. Aus dem Inneren leuchtete der Kassenraum in grellem Rot.

Feldt konnte sich an der Fassade nicht sattsehen. Er war aus Neugierde und Vorsicht gekommen, um den Schauplatz der Begegnung mit Dr. Chiba in Augenschein zu nehmen, nun aber vergaß er das alles. In der von den bunten Lichtern und den Scheinwerfern vorüberfahrender Autos erhellten Dunkelheit fiel der Schnee in Strichen. Auf der anderen Seite des Kamogawa lag die Stadt, am gegenüberliegenden Ufer ein mehrstöckiges Restaurant mit großen Fenstern (wie Auslagen eines Möbelgeschäftes), durch die man Gäste speisen sah. Endlich überquerte er den Fluß und war sogleich in ein von Menschen überfülltes Einkaufsviertel eingetaucht, mit Imbißstuben und Warenhäusern, Kinos, Geschäften und Restaurants, in deren blauen Aquarien rote Hummer und silberne Meeresfische schwebten. Ohne es zu beabsichtigen, hatte er eine Buchhandlung gefunden. Er stöberte eine Stunde selbstvergessen in den Regalen und kaufte, da er an das Gewicht der Bücher bei der Weiterreise dachte, nur einen bebilderten Stadtführer von Kyoto in englischer Sprache.

Wieder auf der Straße, mußte er sich erst daran gewöhnen, daß die Radfahrer, die von hinten aus der Dunkelheit kamen, nicht klingelten, sondern riefen. Aus der Dunkelheit, dem Ungewissen, dachte Feldt. Er durfte sich nicht in Sicherheit wähnen. Er wollte erst so spät wie möglich in das Goethe-Institut zurückkehren, wo es auf dem Gang vor dem Zimmer nach Fäkalien stank und finster war, wie es finsterer nicht sein konnte.

An der Ecke einer der zahlreichen Passagen aß er in einer Imbißstube verschiedene Sushi, welche auf einem Fließband fortlaufend an den Gästen vorbeizogen. In der Mitte der kreisförmigen Anlage arbeiteten drei Köche. Fleißig zerlegten sie die Fische in kleine Teile, pausenlos wurden ihnen neue zugeschoben, ohne Unterbrechung wurden die Speisen in kleinen Tellern auf das Fließband gestellt, unentwegt wechselten die Gäste, die auf ihren Hockern die Mahlzeit in sich hineinstopften. Man stapelte die Teller neben sich und wartete, bis die Gehilfinnen auf ein Kopfnicken herbeieilten, sie abzählten und die Anzahl laut zur

Kasse riefen. Vor den Hockern waren Zapfhähne für Tee angebracht, von dem er mehrere Becher trank.

Als er satt war, gelangte er durch die Passage in ein Viertel mit Holzhäusern. Tatsächlich verbarg sich in den stärker von Menschen frequentierten, engen Gassen ein reges Nachtleben mit lärmenden Studenten. Überall gab es Schiebetüren, die sich einladend zu kleinen Restaurants öffneten. Jede Schneeflocke wurde durch die eigenartigen Lichtverhältnisse zu einem phosphoreszierenden Punkt in der Dunkelheit.

Im Schneetreiben, erkannte Feldt, saß eine Frau vor einem aus Brettern gebildeten Tisch. In der einen Hand hielt sie die Taschenlampe, in der anderen ein Pappschild mit einer aufgemalten Hand, darunter stand »500 Yen«. Es war klar, daß sie eine Handleserin oder Wahrsagerin oder beides war. Feldt wartete, ob jemand ihre Dienste beanspruchen würde, aber die nächtlichen Gestalten eilten vorbei auf die Straßenbeleuchtung zu.

Feldt erwartete nichts anderes als Täuschung, den kleinen alltäglichen, veraltet scheinenden Schwindel, die armselige Hoffnungsreligion der Abergläubischen, aber trotzdem trat er mit vorgestreckter, geöffneter Hand an die Frau heran. Sie studierte wortlos im Lichtkegel ihrer Taschenlampe die Linien seiner Innenfläche, ohne sie zu berühren, und fragte ihn zuletzt, ob er Amerikaner sei (um zu erfahren, wie sie sich ihm verständlich machen konnte). Als Feldt bejahte, steckte sie die fünfhundert Yen ein, knipste die Taschenlampe aus und sagte: »Danger.« Dann versank sie in Schweigen.

Feldt suchte ein Taxi für die Heimfahrt.

Die weißen Flocken kamen aus der Schwärze der Nacht, »aus der japanischen Lackschwärze«, wie er dachte. Vor dem Goethe-Institut lagen Fahrräder, jede einzelne Speiche weiß und dick von Schnee. Ein Gang im ersten Stock war beleuchtet. Es war ein Fehler gewesen, sich nicht nach einem Hotelzimmer umzusehen, schoß es ihm durch den Kopf. Und nun sollte er hinunter in die Gruft steigen, in der ihn niemand hören würde, wenn jemand ihm auflauerte und er um Hilfe rief.

Er war entschlossen sich umzusehen, zuerst aber lauschte er. Da er sich im Gebäude nicht auskannte, wartete er, bis sich seine Augen an die Dunkelheit gewöhnt hatten. Ein wenig Licht fiel von der Straße durch die Glastüre herein. Endlich fand er die Stiege. Er überlegte, ob er leise oder möglichst laut sein sollte, und entschied sich nach einigem Zögern für das zweite.

Feldt hustete, rüttelte an Türen, machte Licht, ohne jemanden anzutreffen. Als er das Direktionszimmer öffnete, saß ihm ein großer, breitschultriger Mann, offenbar der deutsche Institutsleiter, gegenüber. Er hatte ein kräftiges Gesicht, einen grauen Bart und langes Haar und nahm, sobald er Feldt sah, seine Brille ab.

»Sie sind Dr. Feldt«, sagte er erfreut. »Nehmen Sie Platz.«

Sobald Feldt sich hinsetzte, fielen ihm vor Müdigkeit die Augen zu.

»Aber Sie schlafen ja«, weckte ihn der Mann auf.

»Warten Sie, ich bringe Sie in Ihr Zimmer! Mein Name ist Löw. Ich bin der Institutsleiter.«

Feldt öffnete mühsam die Augen. Er stand auf, um nicht wieder einzuschlafen.

»Nein, danke, ich finde schon den Weg.«

Hinter der Eisentür auf dem Gang roch es wie in einem Gefängnis nach Exkrementen, faulen Äpfeln und Regen. Das Zimmer aber war frei von üblen Gerüchen. Feldt fühlte sich so erschöpft, daß es ihm egal war, ob es ihn an eine Gruft erinnerte, ob er wußte, wann es Tag wurde und ob er glücklich war oder nicht.

Das Kabuki-Theater
(Gespräch mit einem Phantom)

Am Morgen blätterte er in seinem neuen Stadtführer, suchte sich den wegen seiner Wandmalereien berühmten Nanzenji-Tempel heraus und las, daß das zweistöckige Sammon-Tor mit den Geschichten um den berühmten Dieb der Edo-Zeit, Ishikawa Goemon, verbunden war, der angeblich hier gefaßt wurde. Er empfand den Hinweis wie eine Aufforderung, es aufzusuchen.

Im Freien stellte er fest, daß die Dächer überall noch mit Schnee bedeckt waren. Am Ufer des Kamo-gawa eilten Marathonläufer flußaufwärts, mit Nummern auf Brust und Rücken und weißen Handschuhen. Es waren Männer und Frauen in Jogginghosen und Sweatshirts, Feldt staunte darüber, wie viele es waren.

Er überhörte dabei einen Radfahrer, der sich ihm von hinten genähert hatte und ihn beinahe zu Boden stieß. Gerade konnte er noch bremsen und das Rad zur Seite reißen. Aus dem Korb vor dem Lenker des sichtlich erschrockenen Fahrers wurde ein Regenschirm herausgeschleudert, er fiel zu Boden, rollte unter ein herankommendes Auto und blieb plattgedrückt auf der Straße liegen.

Alles war blitzschnell vor sich gegangen, Feldt hatte keine Gelegenheit gehabt zu reagieren. Der Fahrer lehnte das Rad an einen Baum, hob den zerfledderten Schirm auf, blickte Feldt vorwurfsvoll an und fragte ihn etwas. Als er sah, daß Feldt ihn nicht verstand, warf er die Schirmreste in einen Abfallkübel und fuhr davon.

Um Schutz zu suchen, wich Feldt in ein dunkles Viertel aus. Eine bucklige, alte Frau in einer roten Weste fegte den Weg, ihre kleine Tasche hing über einem Zaun. Auf dem Balkon des nächsten, windschiefen Hinterhauses arbeitete ein älterer Mann mit Schere und Pinzetten an Bonsaitöpfen, die auf einem notdürftig zusammengezimmerten Regal vor ihm aufgestellt waren. Er hatte eine Lupe in eines seiner Augen geklemmt. Feldt war überrascht von so viel verborgener Schönheit und dachte sofort an den Mann im Dorf »Fuchsgrab« und seine Nachtfalter. Nach einigen Minuten gelangte er in eine hellere, breitere Straße mit aufgelassenen Geschäften, in die man durch die leergeräumte Auslage sah. Zerrissene Bodenbeläge, Müll und alte Möbelstücke bildeten ein trostloses Ambiente. Dazwischen Teegeschäfte, ein Änderungsschneider mit gelber Maßpuppe und Bügeleisen, eine Buchhandlung. In der Auslage stand auf einem Tischchen eine Barke aus Holz, davor waren ausgebleichte Land- und Stadtkarten entfaltet. Sobald sich Feldt der Türe genähert hatte, ertönte ein gedämpftes »Klingklang«. Gleich öffnete sich eine Tapetentür, und eine Frau in mittleren Jahren erschien. Sie sprach offenbar nicht englisch. Erst als er auf die Landkarten in der Auslage zeigte, legte sie ihm stumm einen Stadtplan von Kyoto vor, denselben übrigens, den Dr. Chiba ihm in das Goethe-Institut geschickt hatte.

Feldt fragte sie, ob sie Stadtpläne von Kagoshima und Kumamoto habe, wo er die nächsten Vorlesungen halten sollte, und nach einigem Suchen fand sie diese in den verstaubten Regalen. Gleichzeitig legte sie weitere Karten, von denen er keine Ahnung hatte, was sie darstellten, auf den Tisch. Sie waren alle mit den schönen Schriftzeichen versehen. Feldt kaufte die Stadtpläne und eine der ihm unbekannten Landkarten. Außerdem erstand er Sanseidos deutsch-japanisches Wörterbuch, ein rotes Lederbändchen mit Dünndruckpapier, das er unter der Glasplatte des Verkaufspultes entdeckte.

Neben dem Buchladen begann ein Weg mit Kirschbäumen. Er führte, wie er dem Stadtführer entnahm, zum »Silbernen Pavillon«. Von den Zweigen der Bäume tropfte geschmolzener Schnee in Feldts Kragen. Er hielt an, fand in seinem Stadtführer eine Beschreibung des Tempels, und stand nach einigen Schritten vor einem grauen Sandkegel. Das wunderbare Gebilde trug eine weiße Schneehaube wie die zwei Pagodendächer des Silbernen Pavillons. Im trübgrünen Wasser des Teiches, in dem der Tempel sich spiegelte, schwammen träge die schwarzen und roten Zierkarpfen.

Feldt war benommen von der Schönheit, die ihn umgab, und als er den ansteigenden Weg in den Landschaftsgarten mit den herbstlichen Verfärbungen beschritt, sah er einen Handrechen aus Bambus in einer grünen Schaufel liegen, in der noch einige rote, fünfeckige Ahornblätter klebten. Der Sandweg war überhaupt von den Blättern gelb und rot gesprenkelt, wie eine Amphibienhaut. Ein Haiku ging ihm durch den Kopf:

»Auf Buddhas Scheitel
häuft sich der Schnee und senkt sich
des Winters Krähe...«

Bei jedem Schritt enthüllte sich eine neue Perspektive auf den Garten. Eiskrusten bedeckten grünes Moos, Wasser tropfte, rauschte, gluckste. Unter seinen Haaren lief ein kalter Tropfen. Er begleitete ihn ein Stück und verbreitete Kälte in seinem Kopf. Auf der Anhöhe angekommen, sah er das Schneedach des Silbernen Pavillons, der von grünen Nadelbäumen umgeben war, den Holzhahn am Giebel und die weißen Balken der Bogenfenster, während sein Kopf weiter vom schmelzenden Schnee der Zweige naß wurde und seine Ohren ein Adagio des Tropfens und Glucksens, rhythmisiert vom Krah-krah der Krähen, zu vernehmen glaubten. Verzaubert von der Gartenbaukunst und der Tatsache, daß es einen Silbernen Pavillon gab, der nicht silbern war, wanderte er zum Fluß zurück, wo die letzten Marathonläufer dem noch weit entfernten Ziel zustrebten. Alles war in Bewegung, blaue und rote Tauben, weiße Vögel mit schwarzen Flügeln flatterten auf, Enten ließen sich in der Strömung treiben, Möwen umschwärmten die Fußgänger.

Unter der nächsten Brücke stieß Feldt unvermutet auf die Kartonhäuser der Obdachlosen. Es war eine rohe, kalte Begegnung, die in ihrer Anonymität verletzend war. Vor der Brücke wuchs ein Orangenbaum mit Früchten, und dort war auch der meiste Hundekot angesammelt. Die Kartons reichten Feldt bis zur Hüfte, Gucklöcher waren in Zeichnungen von Tieren und Pflanzen versteckt, ein Auge starrte ihn aus einem schraffierten Hundekopf an. Zwischen den Speichen eines abgestellten Fahrrades fiel Feldt an einem anderen Karton eine weitere kleine Öffnung auf, schwarz und dunkel wie ein Einschußloch, das plötzlich mit einem Menschenauge gefüllt war. (Gleichzeitig erschien der Polizist in Kamakura mit der Warze zwischen den Brauen vor seinem inneren Auge.)

Am Ende der Brücke hockte ein alter, weißhaariger Mann im Lotossitz mit einer schwarzen Haube und einem schwarzen Mantel. Würdig saß er da und rauchte wie abwesend eine Zigarette, wobei er ihn aber mit flinken, zusammengekniffenen Augen beobachtete. Fast auf das Haar glich er dem Mönch, der ihn und den Polizisten in Kamakura auf dem Tempelberg beschimpft hatte, als sie sich nach Einbruch der Dunkelheit im Klostergarten aufgehalten hatten. Ein Schlittenhund kroch aus einem der Kartons, jemand hielt ihn von innen an einer Schnur fest. Der Hund bellte nicht. Aus anderen Kartons ragten Fahrradspiegel, mit deren Hilfe man den Platz bis zum Wasser überblicken konnte.

Feldt holte die Geldbörse heraus und gab dem alten Mann eine Banknote. Der Mann stieß einen Laut aus, nahm den Schein, allerdings ohne ihn zu beachten. Im Weitergehen sah Feldt dann, wie er sich hastig über die Brückentreppe entfernte. Vor den Bergen, bemerkte er gleichzeitig, bildete sich ein Regenbogenlicht am Himmel und gewann langsam an Farbe.

Feldt spazierte weiter den Fluß hinunter bis zum Kabuki-Theater. Beim Hinaufsteigen über die Stiege stellte er fest, daß zwei Bussarde am Himmel schwebten. Er überquerte die Straße, an deren Ecke ein Reisebüro mit bunten Plakaten warb. Sie zeigten die schönsten Plätze Japans. Überall herrschten Ordnung, Schönheit und Stille. Die Bussarde sind ein schlechtes Omen, dachte er. Das Reisebüro war hingegen ein sehr gutes Omen ... Vielleicht hatte es etwas zu bedeuten, daß es *zwei* Bussarde waren, vielleicht neutralisierte der zweite den ersten. Vermutlich war es ein Pärchen ... Er dachte an Frau Sato ... Den Fahrradfahrer mit dem Regenschirm ... Die Handleserin ... Sein Instinkt sagte ihm, daß er vorsichtig sein mußte ... Er fand ein kleines, billiges Restaurant, in dem er die Zeit bis zum Vorstellungsbeginn abwarten wollte ... Wie in Kamakura vor Dr. Hayashis Haus!, fiel ihm ein. Im Restaurant aßen Schulmädchen in Matrosenkleidchen vor einer Fototapete, die einen Garten zur Narzissenzeit darstellte. Nachdem er seine Suppe verschlungen hatte, änderte er seinen Plan und entschloß sich, doch zum Nanzenji-Tempel zu gehen, denn er hatte noch mehr als zwei Stunden Zeit. Und außerdem war die Situation jener in Kamakura zu ähnlich.

Er war so in Gedanken versunken, daß er beim Aussteigen vergaß, den Taxifahrer zu bezahlen. Die Betrachtung des Sammon-Tors vergaß er ebenfalls. Für die mystischen Lichtbalken, die durch das Zusammenspiel von Sonnenstrahlen und Rauch vor einem Waldsaum entstanden, für die schönen Kies- und Pflanzengärten hatte er kein Auge mehr. Erst im Inneren des Klosters »erwachte« er wieder. Auf Schiebetüren waren springende Tiger in einem Bambushain gemalt. Alle Räume waren ausgelegt mit Tatami-Matten, die Bemalungen mit Gold grundiert, darauf die schleichenden, springenden, lauernden Wildkatzen in vollendeter Eleganz.

Er kam zu spät in das Kabuki-Theater.

Außer Atem nahm er im Halbdunkel Platz. Die Bühne verlief nicht nur vorne, sondern (wie ein Laufsteg) seitlich und in der Mitte des Zuschauerraumes. Die Welt veränderte sich. Ein Boot mit Männern fuhr gerade über einen grellblauen Fluß, vielleicht waren es Schmuggler. Die Sprache der Schauspieler war ein Gemisch aus Hecheln, Keuchen, Schnarren, Krächzen, ein Fiepen und Lallen. Sie hatten sich längst von Menschen in geisterhafte Gestalten verwandelt. Feldt folgte, obwohl er nichts verstand, aufmerksam dem Geschehen. Einer der Männer wurde über Bord geworfen und verschwand im Wasser. Ertrank er? Rettete er sich? Die Langsamkeit und Rätselhaftigkeit der Handlung schlug ihn in Bann.

Ein Platzanweiser hatte sich durch die Reihen geschlängelt und deutete ihm mit einem Wink, ihm zu folgen. Feldt fühlte sich jetzt selbst wie eine der stolzen, langsamen Männerfiguren, gleichzeitig argwöhnte er, daß Dr. Chiba ihm eine Falle stellte.

Der Platzanweiser lief beinahe, Feldt hatte große Mühe, mit ihm Schritt zu halten. Sie stiegen Treppen empor, öffneten schwere, rotgestrichene Eisentüren, betraten einen neuen Gang, der abwärts führte, blickten in den Schacht eines Stiegenhauses, ohne daß der Platzanweiser sich umdrehte.

Plötzlich, hinter einer Tür, nur noch Dunkelheit. Feldt zögerte, aber der Platzanweiser winkte ihm mit der Taschenlampe aus der Schwärze zu. Sie befanden sich jetzt in der Nähe der Bühne, jedenfalls waren die Stimmen der Schauspieler von irgendwoher zu hören. Feldt folgte dem Lichtzeichen, der Geruch von Kleidern stieg in seine Nase, er stieß an Stoffe, fühlte sie an den Händen und im Gesicht.

Für wenige Sekunden entstand in ihm ein komplexes Wachtraumbild aus Erinnerungs- und Gedankenimpulsen. Plötzlich sah er den Bauern im Dorf »Fuchsgrab« auf dem leeren Dachboden vor sich. Er sah eine Seidenraupe, den Kokon, die Puppe, und er sah, wie die Puppe mit dem Kokon in heißes Wasser fiel. Die unruhig sich bewegende Taschenlampe, die Berührung von Stoffen und die winzigen Ausschnitte bunter Kleider des Kostümmagazins, die er erkennen konnte, versetzten ihn in das Gefühl, selbst eine Seidenraupe zu sein. Er sah den bewunderten Schriftsteller Vladimir Nabokov mit einem Schmetterlingsnetz in der

Hand, in kurzen Hosen, eine Kappe auf dem Kopf, hinter sich herstürzen, und in einer Art Flackerlicht des Denkens tauchten die Lesebilder seiner Erzählung *Pilgram* vor ihm auf, in denen sich aus dem Anblick eines Obstgeschäftes mit leuchtenden Apfelsinenpyramiden eine Schmetterlingshandlung entwickelte: »Gewaltige und prachtvolle Schmetterlinge waren ausgestellt.« – »Schimmernde Seide, schwarze Magie«, Feldt sah den toten Pilgram in seinem Schmetterlingsladen liegen, und ein mächtiges Gefühl entwickelte sich in ihm, der Wunsch zu überleben. Sie mußten jetzt die Requisitenkammer durcheilt haben, denn an den Wänden hingen Samurai-Schwerter, Fächer, Puppen und Sträuße aus Kunstblumen.

Ein grelles Licht blendete ihn schließlich, und er lief zwischen einem Dutzend Schauspielern hindurch, die sich gerade umzogen und schminkten. Ihre Kleider fanden sich wie abgeworfene Puppenhäute auf dem Boden, als gehörten sie nicht mehr zu ihren Besitzern. Alle starrten die flimmernden Fernsehschirme an, auf denen die Geschehnisse von der Bühne übertragen wurden. Soeben ritten zwei Samurai durch das Wasser, offenbar verfolgte einer den anderen.

Der Platzanweiser schob eine mit Dahlien tapezierte spanische Wand zur Seite und gab Feldt zu verstehen, daß er eintreten möge. Es war ein Schminkabteil mit einem runden Spiegel, Tiegeln, Dosen, Schalen und einem Ventilator, vor dem eine Gestalt sich in das weißgefärbte Gesicht dicke rote Striche zog. Die Gestalt malte den roten Strich ungerührt zu Ende, drehte sich Feldt zu und sprach ihn auf englisch an.

»Hello, Mr. Feldt!«

Feldt erkannte die Stimme. Er hatte sie zum ersten Mal vor dem Asakusa-Tempel gehört.

Der Mann, der im Alltag Dr. Chiba war, wandte sich wieder dem Spiegel zu und schminkte sich weiter. Er hatte sich bereits so sehr verwandelt, daß er mit Dr. Chiba nichts mehr gemein zu haben schien als die Stimme.

»Ich habe Ihnen den Stadtplan geschickt und Sie überwachen lassen, um sicherzugehen, daß Sie nicht verfolgt werden. Weder von der Polizei noch von sonst irgend jemandem, versteht sich. Eine Sicherheitsmaßnahme. Ich habe die Summe, die Sie fordern, aufgebracht. Wie ich von Herrn Dr. Hayashi noch erfahren habe, halten Sie Ihren letzten Vortrag in Kumamoto. Ich werde dort in einem japanischen Hotel, einem Ryokan, auf Sie warten und mit Ihnen das Geschäft machen. Sind Sie einverstanden?«

Er holte aus einer Lade eine Visitenkarte mit Namen und Adresse des Ryokan in Kumamoto heraus.

»Es ist ein Stundenhotel. Wir sind dort ungestört.«

»Was ist mit Dr. Hayashi geschehen?« fragte Feldt. Er steckte die Visitenkarte ein.

»Eine interne Angelegenheit. Dr. Hayashi war nicht der, als der er sich ausgab«, Dr. Chiba lachte. »Er hatte, wie Sie bereits wissen, die Absicht, in das Pachinko-Spiel einzusteigen, aber da waren einige Geschäftsleute dagegen. Ein französischer Journalist ... Lacroix, Sie haben von ihm gehört ... wollte offenbar mit ihm ein Gespräch führen, jedenfalls kam er unangemeldet. Das war sein Verhängnis. Er war weder im Plan

Dr. Hayashis noch in dem des Killers vorgesehen. Dr. Hayashi wollte ihn hinauswerfen, als der Killer auf beide schoß, wahrscheinlich zuerst auf Dr. Hayashi, dann auf den fliehenden Franzosen. Dr. Hayashi war bewaffnet. Er war ein guter Schütze. Der erste Schuß hat ihn nicht getötet. Als der Killer wiederkam, hat Dr. Hayashi ihn angeschossen, aber dabei wurde er selbst getroffen und getötet. So ähnlich muß es gewesen sein ... Wo sind übrigens Sie gewesen, Sie hatten doch einen Termin mit Dr. Hayashi?«

Rote und schwarze Linien gaben dem weißgeschminkten Gesicht etwas Grimassenhaftes. Dr. Chiba war aufgestanden und schlüpfte in ein prächtiges Gewand, das seinen Körperumfang verdoppelte. Auf einem Stuhl daneben lag eine schwarze Perücke.

»Ich war in dem Haus«, antwortete Feldt. »Und ich habe gesehen, wie Dr. Hayashi starb ... Der Mörder war noch anwesend. Ich habe auf ihn geschossen ...«

»Ich weiß«, sagte Dr. Chiba majestätisch. »Ich war selbst im Haus, als Sie kamen. Aber ich konnte Dr. Hayashi nicht helfen, denn ich trug keine Waffe bei mir. Ich suchte gerade etwas, als die Schüsse fielen. Die Bibliothek war so riesig, daß man sich in ihr verstecken konnte, wenn man sie gut genug kannte. Ich bin durch einen Gang verschwunden, der zu einem Kellerraum im Nebenhaus führte. Für einen Kabuki-Schauspieler kein Kunststück.«

Auf einen Knopfdruck erschienen zwei Gehilfen, wovon einer der Platzanweiser war, der Feldt geführt hatte. Sie setzten Dr. Chiba die riesige Perücke auf, die ihn wie ein böses Gespenst aussehen ließ.

»Bringen Sie Herrn Feldt zurück«, sagte er feierlich.

Man führte ihn nur bis zu den Zuschauerräumen, dort herrschte ein reges Kommen und Gehen.

Feldt sah, daß man sich an einem Verkaufstischchen gegen Kaution ein Opernglas leihen konnte. Er griff nach einem schwarzen, eleganten, das ihn nicht an das biedermeierliche, goldgeblümte seiner Mutter erinnerte – entschlossen, es zu behalten.

6. Kapitel

Süden
(Prof. Kitamuras Vortrag)

Uniformierte Schüler hockten in einem Winkel des Bahnhofs von Hakata auf dem Fußboden. Einige winkten Feldt zu, vereinzelt hoben sie die Finger zum V-Zeichen. Ein Kahlgeschorener schnitt Gesichter. Feldt nahm die Gruppe eher gedankenverloren wahr, denn er versuchte Klarheit zu gewinnen, ob die heimlichen Todesängste, die er mit dem Verkauf des Autographs verband, begründet oder nur von seinen schlechten Erfahrungen bestimmt waren. Das Ryokan »Sakae-ya« – so gab die Visitenkarte Auskunft – konnte natürlich eine Falle sein. Und Dr. Chiba war in einem Bordell bestimmt im Vorteil, vielleicht steckte er mit den Besitzern sogar unter einer Decke, aber andererseits hatte Feldt jetzt das Gefühl, das Geschäft könnte klappen. Jedenfalls hatte er keine andere Wahl, als sich auf das Risiko einzulassen. Er suchte auf dem Plan, den er am Vortag gekauft hatte, die angegebene Adresse des Hotels und fand sie wirklich eingezeichnet. Erleichtert faltete er die Karte wieder zusammen.

Es war ein anstrengender Tag gewesen. Der Vortrag im Goethe-Institut war für den frühen Morgen angesetzt gewesen, und nur wenige Zuhörer hatten sich eingefunden ...

Herr Löw wollte später auf der Fahrt zum Bahnhof alles über Haydns, Beethovens, Schuberts und Mozarts Tod wissen. Feldt verwies ihn auf Anton Neumayrs Buch *Musik und Medizin*, eine Lieblingslektüre Hofrat Kamms. Löw war ein sympathischer Mann, der anfing, sich nach zehn Jahren in Japan einsam zu fühlen. Auch hatte er nie wirklich Japanisch gelernt, wenngleich er sich sehr für das Land interessierte.

Endlich traf der rote Zug nach Nishikagoshima ein.

Für Feldt war ein Platz neben zwei hochgewachsenen, glatzköpfigen Mönchen mit knochigen Gesichtern reserviert. Einer von ihnen hielt einen Spazierstock zwischen den Knien.

Feldt hatte jetzt den Eindruck, daß es wärmer geworden war. Die Berge verschwanden zum Horizont hin, rückten aber später wieder näher heran, als die Landschaft sich in einen Garten zu verwandeln begann. Einmal tauchte ein Tempel mitten in einem Reisfeld auf wie eine sakrale Insel, ein gelbes Wehr mit grünem Wasser, ein leerer Kanal, der von Kletterpflanzen überwuchert war. Der Herbst hatte im Süden noch nicht begonnen. Reisstrohmännchen und Teebüsche wechselten einander ab, begleitet von Palmen und den immer und überall anzutreffenden Starkstrommasten.

In Kumamoto verließen die beiden Mönche den Zug.

Feldt mußte zwar nach Kagoshima weiterfahren, aber er würde hierher zurückkehren in ein Ryokan, um Dr. Chiba zu treffen.

Auf der Weiterfahrt erschienen in einem diesigen Licht die Schattenumrisse zweier Vulkane, auch auf der anderen Seite des Zuges erhob sich ein Kegel mit einem Krater. Noch während Feldt die Vulkane in der Ferne betrachtete, wurde die Tür zum Abteil geöffnet, und zu seiner Verwunderung erschien Professor Kitamura. Als er Feldt sah, ging er auf ihn zu und begrüßte ihn.

»Ich freue mich, Sie wiederzusehen«, sagte er. »Herr Wallner hat über Ihren Fahrplan Bescheid gewußt, deshalb ist es kein Zufall, daß ich Sie treffe.« Er hatte sein Gepäck verstaut und neben ihm Platz genommen. Er trug ein gelbes Hemd, darüber eine dunkelbraune Wildlederjacke. Ein gemustertes gelbes Halstuch verbarg den Mikrolautsprecher. Feldt fiel ein, daß Professor Kitamura inkognito als Dr. Negishi reiste, wenn er irgendwo einen Vulkanausbruch oder ein Erdbeben vermutete, um ohne Aufsehen in das Epizentrum zu gelangen.

Auf seine vorsichtige Frage antwortete Kitamura, daß er aus Beppu komme. »Allein«, sagte er. »Frau Nukada und unsere Tochter sind in Tokyo geblieben wegen der Schule. Es geht nicht mehr so wie früher ...« Er schüttelte nachdenklich den Kopf.

»In Beppu ist die Zerbrechlichkeit der Erdkruste überall sichtbar. An jeder Straßenecke ragen rostige Rohre aus dem Boden und stoßen zischende Dämpfe aus. Wie Eiszapfen kristallisieren an der Öffnung die Mineralien, die der Dampf aus der Erdmasse mit sich nach oben drückt.« Die Rohre seien das Kennzeichen von Beppu, Ventile, die den gewaltigen Druck ablassen, der unter der Stadt herrsche.

Professor Kitamura schwieg eine Zeitlang, erschöpft

vom Sprechen. Er griff in die Tasche seiner Lederjacke, um einen Schluck Whisky aus einem Flachmann zu nehmen, dann blickte er aus dem Fenster.

Bauern in Gummimänteln, Gummistiefeln und Gummihandschuhen standen beiderseits des Bahndamms und pflanzten Reis.

»Irgend etwas ist in Bewegung geraten. In Kagoshima werde ich den Sakurajima beobachten, dann fahre ich zum Aso-san nach Kumamoto ... Ich glaube, wir haben denselben ...«, sein Kehlkopflautsprecher fiel für einen Augenblick aus. Er räusperte sich und fuhr fort: »Ich glaube, wir haben denselben Weg.«

»Besuchen Sie mich doch in meinem Observatorium«, sagte Professor Kitamura plötzlich.

Zitronen- und Mandarinenplantagen lösten die Reisfelder draußen ab, dunkelgrüne Obstgärten mit gelben und orangefarbenen Früchten. In manchen Plantagen war das Obst auf den Zweigen mit weißen Säcken gegen den Nachtfrost geschützt.

»Ein Erdbeben ist ein kleiner Weltuntergang«, fing Professor Kitamura nach einer Weile wieder zu sprechen an. »Vor einem Jahr habe ich das letzte von Kobe erlebt. Keiner wollte mir glauben, daß es sich ereignen würde. Ich hielt mich aber nicht in Kobe, sondern mit meiner Frau, Dr. Nukada, in Kyoto bei einer Tagung über ein Frühwarnsystem auf.« Zuerst habe es zwei vertikale Stöße und dann einen lang anhaltenden horizontalen gegeben, erzählte der Professor, dadurch seien die Stützen der Häuser aus den Fundamenten gerissen worden. Nach japanischer Bauweise ruhten die schweren Ziegeldächer nämlich auf Masten, und wenn diese knickten oder umfielen, erdrücke der schwere Dachstuhl die darunter befindlichen Menschen. In den hohen Gebäuden, die nach dem Krieg errichtet worden waren, seien einzelne Stockwerke eingebrochen, die Decken hätten die darunter befindlichen Menschen und Möbel buchstäblich zerquetscht.

»Ich bin wach geworden, weil mein Bett sich wie ein Schiff auf dem Meer bewegte. Dazu war ein schreckliches Grollen zu hören. Von der Tür her drang Lärm herein ... Ich empfand Angst, obwohl ich von den Ereignissen fasziniert war. Bewegungslos habe ich darauf gewartet, daß das Beben nachläßt. Es dauerte vielleicht eine halbe Minute. Ich habe sofort den Fernsehapparat eingeschaltet, um zu erfahren, ob es sich, wie ich vermutete, in Kobe ereignet habe.« Schon Minuten später seien die ersten Meldungen eingelaufen.

Wieder schwieg Professor Kitamura. Über das Leuchtband oberhalb der Türe zogen pausenlos rote Schriftzeichen, als würde, was Professor Kitamura auf englisch erzählte, für die Mitreisenden ins Japanische übersetzt. Der Professor hatte sich nach hinten gelehnt und schien eingeschlafen zu sein.

Es entstand eine lange Pause.

Über einem Dorf schwebte ein gelb leuchtender Zeppelin. Nicht weit davon breitete sich eine blau und rot gestreifte Pachinko-Halle aus mit einer King-Kong-Figur auf dem Dach.

»Armer Hayashi«, dachte Feldt.

Die Reklamelichter flackerten gerade in den Gassen auf. Feldt liebte die Dämmerung und die bunte Neonbeleuchtung. Sie gaben einer Stadt für kurze Zeit etwas

Durchsichtiges. Das Meer war jetzt so nahe, daß man meinen konnte, der Zug fahre durch das Wasser oder schwebe auf ihm dahin.

Weit in der Ferne entdeckte Feldt Berge mit Schneeflecken. Auf der anderen Seite eine Mole, Fischerboote mit weißen, niedrigen Leinendächern. Die Felsen, die aus dem Wasser ragten, waren aus erloschener Lava und dunkel, fast drohend, während das Meer einem Spiegel aus Goldpapier glich, Rinnsale am Ufer bildend. Ein Schiff war dort im Kies vergraben, nur der Kiel ragte heraus, auf dem ein Kormoran saß.

Feldts Gedanken verloren sich in der Landschaft. Ein Meeresarm zog sich durch das dunkle Grün, verlief sich unter einer Brücke mit grasbewachsenen Inseln, schlängelte sich in eine Ortschaft, öffnete sich wieder zu einer schwarzen Bucht, in der Treibholz am Strand verstreut war.

Er habe Berichte vom Beben in Kobe gesammelt, fuhr der Professor endlich fort. Die Erde hätte riesige Wellen geschlagen. Die Autobahn beispielsweise habe sich in eine Schlangenlinie verwandelt, Abgründe hätten sich geöffnet, da der Boden plötzlich an irgendeiner Stelle in die Tiefe gesunken sei.

Der Professor verstummte wieder. Feldt sah, daß er neuerlich eingeschlafen war. Seine Kinnlade hing herunter, der Kopf war zur Seite gefallen. Feldt hörte ihn nicht atmen. Er beugte sich über ihn, lauschte, konnte aber nicht das leiseste Geräusch vernehmen. Endlich gab der Professor ein dumpfes Stöhnen von sich, und erleichtert sah Feldt wieder auf die Abendlandschaft hinaus.

Die Nacht eroberte langsam den Himmel. Hinter den Bergen verlosch ein schwefelgelbes Stück Tag, und ein Fluß mit seinen dunklen Steinen schimmerte geheimnisvoll sich in Wasserarmen verlaufend.

Kagoshima
(Aschenregen)

Noch bevor sie Kagoshima erreicht hatten, machte sich im Abteil ein staubiger, schwerer Geruch bemerkbar. Professor Kitamura schnüffelte im Schlaf, öffnete die Augen und murmelte: »Der Sakurajima.«

Draußen war es dunkel geworden. Die Neonaufschrift »Hotel« flog in der Schwärze vorbei.

Kitamura setzte sich auf. »Als ich in Beppu losfuhr, war der Sakurajima noch ruhig. Er bricht manchmal täglich aus, meist unhörbar und ohne Asche auszustoßen ... Hat man Sie nicht vorgewarnt?«

Feldt verneinte.

Bei klarem Wetter könne man dann eine riesige Aschenpyramide sehen, fuhr er fort, die zum Himmel aufsteige und sich nach oben hin ausbreite.

Der Zug hatte den Vorort erreicht und fuhr langsamer. Professor Kitamura verabschiedete sich. Er reichte Feldt seine Visitenkarte, band sich eine weiße Gesichtsmaske um und hinkte zu einem Ausgang.

Da Feldt dachte, der Professor würde von jemandem abgeholt werden, nahm er den anderen Ausgang.

Das Abteil hielt vor einem kleinen Mann mit einem Kinnbart. Sein Haar war schütter, die Krawatte mit einer Nadel säuberlich in Fasson gehalten, der Anzug konnte nicht britischer wirken. Sofort spürte Feldt Staub in den Augen und zwischen den Zähnen, außerdem nahm er einen Schwefelgeruch wahr. Die Menschen auf den Bahnsteigen liefen mit Taschentüchern vor Mund und Nase herum, gerade spannte der kleine Mann, der gekommen war, um ihn abzuholen, einen Schirm auf, um ihn darunter zu bitten. Er stellte sich als Dr. Atsahiro Yoshida, Leiter der Universitätsbibliothek, vor und entschuldigte sich für den Aschenregen.

Unter dem Schirm konnte Feldt das leise Prasseln der Aschenkörner hören. Die Straße war von einer grauschwarzen, schlierigen Schicht bedeckt. In diesem Augenblick spürte er wie aus weiter Ferne die altbekannte Atemnot des Asthmas. Er blieb stehen. Der Verkehr war zum Erliegen gekommen, nur das Taxi, mit dem Dr. Yoshida ihn abgeholt hatte, wartete am Bordstein. Feldt stellte den Koffer auf den Boden, öffnete ihn nach Luft ringend, fand den Cortison-Spray im Toilettäschchen, drehte sich zur Seite und inhalierte das Medikament. In seiner Lunge rasselte es, er keuchte und rang nach Luft.

»Nehmen Sie Platz, bitte!« rief Dr. Yoshida.

Die neugierigen Augen des einen Atemschutz tragenden Chauffeurs musterten ihn.

Dr. Yoshida schob Feldt auf den Rücksitz, ohne ihm zu folgen. Statt dessen wechselte er mit dem Fahrer heftige Worte, bis dieser endlich ausstieg und sich neben ihn stellte.

Feldt fühlte sich nur langsam besser.

Der Anfall war zwar nicht schlimm gewesen, aber er

deprimierte und erschöpfte ihn wie üblich. Obwohl er jetzt besser Luft bekam, röchelte und krächzte es in seinem Brustkorb weiter. Die Scheiben des Autos, sah er, waren von seinem Atem beschlagen und von den grauen Körnern des Aschenregens halb zugeschneit, nur die Scheibenwischer hielten, mechanisch hin- und herschwenkend, einen halbkreisförmigen Bogen Sicht frei. Es rührte ihn, daß sowohl der Taxifahrer als auch der Bibliothekar ihn allein ließen. Sobald er sich einigermaßen erholt hatte, winkte er daher, noch immer kurzatmig, den beiden Männern zu, die sich ohne eine weitere Frage in den Wagen setzten.

Die ganze Stadt sah aus, als sei schmutziger Schnee gefallen. Weiter vom Bahnhof entfernt mühte sich der Verkehr langsam dahin. Niemand war ohne Schirm oder Gesichtsmaske unterwegs, bis auf Dr. Yoshida, aber, so dachte Feldt, wahrscheinlich waren es Gründe der Höflichkeit, die ihn dazu bewogen.

»Geht es Ihnen besser?« fragte Dr. Yoshida teilnahmsvoll.

Feldt nickte.

»Ich habe zwei Poststücke für Sie.«

Er überreichte ihm ein kleines Paket und den Brief aus Kyoto. Mit den Fingerkuppen tastend stellte Feldt befriedigt und erleichtert fest, daß das Autograph sich im Kuvert befand. Das Paket, erkannte er an der Handschrift, stammte von Frau Sato.

»War das Professor Kitamura in Ihrem Eisenbahnwaggon?« fragte Dr. Yoshida unvermutet. »Verzeihung, Sie werden ihn nicht kennen.«

Es erstaunte Feldt, daß er Professor Kitamura trotz

der Gesichtsmaske erkannt hatte. Offenbar befürchtete der Bibliotheksleiter aufgrund seiner Anwesenheit das Schlimmste.

Feldt zuckte mit den Achseln.

»Tut mir leid, daß wir Ihnen keine bessere Luft bieten können. Die Menschen hier ärgern sich natürlich über die Asche, obwohl sie eine innige Beziehung zu ihrem Vulkan haben.« Er lächelte freundlich.

Vielleicht sprach Dr. Yoshida mit ihm, überlegte Feldt, um das Rasselgeräusch aus seiner Brust zu übertönen.

Er hatte jetzt mehr Angst vor dem Alleinsein als vor einer Anstrengung.

Eine Straßenbahn ratterte vorbei, und die aufgewirbelte Asche umnebelte die Passanten von allen Seiten. Jetzt erst bemerkte Feldt, daß sie in einer dichten grauen Wolke fuhren und eine Aschenfahne hinter dem Taxi aufstieg. Ein Trupp vermummter Arbeiter kehrte vor dem Hotel den feinen Staub in Säcke, stapelte diese aufeinander und verlud sie auf einen Lastwagen.

»Ich habe um acht Uhr einen Tisch im Restaurant bestellt«, sagte Dr. Yoshida.

»Ja, wunderbar, ich freue mich.«

Feldt spürte die Aschenkörnchen sogar in seinen Augen, als er aus dem Wagen stieg. Dr. Yoshida nahm ihm beflissen den Koffer ab; nach dem Anfall empfand Feldt jede kleine Höflichkeit als wohltuend. Schließlich führte ihn ein Hotelboy in den ersten Stock.

Das Zimmer war klein, doch ein willkommenes Refugium. Allerdings funktionierte das Licht nicht.

Auf seinen Anruf in der Rezeption erschien wieder der Hotelboy und zeigte ihm, daß er zuerst den Schlüssel in eine Dose neben dem Schalter stecken mußte, bevor er sich des Lichtes erfreuen konnte. Feldt duschte sich, stellte dann fest, daß die Asche auch durch das Fenster drang und auf den Vorhängen als feine Staubschicht klebte.

Er öffnete das Kuvert, fand das Autograph und steckte es ein. Frau Sato hatte ihm ein weiteres Buch über das Kabuki-Theater geschickt und einen Brief. Gespannt las er, daß sie ihm wieder nicht die Wahrheit gesagt habe. Tatsächlich sei sie nie verheiratet gewesen. Sie habe ihm mit ihrer Lüge den Abschied erleichtern wollen. Er solle jedoch wissen, daß sie starke Gefühle für ihn empfände.

Feldt überlegte, was er tun sollte. Wallner wollte er nicht anrufen und um die Telefonnummer von Frau Sato bitten, womöglich war er eifersüchtig. Er hustete. Es genügte schon der Blick aus dem Fenster auf den Aschenregen und zu wissen, wie staubig es draußen war, und schon meinte er zu ersticken. Verzweifelt suchte er den Asthmaspray, denn das eiserne Korsett hatte seine Brust plötzlich so zusammengedrückt, daß er befürchtete, das Bewußtsein zu verlieren. Er fand den Spray, saugte das Medikament tief in seine Lungen, bis er Erleichterung verspürte. Er sah Hayashis brennendes Haus in Kamakura vor sich, Dr. Chiba im Kabuki-Theater, die dunkle Gruft im Goethe-Institut und Mozarts kleine Handschrift. Seine Finger tasteten nervös nach der *Göttlichen Komödie*; es genügte ihm, sie wenigstens zu spüren, damit es ihm etwas besserging.

Noch bevor er das Zimmer verließ, ereignete sich der dritte Anfall. Bisher hatte Feldt nie drei Asthmaanfälle hintereinander erlitten, Schweiß tropfte von seiner Stirn, und das Entsetzen ließ ihn laut aufstöhnen. Er inhalierte mehrere tiefe Züge aus dem Spray, setzte sich auf einen Stuhl, aber so, daß seine Arme auf der Lehne vor ihm lagen und er dadurch, wie er es gelernt hatte, das Atemvolumen vergrößerte. Eine Träne lief aus einem Auge, auf den Haarspitzen hatten sich kleine Tropfen gebildet, die auf sein Gesicht und den Boden fielen.

Irgendwann läutete das Telefon. Ein besorgter Dr. Yoshida fragte ihn, ob er auf seinem Zimmer bleiben wolle oder einen Arzt benötige. Feldt verneinte aus Scham.

»Ich glaube, es ist besser, Sie erholen sich«, schlug Dr. Yoshida vor, und in Anbetracht seiner Verfassung stimmte Feldt zu.

Er hatte für alle Fälle Kreislauftropfen vorbereitet und ein leichtes Beruhigungsmittel bei sich. Noch immer von der Panik, die mit einem Asthmaanfall verbunden ist, befallen, konnte er sich nicht entscheiden, welche Medizin er zuerst nehmen sollte. Er kannte den Zustand als immer gleich auftretendes Symptom seiner Krankengeschichte, trotzdem mußte er willensstark sein, um zuerst die Kreislauftropfen und dann das Beruhigungsmittel zu nehmen und nicht einfach in Untätigkeit zu scheitern. Automatisch fing er zu zählen an. Eine weiße Fläche erschien vor seinen Augen mit schwarzen, sich fortlaufend ändernden Ziffern.

Sakurajima
(Die Fahrt zum Vulkan)

Zuerst wußte er nicht, wo er sich befand. Die Geräusche in seinem Brustkorb hatten nachgelassen, auf der Bettdecke lag noch immer die *Göttliche Komödie*. Nach einer Weile rekonvaleszenten Daliegens suchte er den 16. Gesang.

Es war für einige Minuten fast so schön wie in der Kindheit, im Bett zu liegen und zu lesen. Gustave Doré hatte Dante und Vergil von quellenden Rauchschwaden umgeben auf einem schmalen Pfad den Abgrund entlang wandernd gezeichnet, verfolgt von einem nackten, alten Mann mit wirrem Haar, Marco Lombardo, in dem Dante sich selbst portraitierte und dem er eigene Anschauungen in den Mund legte. Die *Göttliche Komödie* in der Hand, träumte er von Büchern, die er gelesen hatte, von Paul Celans Gedichten, die ihre Bilderwelt entfalteten wie gemusterte Schmetterlingsflügel, von Arthur Rimbauds Vokalen, in denen unsichtbar Farben eingeschlossen waren, und von Fernando Pessoas Gedanken aus den entlegensten Regionen des Selbstgesprächs.

Als es hell wurde, rief er Wallner an. Er war zu seiner Überraschung weder erstaunt noch wütend, auch nicht, als Feldt nach Frau Satos Telefonnummer fragte.

»Übrigens, danke für das Alibi«, sagte Feldt, er wußte nicht, warum er alle Vorsicht fallen ließ.

»Welches Alibi?«

»Daß ich nicht in Kamakura gewesen sein konnte, weil ich mit Ihnen zusammen war.«

»Ach das ... Und waren Sie in Kamakura?«
»Ja.«
»Ich verstehe ... Haben Sie Probleme?«
»Nein.«
»Ich gebe Ihnen jetzt die Nummer von Frau Sato ... Rufen Sie mich noch an, bevor Sie abreisen?«
»Ich verspreche es.«

Er war überzeugt gewesen, Frau Sato zu erreichen, aber es meldete sich niemand.

Als er wieder zum Fenster hinausschaute, war es hell geworden. Der Aschenregen hatte aufgehört, und der Vulkan Sakurajima war zwischen zwei Häusern schemenhaft sichtbar. Weißer Dampf stieg aus seinem Krater, silbriggraue Schäfchenwolken standen am Himmel. Feldt holte den Opernfeldstecher aus seinem Gepäck, um ihn besser zu sehen, aber es flogen nur einige Vögel durch das vergrößerte Bild, das nichts Neues zeigte. Der Vulkan gefiel ihm. Er ragte wie ein steinerner Walfisch aus dem Meer und der Stadt mit einer dunstigen Rauchfontäne. Hatte ihn nicht Professor Kitamura eingeladen, ihn im Observatorium zu besuchen?

Er zog sich an und hinterließ in der Rezeption die Nachricht für Dr. Yoshida, daß er gegen Mittag wieder zurück sein würde. Auf der Straße wurde noch immer Asche aufgekehrt, die ihn an den schwarzen Staub vor dem Haus erinnerte, wenn seine Mutter die Kohle für den Winter vor die Villa in Döbling geliefert bekam. Und augenblicklich packte ihn der unsichtbare, stählerne Griff und drohte ihm die Luft zu nehmen. Aus Vorsicht hatte er seinen Spray eingesteckt, er holte das

Aluminiumfläschchen heraus, und während er tief einatmete, fiel ihm ein, daß Thomas Manns Protagonist in *Der Tod in Venedig* »Aschenbach« hieß.

Ein Taxi tauchte auf. Zitternd reichte er dem Fahrer die Visitenkarte. Das Auto roch in seinem Inneren nach Leder, Rasierwasser und frisch gebügelter Wäsche (wohl von den weißen Überzügen). Sie erreichten im Aschenstaub einen großen Parkplatz vor dem Meer, von dem aus sie den Sakurajima auf der anderen Insel sich erheben sahen. Es war ein breiter Kegel, mit einem langen, sattelförmigen Krater, erkannte er jetzt. Dank der Inhalation war er einem Anfall zuvorgekommen, aber er wußte, daß die Gefahr noch nicht gebannt war. Der Parkplatz war mit Autos belegt, die von Asche grau waren, hinter ihnen wartete eine Fähre im schwarzen, sich kräuselnden Wasser. Als sie an der Reihe waren, fuhren sie in den Laderaum, in dem schon andere Autos abgestellt waren.

Erst als sie sich zum offenen Meer hinaus in Bewegung setzten und er den kalten Fahrtwind spürte, fühlte er sich besser. Der Sakurajima verfärbte sich, je näher sie kamen, von Blauschwarz in ein silbernes Grau. Klüfte, Felsen wurden sichtbar, ein Dunstschleier umhüllte ihn. Der wallartige erste Hügel vorne – wahrscheinlich erkaltete Lava, dachte Feldt – war mit von Asche grauen Bäumen und Pflanzen bewachsen. Die Gegenfähre kam auf sie zu, und Feldt lenkte kurz seine Aufmerksamkeit auf die winkenden Passagiere.

Auf dem anderen Ufer war es nur ein kurzes Stück am Meer entlang (zwischen Palmen, die wegen der Asche wie aus Blech aussahen) bis zum Observatorium, einem zylinderförmigen Neubau mit einer Bibliothek, in der Feldt – nachdem er den Taxifahrer entlohnt hatte – sich umsah. Eine gerahmte geologische Karte des Sakurajima hing an einer Wand. Außerdem die Schwarzweißfotografie eines Vulkanausbruchs, ein braunstichiges, hochformatiges Bild, dessen linke Hälfte von einer gewaltigen Rauchsäule eingenommen war und die rechte von Rauchfetzen, wie sie bei einer Sprengung auftreten. Darunter ein kleines Stück Meer mit der Silhouette eines Dampfers und noch ein Stück davor die Häuser von Kagoshima und der Platz, von dem aus die Fähre ablegte. Das Zentrum des Bildes war trotz oder gerade wegen der gewaltigen Wolken das vergleichsweise winzige Schiff – es gab dem Bild Tiefe und lieferte dem Betrachter einen vergleichenden Maßstab.

»Mein Großvater hat sich gemeinsam mit den Vulkanologen Bundjiro Koto und Fusakichi Onon auf diesem Schiff befunden«, sagte hinter Feldts Rücken die Lautsprecherstimme von Professor Kitamura. Feldt drehte sich um. Der Professor trug eine Sonnenbrille, einen hellen Sommeranzug und hatte einen Stock in der Hand. »Er kam später bei dem Versuch, Meßdaten über eine der Glutwolken zu gewinnen, ums Leben, es war der 12. Januar 1914, Sonntag um 10.30 Uhr. Die Asche, die gefunden wurde, enthielt keinerlei Hinweise auf menschliche Knochen. Mein Großvater wurde vollständig vom Berg assimiliert.« Er machte eine lange Pause.

»Mein Vater starb am 3. Juni 1991 in der Stadt Kita-Kimatake«, fuhr er fort, »als eine Glutwolke des Vulkans Unzen, nicht sehr weit von hier, die evakuierte rote Zone der Stadt überrollte. Mit ihm zusammen hatten sich dort Presse- und Fernsehreporter, einige Einwohner, Polizisten und Feuerwehrmänner aufgehalten, die alle den Tod fanden. Ich fuhr sofort an den Unglücksort, aber von den Menschen war, wie bei meinem Großvater, nicht einmal Asche übriggeblieben.« Er schwieg wieder. »Über ein Jahr lang registrierte ich weitere Glutwolkenabgänge. Dabei wurde ich selbst verletzt...«, sagte er ohne merkbare Regung.

Er hatte währenddessen seinen Blick nicht von der braunstichigen, großen Fotografie abgewandt. Dann ging er in den anschließenden Raum.

Von einem Panoramafenster aus hatten sie eine klare Sicht auf den Berg. Der Professor nahm eine Flasche Whisky aus dem Schreibtisch, schenkte Feldt und sich ein Glas ein und trat zu ihm an das Fenster:

»Ich habe eine mystische Verbindung zum Vulkan. Früher habe ich ihn fast jeden Tag bestiegen und blieb bei schönem Wetter die Nacht über auf dem Gipfel. Manchmal habe ich glühende Brocken herausfliegen sehen.« Er trank sein Glas in einem Zug leer.

Feldt tat es dem Professor gleich, obwohl er wußte, daß er wegen des Cortisons keinen Alkohol zu sich nehmen sollte. Er erfuhr, daß Professor Kitamura noch am Abend nach Kumamoto fahren und im Tower-Hotel übernachten würde. Sie verabredeten sich für den übernächsten Tag nach dem Frühstück zu einer Fahrt auf den Vulkan Aso, von dem Professor Kitamura betonte, daß er einzigartig sei.

Draußen, vor dem Observatorium, in aschgrauer

Landschaft, zeigte der Professor ihm dann auf der anderen Straßenseite einen Hügel. Es war der Punkt, an dem die Lava beim großen Ausbruch zum Stillstand gekommen war.

Der Wagen des Professors, ein Landcruiser, parkte, von Asche verdreckt, neben dem Gebäude. Kitamura war ein elender Fahrer. Der Wagen sprang beim Start ruckartig los, als ginge es um Leben und Tod, und hielt an jeder Kreuzung geradezu mit einer panischen Notbremsung.

Der Whisky war Feldt zu Kopf gestiegen, aber gleichzeitig fühlte er Wohlbehagen. Seine Bronchien entspannten sich, und er betrachtete die mit Asche überschüttete Landschaft ohne Angst und Atemnot. Sie stiegen vor dem Meer auf schwarzem Aschenboden aus. Zwischen den erstarrten Lavafelsen, üppig bewachsen von Kiefern und Sakaki-Gras, kam sich Feldt wie in einer wüstenhaften radioaktiven Zone vor. Auch die Pflanzen sahen fremd aus, als ob Moos und Gras sich allmählich in Gestein verwandelten.

Auf der Weiterfahrt stießen sie beinahe mit einem entgegenkommenden Jeep zusammen, der sie in eine dichte Staubwolke hüllte. Der Staub war so fein, daß er in das Innere des Wagens drang und nicht nur Feldt, sondern auch den Professor zum Husten reizte. Bis sie einen Friedhof erreicht hatten, hatte Feldt zweimal den Inhalator betätigt.

Die Gräber, sah er im Vorbeifahren, waren mit Wellblechdächern und Rollos aus Tatami oder Kunststoff gegen die Asche geschützt, sie erweckten unter den Bäumen den Eindruck von kleinen Häusern.

»Wenn ein Dorfbewohner seziert wird«, erklärte Professor Kitamura (seine Aussprache war durch den Alkohol noch undeutlicher geworden), »findet man an der Innenseite der Lunge einen schwarzen Belag. Sogar die Hunde und Katzen haben schwarze Lungen. Die Asche besteht aus verschiedenen Silikaten, sie ist in der Regel grau oder schwarz. Selbstverständlich sind die Bewohner in ständiger Gefahr. Die Behörden raten ihnen umzuziehen, aber sie trennen sich nur schwer von ihrem Zuhause. Sie betrachten den Vulkan wie ein Lebewesen, fühlen sich ihm verbunden.« Er sprach jetzt mehr zu sich selbst.

Mit Besorgnis stellte Feldt fest, daß er den Alkohol spürte. (Er hatte nicht vergessen, daß er sich noch für seinen Vortrag vorbereiten mußte, aber Professor Kitamura reichte ihm fortlaufend wieder die Flasche. Es kümmerte ihn offenbar wenig, daß Feldt nicht antwortete. Er interessierte sich jetzt auch nicht mehr für die Nationalbibliothek in Wien, statt dessen monologisierte er vor sich hin.) Manchmal kamen Büsche und gelbes Gras unter der Asche zum Vorschein, manchmal das dunkle Grün oder das hellere von Nadelbäumen und Laubwerk. Nach einer Biegung öffnete sich plötzlich eine Bucht mit der Stadt Hayeto in der Ferne. Alles schwamm und drehte sich vor Feldts Augen.

Der Wagen kroch die letzte Kehre zum verlassenen Aussichtsplateau hinauf, einem zweistöckigen Gebäude mit einem Rundbalkon.

»Ich war schon lange nicht mehr hier«, sagte Kitamura. Er warf ein Hundert-Yen-Geldstück in eines der verrosteten Münzfernrohre und blickte versonnen auf den zum Greifen nahen Vulkan, der friedlich durch den Himmelsozean dampfte. Unter ihnen, auf dem weiten Meer, zog ein Schiff eine weiße Spur im Wasser hinter sich her. Feldt gab sich den Glückswellen hin, mit denen der Alkohol ihn umspülte ...

Auf der Fähre schlug er sich am Bordlautsprecher den Kopf an, er blutete ein wenig, aber der Schmerz berührte ihn nicht.

Er hatte nur das Bedürfnis, in der Stille seines Zimmers zu ruhen, die Augen zu schließen und nachzudenken.

Als er endlich wieder im Hotel war, vermischte sich die Erinnerung an den aschenbedeckten Sakurajima (den er ja aus dem Fenster sehen konnte) mit der Lektüre an Adalbert Stifters *Aus dem Bayrischen Walde*. Die Beschreibung eines tagelangen Schneesturms verband sich in seinem Gedächtnis mit den blauen Kunststoffkugeln, in denen man durch Schütteln ein Schneegestöber über einem vergoldeten Kirchturm oder einer Heiligenfigur erzeugte, nur wölbte sich die Kugel in seiner Vorstellung über einen riesigen, gebirgigen Landstrich.

»Eigentlich«, dachte er, »bin ich nur wegen des verdammten Autographs hier.« Kein Zweifel, es hatte sein Leben verändert. Er war davon überzeugt, daß sich Mozart über sein Verhalten amüsiert hätte, vermutlich hätte er sich sogar auf seine Seite geschlagen, denn alles Pedantische war ihm fremd gewesen. »Darüber soll sich Gedanken machen wer will«, widersprach Feldt seinen Gewissensbissen, »aber jetzt muß ich Dr. Chiba treffen, in Kumamoto.«

7. Kapitel

Red Express
(Eine Reminiszenz)

Der »Red Express« schien durch japanische Dreizeiler zu fahren, die sich in einem fort neu zusammensetzten oder wiederholten. Unterwegs begann es sanft zu schneien, und die Landschaft verwandelte sich unter dem schneewolkengrauen Himmel in ein phantastisches Bilderspiel aus Blau, Grau, Schwarz und Weiß, in allen Schattierungen und mit den überraschendsten Raumeffekten. Später mischten sich die grünen Reisfelder in die nahezu monochrome Palette.

Eine ältere Frau neben Feldt öffnete eine Schachtel und begann, mit Stäbchen Fisch zu essen, dann trank sie aus einem Pappbecher.

Der Vortrag über die Nationalbibliothek war ein Erfolg gewesen. Fast vier Stunden hatte Feldt gelesen, Fragen beantwortet und Geschichten erzählt. Dr. Yoshida bat ihn anschließend in sein kleines Zimmer. Er öffnete für Feldt eine Flasche Zweigelt aus dem Kamptal, die er von seinem letzten Aufenthalt in Österreich mitgebracht hatte, glücklich darüber, daß die Veranstaltung nicht aus Krankheitsgründen hatte abgesagt werden müssen. Sein Stellvertreter, Dr. Takeuchi, der Feldts Ausführungen übersetzt hatte, war Ägyptologe, und da die Nationalbibliothek in Wien auch eine der größten Papyrussammlungen beherbergte, hörte er den ganzen Abend nicht auf, ihn danach zu fragen. Das Gros der Funde, wußte Feldt, stammte aus den Mülldeponien der Städte und Dörfer der Antike. Ihr Erhaltungszustand war dementsprechend: zerrissen, verschmutzt, von Insekten zerfressen. Mehr als zweitausend Jahre waren sie alt, Prophezeiungstexte in demotisch geschrieben, magische Formeln, Zauberanleitungen, medizinische Rezepte, Gerichtsprotokolle, Verträge, Schreibübungen von Schülern und Mumienbildnisse mit Wachsfarben auf Holz gemalt. Das alles war Takeuchi zu wenig. Genaueres wollte er wissen und noch Genaueres, so daß Feldt, da er über keine speziellen Kenntnisse verfügte, bald passen mußte. Auch zu Wolfgang Amadeus Mozart und seinem *Requiem* gab es Anfragen. Die japanischen Gelehrten waren offenbar verrückt nach seiner Musik.

Es war sehr spät, als Feldt zurück in sein Hotelzimmer kam, müde, aber ohne Atemnot und Asthmaanfälle, denn der Vulkan hatte keine Asche mehr ausgestoßen.

Den Rest der Nacht hatte er trotzdem schlaflos und in Gedanken an Frau Sato verbracht. Er beschloß, sie nicht mehr anzurufen. Es war auch dumm gewesen, Wallner nach ihrer Telefonnummer zu fragen und ihm zu gestehen, daß er in Kamakura gewesen war. Die Entscheidung über das Geschäft mit dem Autograph fiel in den nächsten zwei Tagen, und es gab keine Alternative, als zu warten, was geschehen würde. Anschließend mußte er sich davonmachen oder nach

Wien zurückkehren – je nachdem wie die Angelegenheit ausging.

Frau Sato war ihm ein Rätsel geblieben. Manchmal zweifelte er daran, ob sie wirklich in den beiden Nächten zu ihm gekommen war. Er verspürte bei der Erinnerung Sehnsucht nach ihr. Hätte er ihr alles erzählen sollen? Er war nahe daran gewesen, ihr sein Geheimnis zu offenbaren. Aber was hätte sich geändert? Jedenfalls konnte ihn niemand absichtlich oder unabsichtlich verraten. Andererseits wäre es für ihn leichter gewesen, mit Dr. Chiba zu verhandeln, wenn er sie an seiner Seite wissen konnte.

Das Meer war grün und weit, lief auf gelbem und hellgrauem Sand aus und stieß am Horizont mit den Schneewolken zusammen. Zwei große, rostige Schiffe ankerten in einer Werft. Die Bahnhöfe waren einmal mit Papierdrachen auf Holzstangen geschmückt, ein anderes Mal mit Kinderzeichnungen: Weizenähren, Bäume, Häuser, eine rote Sonne ..., das Meer und ein Walfisch. Schnee fiel auf die Dörfer und Eisenbahnbrücken, die eisgrünen Flüsse, die Reisfelder. Enten- und Krähenschwärme flogen auf, Kinder mit bunten Regenschirmen tummelten sich auf der Straße. Vor Kumamoto ließ der Schneefall nach, doch war es bitterkalt.

Kumamoto
(Die Wirklichkeit ist bekanntlich nicht beschreibbar)

Das Ryokan »Sakae-ya« roch nach dumpfer, muffig-feuchter Luft. Schon im Vorraum, der dunkel war und in dem die Schuhe der Hotelgäste vor den Stufen mit den Pantoffeln standen, schnürte es Feldt die Kehle zu. Er griff automatisch nach seinem Spray, als eine alte, in eine dicke Jacke gehüllte Frau erschien, die ihn höflich begrüßte. Sie verzichtete darauf, daß er sich anmeldete, wartete, bis er seine Schuhe ausgezogen hatte und ging ihm dann voraus in einen niedrigen Gang mit schwarzen Wänden. Nicht nur der Vorraum, auch der ohnedies schmale Gang war bis oben hin angeräumt mit allem möglichem: Decken, Polstern, illustrierten Zeitschriften, Prospekten, Kalendern, Postkarten, ungebügelter Wäsche, die in der Feuchtigkeit des Hauses den üblen Geruch verursachten ... Angeekelt hielt Feldt den Atem an. Er stieg eine Holztreppe hinauf in das nächste Stockwerk, das aus weiteren, ineinander verschachtelten Gängen bestand. Er atmete jetzt so oberflächlich er konnte durch die Nase. Eine Schiebetüre wurde einen Spalt breit geöffnet, ein mit Anzug und Krawatte bekleideter Mann wollte auf den Gang treten, zog aber rasch die Türe wieder zu.

Die Frau vor ihm drehte sich nicht um. Sie schob eine gelbe Schiebetüre auf, hielt im schmalen Abstellraum für die Hausschuhe an, öffnete eine dunkelblau und türkis geblümte Tür und verbeugte sich dann, bevor sie verschwand.

Im gelb tapezierten Zimmer roch es ebenso dumpfmuffig wie im Vorraum und in den Gängen. Er saß in der Falle, schoß es ihm durch den Kopf. Er inhalierte einen tiefen Zug aus dem Spray, ließ sich neben dem Koffer auf die roten Sitzkissen fallen und versuchte, sich zu beruhigen. In Socken, so wie er war, kam ihm jeder Fluchtgedanke absurd vor. Natürlich, er konnte Lärm schlagen, der Frau in der Rezeption einen Schrecken einjagen, nach einem Taxi rufen lassen, aber er fand nicht die Kraft, es zu tun. Es war nicht nur die schlechte Luft, die ihn energielos machte, sondern mehr noch das Gefühl, auf eine subtile Weise gedemütigt zu werden. Weshalb hatte er Dr. Chiba die Initiative überlassen?!

Als er die Augen wieder öffnete, fiel sein Blick auf ein Aquarell neben dem Lichtschalter. Es stellte den Fudji-san durch einen Zedernast gesehen dar. Darunter stand eine dunkelbraune Spiegelkommode. Er klappte den dreifachen Spiegel auf und konnte so den ganzen im Halbdunkel liegenden Raum überblicken. Fußboden und Decke waren aus Tatami-Matten, über seinem Kopf hing ein Luster an einer geschliffenen Glaskette. Er wollte jedoch kein Licht machen. Die kleine Schiebetüre mit Reispapier vor den Fenstern war geschlossen, eine Klimaanlage summte. Am Ende des Raumes entdeckte er eine unauffällige Schiebetüre, als er sie zur Seite zog, einen Flur, zwei Fauteuils, ein Waschbecken, Spiegel, Handtuchhalter aus Bambus, ein Tischchen. Der schmutzige Linoleumboden war gewellt, eigene Badeschuhe waren vorbereitet. Argwöhnisch ging er den Flur weiter und gelangte schließlich zu einem winzigen Vorraum ohne Fenster, von dort zu einem noch winzigeren WC und einem Badezimmer mit einer bedrohlich kleinen, aber tiefen grünen Sitzbadewanne. »Selbstmord«, schoß es ihm durch den Kopf.

Zurück im Zimmer hatten sich seine Augen schon an das Halbdunkel gewöhnt. Neben der Eingangstür fand er auf einem Pappkarton den Grundriß des Hotels. Jedenfalls gab der rote Pfeil den Fluchtweg bei einem Brand oder Erdbeben an. Er nahm die daneben befestigte Taschenlampe aus der Halterung, sofort leuchtete sie auf.

Das Stockwerk bestand aus einem Dutzend Zimmern – um die Nottreppe zu erreichen, mußte man sich rechts halten. Neben dem Plan hingen ein schwarzes Telefon an der Wand und ein gerahmter, langer Seidendruck mit drei Samurai zu Pferd unter einem blühenden Pflaumenzweig. Noch immer kurzatmig hockte er sich auf ein Kissen vor dem niederen Teetisch. Der Fudji-san – überlegte er – die drei Samurai ... dann die gelbe Farbe der Tapete ... die Sitzbadewanne ...

Die Tapete war eine irreale Landkarte. Ein schwarzer Käfer kletterte gerade in einen Riß. Unter diesem Riß waren vielleicht Hunderte, Tausende, vielleicht eine Million solcher Insekten – die Bewohner der Landkarte gewissermaßen. Das Muster der Tapete bestand übrigens aus einem Blattornament, das sich girlandenhaft weiterschlang. Er entdeckte auf der Spiegelkommode eine schwarzgoldene Lackschachtel mit Kleenex-Tüchern, eine Geishapuppe in einem Glasbehälter, eine Blumenvase mit roten Seidenblumen.

Diesmal würde er das Rebus lösen. Das Tapetenmuster deutete er als Reise, die Geishapuppe als Begegnung mit einer Frau, das Ungeziefer als Unglück, das Hotel als Gefahr (da war schon wieder das Wort!), den Fudji-san an der Wand als das fremde Land. Und weiter: die eng ineinander verschachtelten Räume, was bedeuteten sie? Er öffnete die Thermosflasche auf dem Teetischchen, goß heißes Wasser in ein Messingkännchen mit grünem Tee, ließ ihn ziehen und schenkte dann den Tee in eine blaue Porzellanschale ein. (Vielleicht war es gut, nicht müde zu werden.) Er trank rasch den grünen Tee in der Porzellanschale, goß aus dem Messingkännchen nach, bis es leer war, um dann wieder mit dem heißen Wasser der Thermosflasche Tee im Messingkännchen zuzubereiten. Die drei Samurai waren das größte Rätsel und natürlich die roten Seidenblumen in der Vase ... Es konnte sein, daß Dr. Chiba ihn hier im Ryokan erschießen wollte. Erst jetzt fiel ihm auf, daß er von keiner Seite einen Laut vernahm. Aber er war nicht in Panik, nicht einmal Angst empfand er, sondern nur eine seltsame, ichlose Neugierde. Was er auch nicht vergessen durfte, war die unheimliche Badewanne hinter dem Flur. Und dann gab es dort neben dem Fenster eine Tatami-Matte, die man hochziehen konnte wie ein Rollo ...

Die Schiebetüre öffnete sich.

»Herein!« rief Feldt erschrocken. Auch die zweite Schiebetüre wurde zur Seite geschoben, und ein abwesender Hausbursche mit einer grünen Schürze meldete nach einer tiefen Verbeugung, daß das Essen im Speisezimmer angerichtet sei. Feldt folgte ihm durch die dunklen Gänge und versuchte, sich mit dem Plan im Kopf zu orientieren. Erleichtert stellte er fest, daß sie die Stiege erreichten, die er hinter der Frau hinaufgeklettert war, und daß das untere Stockwerk ebenso angeordnet war wie das obere. Das Zimmer, in das er geführt wurde, war ebenfalls eine Kopie des oberen, nur daß anstelle des Fudji-san ein Seerosenbild an der Wand hing.

Der Hausbursche ließ ihn allein. Der muffig-dumpfe Geruch machte ihn langsam verrückt, und er kontrollierte, ob er den Spray bei sich hatte, dabei berührte er das Mozart-Autograph. Jetzt bemerkte er auch, daß der Raum grün und nicht gelb tapeziert war und daß ein blaues Seerosenmuster ihn umgab.

Wieder öffnete sich die Schiebetüre. Eine junge Frau erschien, verbeugte sich tief vor ihm, nahm auf einem Polster im Lotossitz Platz und fragte ihn freundlich auf englisch, ob sie ihm beim Essen Gesellschaft leisten dürfe. Sie hatte langes schwarzes Haar und war nach französischer Mode gekleidet, mit einem schwarzen Kostüm, schwarzen Nylons, schwarzem Schmuck, sogar die Nägel waren schwarz lackiert. Feldt dachte an die Geishapuppe.

»Dr. Chiba schickt mich. Er trifft morgen ein. Bis dahin soll ich Ihnen helfen, die Zeit zu vertreiben. Möchten Sie die Stadt sehen?« (Hatte Dr. Chiba mit ihm nicht ausgemacht, daß er ihn im Ryokan erwarten würde?)

Aber der Gedanke, aus dem Hotel herauszukommen, belebte Feldt. Freudig stimmte er zu. Die alte Frau, die ihn auf das Zimmer geführt hatte, servierte verschiedene Speisen, eine lauwarme Fischsuppe, Gemüse, Austern, marinierte Rindfleischstücke, Pilze, Schweinefleisch und Reis, dazu holländisches Bier.

Der Name des Mädchens war Haru. Sie sagte, daß es das japanische Wort für Frühling sei. Mehr wollte sie über sich nicht verraten. Sie war groß, schlank und gepflegt und hatte ein anziehend-freundliches Lachen.

Ihm fiel ein, daß er am Abend seinen Vortrag in der Universität halten mußte. Haru verschwand und erschien mit einem drahtlosen Telefon. Er fragte sich bis zum Leiter der Bibliothek durch, log, daß er in der Innenstadt spazierengegangen war, und versprach, eine Stunde vor Beginn der Veranstaltung einzutreffen.

Teehaus Kokin Denju no Ma
(Die Verwirrung der Liebe)

Es war ein Platz zum Selbstvergessen. Und tatsächlich war Feldt (er wagte es nicht, den Begriff zu denken) glücklich. Mit einer großen Schere beschnitt ein Gärtner auf einer Leiter einen über dem Teich hängenden Kiefernast. Feldt erschien seine Arbeit sinnvoll und schön. Ein anderer Gärtner machte sich auf der Spitze eines hohen Baumes neben dem mit Schilf gedeckten Teehaus zu schaffen.

Haru trank den Tee in kleinen Schlucken. Sie lenkte seine Aufmerksamkeit auf die Gärtnerinnen hinter dem Teehaus, die mit ihren breitkrempigen, gelben Strohhüten über weißen, gerüschten Kapuzen Laub zusammenkehrten. Noch nie hatte Feldt so viele kehrenden Menschen auf einem Fleck gesehen. Aus der Kapuze der Gärtnerinnen waren nur Augenpaare und Haaransätze erkennbar. Alle trugen blaue Jacken, dunkelgraue Hosen und weiße Turnschuhe.

Während er seinen Blick weiter über die kehrenden Gärtnerinnen, gepflegten Hügel mit Zedern und Kiefern, das Kräuseln des Wassers auf dem Teich und die hell erleuchteten Andenkenläden wandern ließ, spürte er die beruhigende und entspannende Wirkung des Tees. Er wähnte sich in die Ukiyo-e, die »fließende«, »schwebende« Welt der Farbholzschnitte versetzt. Das Buch von Hiroshige, das er in der Bibliothek des Professors Sonoda (tatsächlich hatte er sich den Namen gemerkt) am Tag seiner Ankunft gesehen hatte, fiel ihm ein. Die Schauspieler-Portraits von Sharaku, die Skizzen von Hokusai.

Später fuhren sie mit dem Taxi auf einen Berg, ließen die Stadt hinter sich, hielten vor einem Kloster, das Haru, wie sie sagte, öfters besuchte.

In einer Ecke türmte sich ein Haufen aus geschnitzten Drachenköpfen und ausgelagerten Dachverzierungen.

Sie nahmen auf der weißen, mit schwarzen Zeichen beschrifteten Bank Platz, dabei berührten sich ihre Körper. Die Tempel aus Holz waren mit Schriftbildern geschmückt, in einem kleinen Verschlag entdeckte er zwischen Latten ein hölzernes Pferd an eine Kette gefesselt. Es war außerdem mit einem Drahtzaun abgesichert. Sein Maul war weiß, an Schädel und Hals hatte es schwarzes Haar aufgeklebt.

Haru kannte den kurzgeschorenen Mönch im Andenkenladen. Sie wechselte einige Worte mit ihm, kaufte ein Brettchen, auf dem das Pferd abgebildet war, und hing die Gabe an eine dafür vorgesehene Tafel.

Zuletzt führte sie ihn zur Kumamoto-jo, dem Samurai-Schloß. Gleich am Eingang erhob sich ein mächtiger Kampferbaum. Er war so riesig groß, daß Feldt schwindlig wurde, als er zum Wipfel hinaufschaute. Das Schloß, ein Hornissennest aus Holz und Mauer, stand wuchtig auf einem Hügel. Mit seinen spitzen Dächern und Ecken war es eine in Holz und Stein geformte Drohung. Studenten in grauen Uniformen begaben sich vor ihnen durch den im Zickzack (zur Abwehr von Spionen) angelegten Aufgang. Im Schloß begriff Feldt dann, weshalb ihn Haru – ohne es zu wissen – hierher geführt hatte. Die Galerie zeigte drei Samurai-Rüstungen, eine Sänfte und hinter Glas die fürstliche Barke. Es waren die Rüstungen der drei Samurai aus seinem Zimmer im Ryokan, schoß es Feldt durch den Kopf. Er zweifelte nicht daran. Auch die Sänfte und die Barke gehörten zu ihnen. Die Bilder an den Wänden auf Blattgold gemalt: Schwertlilien, Enten, Wasser und blühende weiße Blumen paßten ebenso in das Rebus wie das Pferd im Tempel und die Gärtnerinnen im Park. Selbst die Portraits der Fürsten, die Schwerter und die rasierten Stirnhaare der Samurai ergänzten ein Puzzle, das er nur zusammenfügen mußte. Sie gehörten zu seiner Erinnerung an das Kabuki-Theater, zum Gang durch das Kostümmagazin, dem geschminkten und verkleideten Dr. Chiba, zu den im Wasser reitenden Samurai, dem Schmugglerschiff ... Sogar die auf Blattgold gemalten Tiger wiederholten sich auf eine andere Weise. Ein böser Husten scholl vom oberen Stockwerk zu ihnen herunter, doch zwang er sich, nicht hinzuhören.

Neben der Barke war über die ganze Wand der gerahmte alte Plan des Schlosses aufgehängt, darunter kleiner die farbigen Grundrisse anderer Schlösser (vielleicht weil man mit der Absicht spielte, sie eines Tages zu erobern). Es waren die großartigsten Architekturpläne (bildete Feldt sich ein), die ihm untergekommen waren, und da sie außerdem mit den schönen Schriftzeichen versehen waren, kam noch der Reiz des Fremden hinzu.

Die meisten Schlösser hatten Wassergräben. Einer der Pläne sah deshalb aus wie ein auf den Kopf gestellter gelber ägyptischer Mumiensarg, der einen grünen, in Landkartenpapier gewickelten Körper umschloß. Ein anderer, ebenso gelber stellte ein Labyrinth dar, das oben in einem Bambuswald seinen Anfang nahm und bergwerkartig in die Tiefe führte; der nächste ließ ihn an eine technische Zeichnung denken. Ein schwarzblau umrahmtes Gebilde beschrieb in weißen, von gelben Straßen und Wegen begrenzten Blocks eine unterirdische, leuchtende Stadt. Jeder der Pläne war von den anderen grundsätzlich verschieden, sei es, daß er dem Querschnitt durch einen Menschenkopf, sei es, daß er einen in Kammern unterteiltem Korallenwesen ähnelte, einem zweitausendjährigen, lampionartigen Raumschiff, einer alten Briefmarke aus der Sammlung des Shogun oder den verschachtelten Gängen zu einer Schatzkammer. So hatte er als Kind einen Atlas betrachtet, ohne Vergleichsbilder, doch mit demselben Zauber.

Der Husten bellte noch immer durch das Gebäude, als sei ein Hund in den Mauern eingeschlossen; Feldt, der über den Grundrissen seine Begleiterin aus den Augen verloren hatte, spürte, wie die Geräusche an seinen Bronchien zerrten und ihm die Luft nahmen. Stammten sie aus seinem eigenen Kopf? Wie die Bilder, die die Pläne in ihm auslösten? Es war ihm jetzt, als würde er von hinten gewürgt.

Haru nahm seinen Arm und nickte ihm zu. Rasch verließen sie das Schloß, den Park.

Im Taxi schwitzte er bei der Vorstellung, in das Ryokan zurückzumüssen, aber er sagte nichts.

Als sie ausstiegen, hatte er bis neunhunderteinundzwanzig gezählt, in seinem Zimmer bis eintausendeinhundertneun.

Er betrachtete die drei Samurai an der Wand, das gelbe Tapetenmuster, die elektrischen Außenleitungen. Erst jetzt stellte er fest, daß die Matratzen aufgelegt und mit Leintüchern und Steppdecken zu einem Bett gemacht worden waren. Haru ließ ihn sich hinlegen. Unter seinen Kopf hatte sie ein festes Kissen geschoben, offensichtlich war es mit Sand gefüllt. Ruhig lag er da. Aus seiner Brust waren keine Geräusche zu hören, so daß man annehmen konnte, er schliefe ein. Aber Feldt war mit der Lösung seines Rebus beschäftigt, mit dem Verwirrspiel der Bilder und Bedeutungen.

Als er die Augen öffnete, lud ihn Haru in das Onsen ein. Feldt fand, daß es eine gute Idee war. Der muffig-dumpfe Zimmergeruch war Gift für ihn, während der Wasserdampf ihm möglicherweise Erleichterung bringen würde. Er entkleidete sich, zog – nachdem er in den Nebenraum mit den beiden Fauteuils gegangen war – den schwarzweiß gemusterten Yukata an, der für ihn vorbereitet war, und ließ sich von Haru auf dem Hotelgrundriß zeigen, wo sich das Onsen befand. Er mußte die Stiege wieder hinuntersteigen und hoffte dabei, daß der Spray ihn vor dem Schlimmsten bewahrte. Auch fürchtete er, jemandem zu begegnen, halbnackt in zu kleinen Pantoffeln und der zu kurzen grünen Überjacke.

Das Onsen am Ende des schwarzen Ganges war winzig. In einer Betonwanne dampfte heißes Wasser. Die beiden Spiegel waren angelaufen, Fenster sah er keines. Aber der Dampf tat ihm wohl. Er setzte sich auf den Hocker, atmete tief ein und aus, wischte den grauen Belag vom Spiegel und erblickte sein Gesicht wie eine Geistererscheinung. Seltsamerweise lagen auf dem Waschbecken zwei Plastikzitronen: sie enthielten weder Seife noch einen Duftstoff, sondern waren wohl als Zierde gedacht. Wie er es in Izu gelernt hatte, rubbelte er sich mit dem vorbereiteten kleinen Handtuch ab, duschte sich heiß und kalt, seifte sich wieder ein, wusch sich abermals und stieg dann in das brühend heiße Wasser. Da er wußte, daß er nicht sterben würde, wenn er bis zum Hals untertauchte, überwand er sich und war hierauf angenehm überrascht über die Weite in seiner Brust.

Der Dampf verbreitete sich im Raum, wurde undurchdringlicher und weißer. Er hörte, daß jemand die Tür öffnete, sich wusch, duschte, wieder wusch. Es geschah so leise, daß es ihm bedrohlich erschien. Im nächsten Moment tauchte Haru aus dem Nebel auf mit einem schmalen Handtuch vor ihren Schamhaaren, um sofort bis zu den kleinen Brüsten im Wasser unterzutauchen. Der kurze Moment, in dem Feldt sie fast nackt gesehen hatte, stand wie eine Fotografie vor seinem inneren Auge. Haru fragte ihn, ob ihm nicht zu heiß sei? Nein? Er brauche sich nicht zu genieren, sie seien hier ungestört, sie habe die Türe verschlossen. Ihre braunen Brustwarzen schwammen verheißungsvoll auf dem Wasser. Als sie sich zur Seite drehte, erblickte Feldt die Tätowierung auf ihrer Schulter. Sie war nicht größer als eine Kinderhand und stellte eine Blüte dar.

»Was haben Sie?« fragte Haru.

Feldt antwortete, es ginge ihm schon besser. Sie stiegen beide wegen der Hitze bald wieder aus dem Wasser. Haru begann, ihn vor dem Spiegel lachend einzuseifen, ihre Fröhlichkeit übertrug sich auf ihn, und als sie ihn schließlich aufforderte, auch sie einzuseifen, tat er es ohne Scham, wenngleich er es vermied, ihre intimen Körperstellen zu berühren. Sie duschten sich mit der Handbrause ab, nahmen erneut ein heißes Bad und wiederholten den Reinigungsvorgang so lange, bis sie wohlig müde auf das Zimmer zurückgingen. Jetzt erst spürte Feldt, wie kalt es war. Haru schaltete die Heizung ein, dann schlüpfte sie zu ihm unter die rote Seidensteppdecke, auf die ein Muster aus Fächern und Lotosblumen einen paradiesischen Glanz zauberte.

Haru hatte ein Fläschchen mit einer gelben Flüssigkeit bei sich, sie zählte einige Tropfen in die Verschlußkappe und nahm sie ohne Wasser ein.

Ob er es nicht auch versuchen wolle?

Schon als sie das Fläschchen herausgeholt hatte, hatte Feldt geargwöhnt, sie wollte ihn betäuben. Verlegen wandte er ein, daß er wegen seines Asthmas ...

Er zögerte.

Die tätowierte Blüte auf ihrer Schulter fiel ihm ein und daß Haru von Dr. Chiba bezahlt wurde, er sah sich mit ihr im Park und vor der Barke des Fürsten im Schloß, er sah ihre Schamhaare, ihren ovalen Nabel, die kleinen Füße, die schwarz lackierten Zehennägel und das Goldkettchen um die Knöchel. Schon nahm er die Tropfen, roch den betäubenden Geruch und schmeckte gleich darauf ein bitteres Aroma. Zärtlich küßte er die Spitzen ihrer Brustwarzen. Haru ließ es geschehen. Als er sie jedoch auf den Mund küssen wollte, drehte sie den Kopf zur Seite, gleichzeitig begann sie, mit geschickten Griffen seine Lust zu steigern. Währenddessen war ihm, als ob ein Gewicht von seiner Brust genommen würde, er hatte das Gefühl, daß er wieder frei atmete. Wellen wohliger Empfindungen durchströmten ihn, er sah die Augen von Haru, spürte den Puls in seinen Adern, das Schlagen seines Herzens, ein namenloses Entzücken. Alles, was er wußte, war vergessen. Er war zu einem Teil des Musters auf der Steppdecke geworden. Golden und verzaubert schwebte er als Lotosblüte in dem nun roten Zimmer. Die Wände leuchteten, die Bilder, Harus Gesicht, ihre Zähne, ihre Lippen.

Sobald die Verzauberung nachließ, bot Haru ihm wieder die Tropfen an, und irgendwann in dieser Nacht begann Feldt zu erzählen. Er erzählte von seinem Autograph, von Mozart, von Dr. Hayashi und von Dr. Chiba. Er erzählte von Frau Sato und Wallner, von Professor Kitamura und der Begegnung mit dem Kaiser, und Haru hörte ihm schweigend zu. Dann streichelte sie ihm über sein Gesicht. Feldt atmete ohne Schmerzen. Wärme hüllte ihn ein, er sah sich in der Bibliothek seines Vaters in den alten Lexika blättern, Seite für Seite. Langsam verblaßten die wunderbaren Bilder, und Feldt glaubte, hinter ihren Schemen öffnete sich ein bodenloser Abgrund ...

Regengeräusche weckten ihn. Es war dunkel. Im fahlen Licht sah er die Blüte auf Harus nackter Schulter. Er suchte tastend und stolpernd die Toilette, hörte im Flur einen Laut hinter dem Tatami-Rollo und blieb stehen. Vorsichtig zog er es hoch. Durch eine Glasscheibe sah er einen Mann und eine Frau im Schein einer verhängten Lampe miteinander schlafen. Die Frau kniete mit nacktem Gesäß auf dem niedrigen Tischchen, drehte sich um und zeigte auf eine Anweisung des Mannes ihr Geschlecht, das sie mit zwei Fingern einer Hand öffnete. Der Mann hielt sein pralles Glied in der Hand, schob die Vorhaut hin und her und lehnte sich zurück. Feldt konnte sich nicht von dem Geschehen lösen, das der Frau augenscheinlich Lust bereitete. Sie drückte ihre Brüste zusammen, wartete auf eine neue Anweisung und lachte schamlos. Der Mann onanierte heftig. Er stieß endlich einen Befehl hervor, worauf die Frau sein Glied in den Mund nahm und es ableckte. Der Mann beobachtete sie gierig. Barsch befahl er ihr, sich auf ihn zu setzen. Er griff unter ihre Achseln und hob und senkte ihren Körper, bis er den Höhepunkt erreichte und stöhnend in sich zusammensackte. Eine Weile saßen sie schwer atmend da. Auch Feldt rührte sich nicht. Er war davon überzeugt, daß die Glasscheibe auf der anderen Seite ein Spiegel war. Wahrscheinlich gab es auch einen Spiegel zu seinem Zimmer. Das Licht wurde ausgelöscht, die Frau erhob sich und verschwand, während der Mann sein schlaffes Glied mit Kleenex-Tüchern reinigte. Erregt legte Feldt sich neben Haru, betastete ihr Geschlecht und vereinigte sich mit ihr, als sie die Augen aufschlug ...

Erst nachdem er beim Morgengrauen wieder erwacht war, fiel ihm ein, daß er die Vorlesung an der Universität versäumt hatte. Aber er machte sich deswegen keine Vorwürfe, der erste Schritt in ein anderes Leben war getan. Haru schlief tief und fest. Leise, von Neugierde getrieben stand Feldt auf, um im Flur erneut durch das Fenster zu spähen. Das Zimmer war jetzt von einem anderen Paar besetzt, einem korpulenten Mann und einer zierlichen Frau. Sie trieben es auf die gewöhnlichste Weise, doch war der Mann so erregt, daß er in einem fort Laute ausstieß, während die Frau gelangweilt eine Zigarette rauchte. Der Akt dauerte nur kurz, dann fingen die beiden – auf dem Rücken liegend – miteinander zu reden an. Der Mann hatte einen dünnen Schnurrbart, er griff nach seiner Brille auf dem Tischchen und setzte sie auf. Feldt schlich sich zurück zu seinem Lager. Der muffig-dumpfe Geruch war in seiner Erinnerung jetzt untrennbar mit den Paaren verbunden, die er beobachtet hatte, es verschlug ihm deshalb auch jetzt nicht mehr den Atem.

Als er das nächste Mal erwachte, war Haru schon angekleidet. Sie warf gerade drei Hundert-Yen-Münzen auf den Tisch und machte Striche auf ein Papier. Gespannt las sie in einem – in rotes Leder gebundenen – Büchlein, das sie vor sich aufgeschlagen hatte. Schließlich sah sie, wie Feldt blinzelte. Sie nickte ihm freundlich zu und zeigte ihm das Zeichen auf dem Papier. Dabei erfuhr er, daß sie das Buch über ihn befragt habe. Sie übersetzte ihm dann auch, daß es das sechsundfünfzigste Zeichen des I-Ging »Lü« – »Der Wanderer« – bedeute. Der untere Teil heiße »ken«, Berg. Der obere: »li«, Feuer, Glanz, Schönheit.

Der Berg stehe still, aber das Feuer flamme auf und verweile nicht. Der Wanderer müsse vorsichtig und zurückhaltend sein, so schütze er sich vor Übel.

Sie steckte das Buch in ihre Tasche, hockte sich vor den Spiegel und begann sich zu schminken. Als sie fertig war, öffnete sie die Handtasche noch einmal, nahm einen kleinen, verchromten Damenrevolver heraus und legte ihn vor Feldt auf das Tischchen. Er schüttelte den Kopf, und sie steckte ihn wieder ein.

Takamori
(Die Expedition)

»Der Aso ist ein Wunder. Der Umfang des Kraterrandes allein beträgt hundertvierzig Kilometer, der Durchmesser an der breitesten Stelle mehr als dreißig. Das Besondere am Aso aber sind die Städte, Straßen, Bahnlinien, Bauernhöfe, die sich innerhalb des riesigen Kraters befinden. Und die Aso-Gegaku, die aktiven Vulkanberge. Ich habe Ihnen schon einmal eine Karte gezeigt.«

Professor Kitamura dachte scharf nach. »Einer davon, der Nakadake, ist verschlagen. Ich bin überzeugt, er hat etwas vor«, fügte er hinzu.

Kaffee wurde serviert, Professor Kitamura nahm einen Schluck und stellte die Tasse vor sich hin.

Der Frühstücksraum des Hotels war durch eine Glasscheibe vom Garten getrennt. Unter einem Ahornbaum stand ein Stahlofen mit einem langen Abzugsrohr, in den ein Mann einen Sack Laub schüttete. Sofort qualmte es. Noch immer fielen vereinzelte Schneeflocken wie Kirschblüten im Frühling.

Professor Kitamura wurde als Dr. Negishi angesprochen und gebeten, die Rechnung zu unterschreiben. Er nahm die gefütterte Windjacke von der Sessellehne, richtete etwas an seinem Kehlkopf-Lautsprecher und begab sich dann hinaus zu einem schwarzen Nissan-Prärie-Bus. Erst am Morgen hatte er den Wagen gemietet, eine Tasche mit seiner Ausrüstung lag jedoch schon im Fond. Daneben ein blauer Schutzhelm, Handschuhe aus feuerfestem Asbest, ein Nivellierinstrument mit einem zusammenklappbaren, tragbaren Stativ und eine Lavazange.

Feldt war in Begleitung Harus gekommen. Sie fuhren zuerst durch ein Vorstadtviertel. Heimlich holte Feldt das Autograph aus seiner Jackentasche und warf einen verstohlenen Blick darauf.

Nachdem sie die Vorstadt hinter sich gelassen hatten, tauchten grüne Hügel in der Ferne auf, der Rand des äußeren Vulkanringes, der die schneebedeckten, schroffen anderen Krater umschloß. Ein Hubschrauber flog hoch und winzig klein über das Massiv hinweg. Hinter der nächsten Biegung öffnete sich der Ausblick auf die zerknitterten Berge in verschiedenen Braun- und Grüntönen: Hellgrün, Grasgrün, Flaschengrün, Braungrün und sandfarben – die grauen und weißen Erhebungen dahinter kamen nur blaß zum Vorschein.

Dann wiederum zeigte sich eine so riesige Wolkenlandschaft, als spiegelte sich das Aso-Massiv nach oben hin als Deckenfresko am Himmel in den verschiedensten Grau- und Weißschattierungen mit Abrissen, Buchten und Gipfeln, durchbrochen von strahlenförmigen, silbrigen Lichtspuren.

»Jetzt will uns der Aso-san mit Zauberkunststücken beeindrucken«, lachte Professor Kitamura. »Wissen Sie, daß mich heute Herr Wallner angerufen hat?« sagte er unvermittelt. »Sie haben gestern an der Universität Ihren Vortrag nicht gehalten ... Er war besorgt, daß Ihnen etwas geschehen sein könnte, weil Sie nicht abgesagt haben.«

»Ich weiß, es ist mir sehr unangenehm.«

Ein Streifen Sonnenlicht überquerte die Hügel. Die

sich andauernd verändernde Landschaft hatte etwas Bühnenbildhaftes, sie erinnerte ihn an die von Windmaschinen geblähten Tücher, die am Theater für die Darstellung von Wasser verwendet werden, nur daß sie eine endlos anmutende, weit am Horizont sich auflösende Kette von samtig gewellten Erhebungen darstellten. Wolkenschatten gaben einzelnen dieser Hügel das dunkle Grün von Aquariumpflanzen.

Vor einem kleinen, roten Observatorium am Straßenrand hielten sie an. Professor Kitamura teilte Wollmützen aus, denn es wehte ein bitterkalter Wind. Sie gingen am Gebäude vorbei zum riesigen Rand des Kraters und blickten auf die winzigen Dörfer, Fahrzeuge, geometrisch unterteilten Reisfelder, auf die Wälder und Wiesen und den verschlungenen Fluß im Kratertal tief unter ihnen. Zum entferntesten Punkt hin erhoben sich die inneren Vulkankegel, grasiggrün oder felsig verschneit und violett von erkalteter Lava. Es war so eisig, daß Tränen über Feldts Wangen liefen und seine Finger und Beine schmerzten. Das Sonnenlicht streifte jetzt die Spitze eines der schneebedeckten und felsigen Innenkrater. Frierend sah Feldt die schmutzig gewordenen Eiskristalle im Gras. Schließlich gingen sie am Observatorium vorbei wieder zum Wagen zurück.

Während sie die steilen S-Kurven hinunter in den Krater fuhren, begann Feldt von Dantes Inferno zu sprechen, von den mythologischen und historischen Figuren und Gustave Dorés Illustrationen. Mitten in einem Satz holte er das Buch aus der Tasche und schenkte es Haru.

Haru nickte. Dann nahm sie mit ernstem Gesicht das in japanischer Schrift gedruckte *I-Ging* heraus und überreichte es ihm, wobei sie ihm bedeutete, das Buch aufzublättern. Es war durchgehend mit alten Pinselzeichnungen illustriert, Landschaften, Menschen, Tieren, Pflanzen, Geschehnissen. Feldt hätte jetzt viel darum gegeben, die Übersetzung von Richard Wilhelm in seinem Koffer bei sich zu haben.

Aufmerksam hatte Professor Kitamura sie im Rückspiegel beobachtet und zugehört und schließlich die Whiskyflasche nach hinten gereicht.

Feldt sah von oben ein Schneetreiben im Tal, auf der anderen Seite Sonnenlicht und in der Mitte Nebeldunst. Häuser kamen langsam zum Vorschein, Schulen, Gärtnereien, Reklametafeln, Zierpflanzen.

Als sie an einer Mautstelle hielten, riet ein Beamter ihnen ab, weiterzufahren. Der Nanadake, sagte er, habe Steine herausgeschleudert, weiter oben sei die Straße bereits gesperrt. Er erkannte Professor Kitamura, salutierte und hob den Absperrbalken.

Als Haru die *Göttliche Komödie* in ihre Handtasche gesteckt hatte, hatte Feldt neuerlich den kleinen Damenrevolver gesehen.

Wieder stieg und wand sich die Straße, und bald lag das Tal wie zuerst tief unter ihnen. Je näher sie dann dem Krater kamen, desto mehr wich jede Farbe einem Weiß und Grau. Ein Mann mit einem Kunststoffhelm stoppte den Bus, erst nach einigen Verhandlungen durften sie ihre Fahrt fortsetzen.

Schon von weitem sahen sie die zylinderförmigen Luftschutzbunker in einer verschneiten Kohlenhaldenlandschaft. Nebel, Dämpfe und Rauch hüllten die Krateröffnung ein. Sie hielten hinter einem geschlossenen Gipfelhaus. Professor Kitamura schulterte das Nivellierinstrument mit dem Stativ, holte ein Bandmaß und einen Kreiseltheodoliten (einen Kompaß mit einer »Libelle«) aus der Tasche und machte sich auf den Weg. Es war noch kälter als am äußersten Kraterrand. Feldt nahm sofort den Schwefelgestank wahr, zog sich den Schal vor den Mund und hielt den Atem an, aber der Wind trieb weiter dichte Dampf- und Schwefelschwaden aus der Tiefe. Überdies war es so kalt, daß die Luft in seinen Bronchien und Lungen schmerzte. Nach einigen Schritten hatten sie den Kraterrand erreicht. Gerade flüchteten zwei Schattengestalten vor einer weißen Wolke aus dem Inneren des Vulkans. Aufgeregt winkten sie Professor Kitamura zu, stehenzubleiben.

Professor Kitamura wartete daraufhin, bis die Dämpfe sich verzogen hatten.

Ein jäher Abgrund, der mit Holzbarrieren abgesichert war, öffnete sich vor ihnen. Feldt legte Haru seinen Arm um die Schulter, fröstelnd wärmten sie einander.

Dann plötzlich lag das Innere frei unter ihnen, und sie sahen tief in den Schlund hinein. Ein rötliches Feuer glomm dort in einem scheinbaren Gletscher mit Spalten und Schründen, über die Professor Kitamura unbeholfen hinkte. Er stellte das Nivellierinstrument auf, vermaß Risse, entnahm Proben. Wieder stiegen Dämpfe und Schwaden auf, verschlangen den Professor, senkten sich auch über sie. Keuchend warteten sie, bis der Vulkan sich wieder beruhigt hatte. Professor Kitamura war noch näher an das Feuer herangetreten, er machte sich Skizzen, begab sich dann zum Nivelliergerät zurück und vermaß ungerührt das Kraterloch. Es war unheimlich still.

Endlich klappte er sein Gerät wieder zusammen, hinkte mühsam zum Rand hinauf und führte sie weiter über vereiste, in den Krater gehauene Stufen zum nächsten Einstieg. Es war, als betrachteten sie einen kegelförmigen Gipfel durch einen Kristall, so sehr verschoben sich mehr und mehr ineinander verschachtelte, steile Hänge zu einem gigantischen, schmutzigen Eisberg, in den, wie für eine kultische Handlung, Stufen hineingeschlagen waren.

Da Haru und Feldt für die winterliche Bergwanderung nicht ausgerüstet waren, blieben sie schließlich stehen und blickten dem Professor nach, wie er in der langgezogenen, schneebedeckten Landschaft untertauchte.

Frierend suchten sie in der zerklüfteten Schlucht nach dem Ausstieg, der durch eine Klamm führte und von Rauchschwaden durchzogen war, so daß sie immer wieder stehenbleiben und auf bessere Sicht warten mußten. Endlich bemerkten sie, daß sie innen um den Krater herumgegangen waren.

Der Professor erwartete sie bereits vor dem Wagen, er hatte eine Abkürzung genommen.

Wortlos fuhr er mit ihnen zurück. Feldt war von seinem Schweigen irritiert, er wagte es aber nicht, eine Frage zu stellen. Immer wieder öffnete und schloß sich die Lava-Landschaft vor ihnen, gab neue Flächen, Ebenen, Abgründe und Erhebungen frei. Und am Himmel wurden wieder die Wolkenmassive sichtbar. Sie verdunkelten die Erde mit Schatten, erhaben schienen sie von einem weit entfernten Sphärenpol als eisiges Treibgut über den Himmel zu segeln. Haru schlief sofort ein, aber Feldt wollte nichts vom Naturschauspiel versäumen. Hin und wieder griff er nach der Whiskyflasche, die der Professor ihm reichte. Entgegen seiner Gewohnheit trank er in ungeduldiger Erwartung, daß der Alkohol seine Wirkung tun würde. Nach einiger Zeit hielt Kitamura dann an, um eine Notiz zu machen. Beim Aussteigen sah Feldt ein kleines »Bild« zu seinen Füßen auf der Erde: ein Stück halb verschneite schwarze Lava und Asche ragten aus dem Schnee, rundherum vertrocknete Grashalme wie gelbe Pinselstriche im Weiß und braunes Gezweig.

Wieder tranken sie.

Auf der Weiterfahrt sah der Kraterrand seltsam flach und schutzlos, fast freundlich aus.

Harus Anwesenheit bewirkte, daß er sich von der Vorstellung, am Abend mit Dr. Chiba ein schwieriges Geschäft abwickeln zu müssen, nicht erdrücken ließ.

Es wurde warm im Auto und in Feldt, und auch die Landschaft im Tal war in Sonnenlicht getaucht.

In Takamori steuerte der Professor ein Holzgebäude an, vor dem er hielt. Es war seltsam zu wissen, daß sie von einem Vulkankrater kamen und sich trotzdem in einem noch viel größeren befanden. Haru schlug die Augen auf, dann fiel ihr wieder ein, wo sie war, und sie setzte sich ruckartig auf.

Um das Haus hingen lange Reihen mit Büscheln von

weißen Rettichen an einem Seil wie Eiszapfen mit Blättern. Drinnen war es dunkel und warm.

Feldts erster Blick fiel auf eine der Schiebetüren mit Reispapierfenstern. Sofort begriff er, daß sie etwas mit seinem Wasserzeichen der Nationalbibliothek, dem Glasdach zu tun hatten. Sie waren gelb und mit einem Ornament aus etwas dunkler gelben Bambusblättern verziert, und sie veränderten sich mit der Helligkeit des Sonnenlichts. Die Fenster ließen ihn fühlen, daß er unendlich weit weg war, und er hatte plötzlich die Vision, nie mehr zurückzukehren.

Sie setzten sich auf die blauen Kissen in der holzgetäfelten Gaststube. Mehrere Feuerstellen mit Asche waren in den Boden eingelassen, vor einer knieten zwei Jäger mit einem erlegten Fasan. Sie aßen aus einem großen Topf mit sichtlichem Appetit gebratenes Fleisch. Über jeder Feuerstelle hing ein Seil mit einem Bambusrohr, daran war ein eiserner, schwarzer Fisch befestigt. Die Reispapierfenster mit dem Bambusblattmuster gaben ein geheimnisvolles Licht von sich. Feldt fand, daß Haru darin besonders schön aussah.

Eine weiße runde Uhr mit schwarzen Ziffern hing an einer Wand, die Zeiger standen auf fünf.

»Ich muß Sie warnen«, sagte Professor Kitamura unvermittelt, »fahren Sie nicht in die Stadt zurück ... Ich war mir nicht sicher, ob es der Aso ist oder etwas anderes. Wenn es der Aso wäre, würde ich nicht hier sitzen. Ich befürchte aber ein Erdbeben. Sie können die Nacht im Gasthaus verbringen und morgen zurückkehren.« Er verbeugte sich vor Feldt und Haru, erhob sich und verließ sie, ohne sich umzudrehen.

»Ich muß zurück«, sagte Haru, nachdem der Professor gegangen war.

»Ich denke, Professor Kitamura hat recht«, widersprach Feldt.

»Sie haben eine Verabredung.«

»Dr. Chiba wird warten. Wir können ihn anrufen.«

»Dann muß ich allein zurück.«

»Warum?«

»Weil ich muß.«

Eine Frau in einer dunkelblauen, mit Blumen gemusterten Jacke steckte inzwischen Holzspießchen mit Tofu, Krabben, Paprika, Kartoffeln und zwei Bachforellen in die Asche um die Feuerstelle.

»Dengaku«, sagte Haru, auf die Speisen deutend.

Die Bachforellen zuckten mit aufgerissenen Mäulern, durch die die Holzspießchen gesteckt waren. Die Augen waren herausgetreten, eine Flosse bewegte sich.

»Gut, dann komme ich mit.« Feldt war entschlossen, kein Feigling zu sein.

Langsam bildeten sich Bläschen auf der Haut der Fische. Das Auge an der dem Feuer abgewandten Seite war noch immer goldfarben und schwarz, das andere wurde langsam weiß.

»Ist etwas?« fragte Haru.

»Nein.«

Nudelsuppe wurde serviert und Reis, Bier und Sake, aber Feldt konnte seine Aufmerksamkeit nicht von den Forellen abwenden.

Die Kellnerin hatte neben ihnen Platz genommen, einen Wollhandschuh angezogen und war dabei, die

Spieße in der Asche fortlaufend zu drehen oder mit Miso zu bestreichen. Haru schaute verunsichert auf. Dann entschuldigte sie sich, daß sie vergessen habe, die Fische tot zu bestellen.

Sie verzehrte beide gebratenen Bachforellen mit großem Appetit. Der Whisky arbeitete noch in seinem Körper, er machte ihn müde, aber weniger ängstlich. Die Uhr zeigte noch immer auf fünf, jetzt erst stellte er fest, daß die Zeit nicht stimmen konnte. (Es war schon später.) Rasch trank er das Bier und den Sake, spürte sie sogleich im Kopf und bat Haru, ein Taxi zu rufen. Weitere Gäste trafen ein, und wieder wurde »Dengaku« bestellt, weshalb Haru ihm vorschlug, im Kaffeehaus nebenan zu warten.

Im ersten Stock befand sich eine Veranda mit Polstermöbeln, von der aus man in die Kronen von alten Platanen blickte. Am Boden waren Teppiche ausgelegt, die Überwürfe auf den Couchen täuschten Unbewohntheit vor.

Haru dachte lange nach. Plötzlich fragte sie ihn, ob er Angst vor Dr. Chiba habe.

Feldt sah ihn als Schauspieler im Kabuki-Theater vor sich, er erinnerte sich an die erste Begegnung mit ihm, an die mysteriösen Telefonate und daß er kein Feigling sein wollte. Er nickte.

Und ob er Angst wegen Professor Kitamuras Voraussage empfinde.

Wieder nickte Feldt.

Das Taxi erschien lautlos in der Einfahrt. Feldt sagte sich, daß er dabei war, sich in das Zentrum seines Abenteuers zu begeben.

Der Vulkankrater draußen war im Abendlicht zu einem roten Lavakegel geworden, und das Abendwolkenmassiv in rosa und rotem Licht erschien ihm wie ein Korallengebirge.

Ryokan Sakae-ya
(Beschreibung eines Handels)

Sie zogen die Yukatas mit den Wolljacken an, schlüpften unter die Decken, und bald war ihnen warm. An der Rezeption hatte niemand eine Nachricht hinterlassen, auch war kein Anruf für ihn registriert worden. Unsinnigerweise erleichterte ihn das, obwohl er sich darüber im klaren war, daß er ohne das Geschäft wieder nach Wien zurückfliegen mußte. Aber das schreckte ihn im Augenblick nicht.

Das gelbe Zimmer war ihm jetzt vertraut. Der muffig-dumpfe Geruch legte sich zwar auf seine Brust, allerdings ekelte es ihn nicht mehr davor. Die Zeit, die er noch im Ryokan verbringen würde, war ohnedies begrenzt.

Als er die Toilette aufsuchte, kam er am Spiegel vorbei, er zupfte vorsichtig an dem Rollo und sah einen alten Mann mit dem Kopf zwischen den Schenkeln einer knabenhaften Frau liegen, die ihn durch obszöne Bewegungen zu reizen versuchte. Der Mann hielt sein geschrumpftes Geschlechtsteil in der Hand. Verbissen versuchte er, eine Erektion zu erzwingen.

Haru hatte im Zimmer inzwischen alles für das Bad vorbereitet.

»Hast du durch den Spiegel geschaut?« fragte sie.
»Ja.«
Sie lachte.
»Es gibt Leute, die kommen nur hierher, um zu schauen. Die meisten Kunden wissen nicht einmal, daß man sie sehen kann.«
Feldt nahm ihr gegenüber Platz.
»Ich muß mich zurückmelden. Geh du voraus!« Sie erhob sich, kämmte das Haar und verließ ihn. Lähmung und Kraftlosigkeit überfielen ihn. Die drei Samurai auf den Pferden ritten noch immer durch die gelbe Wüste der Tapete. Einer verfolgte eine Spur auf dem Boden, die beiden anderen spähten in die Ferne. Sie vermischten sich in seinem Kopf mit den Illustrationen des japanischen *I-Ging* in seiner Tasche. Er liebte das Buch, das ihn an Konfuzius denken ließ, an ein auseinandergefallenes Tarot-Kartenspiel und einen versteckten Brief in einer chinesischen Vase. Er nahm das *I-Ging*, fand drei Münzen in seiner Geldbörse, warf sie wie Haru und notierte das Zeichen nach der Tabelle der Hexagramme:

―― ――
―――――
―― ――
―― ――
―――――
―― ――

Da er die japanische Schrift des Buches nicht lesen konnte, steckte er den Zettel zwischen die Seiten. Er würde Haru später nach der Bedeutung fragen, dachte er. Sie war noch immer nicht zurückgekehrt, und auch die drei Samurai auf ihren Pferden rührten sich nicht von der Stelle, daher raffte er sich auf, ging durch die dunklen Gänge und über die Treppen in das Parterre, wo er das dampfende Onsen betrat. Wie es ihm schon zur Gewohnheit geworden war, seifte er sich ein, rieb sich mit dem kleinen weißen Tuch ab, duschte sich und stieg in das heiße Wasser. Wenn jetzt die Erde bebte, wie Professor Kitamura es vorausgesagt hatte, würde ihn die Decke im Wasser erschlagen.

Er würde das Ryokan und Kumamoto verlassen, dachte er weiter, sobald er das Geschäft hinter sich gebracht hatte, und irgendwo außerhalb der Stadt übernachten. Und wenn Dr. Chiba nicht erscheinen würde? Im heißen Bad lösten sich allmählich seine Befürchtungen auf, es entspannte ihn, ließ ihn zurück in Embryowelten schaukeln und schließlich wohlig vor sich hin dösen.

Als die Tür geöffnet wurde, sah Feldt nicht sofort, ob es Haru war, die eintrat. Erst als er die Augen aufriß, erkannte er, daß ein über und über tätowierter Mann sich einseifte und daß dieser dunkelblaue und gelbe Mann Dr. Chiba war.

»Eine Überraschung!« rief er. »Haru war so freundlich, mir zu sagen, daß Sie im Onsen sind ... Sind Sie zufrieden mit ihr?«

Feldt wollte die kleine, nur für zwei Personen vorgesehene Betonwanne verlassen, aber Dr. Chiba unterbrach sein Duschen und schlüpfte geschickt zu ihm in das Wasser. Auf seiner Brust war ein brennender Dämon mit einer Lanze und einem Schwert tätowiert.

Auf dem Rücken hatte Feldt zuvor einen Samurai gesehen, der mit einem Drachen kämpfte, Dr. Chibas Arme und Beine waren mit einem Muster aus Schuppen, Meereswellen und Blumen bedeckt. Nur am Hals, an den Händen und Füßen und im Gesicht war er frei von Bildern.

Eingeschüchtert wagte Feldt sich nicht zu rühren.

»Es ist schön, daß wir ein Freundschaftsbad nehmen, bevor wir zur Sache kommen«, sagte Dr. Chiba. »Zu Ihrer Beruhigung darf ich Ihnen sagen, daß die Sache mit Dr. Hayashi endgültig aufgeklärt ist.« Sein Penis war ebenfalls nicht tätowiert, Feldt registrierte, daß er nicht sehr groß war und locker im Wasser schwebte wie ein Grottenolm.

»Ich arbeite nebenbei als Spitzel für die Polizei«, fuhr er fort. »Daher habe ich meine Informationen: Wie Sie sich vorstellen können, ist die ganze Angelegenheit sehr verwickelt … Tatsächlich war es ein bezahlter Mörder, den eine rivalisierende Pachinko-Gruppe finanziert hat. Nachdem ihn Dr. Hayashi verwundet hatte, floh er durch die halbe Stadt bis zu einem Fahrzeug in der Nähe des Strandes. Dort endete seine Spur, weil ein Komplize auf ihn wartete. Aber die Polizei erhielt einen Hinweis, wo er sich versteckte, unter der Bedingung, daß er nicht überleben durfte. Als man ihn verhaften wollte, kam es zu einer Schießerei. Er wurde von mehr als einem Dutzend Schüsse getötet.«

Dr. Chiba bewegte sich bei seiner Erzählung einige Male heftig und berührte dabei Feldts Körper.

»War es angenehm mit Haru?« fragte er übergangslos. »Es war nicht leicht, ein so attraktives Mädchen für einen Gajin zu finden.«

Als Feldt schwieg, sagte er beleidigt: »Sie könnten ruhig etwas freundlicher zu mir sein.«

Feldt, dem es widerstrebte, mit Dr. Chiba über Haru zu sprechen, antwortete, er sei zufrieden mit dem Ryokan und mit Dr. Chibas Betreuung, allerdings wünschte er, die Sache nun so bald wie möglich abzuwickeln, sie hätten schon genug Zeit verloren.

Dr. Chiba kam daraufhin ohne Umschweife zur Sache, im Seerosenzimmer, sagte er, sei alles vorbereitet. Feldt möge das Autograph mitbringen und werde dafür, wie abgemacht, das Geld erhalten.

»Ich komme allein«, fügte er hinzu. Als er Feldts Ungeduld bemerkte, stieg er aus dem Wasser, aber er fing sofort wieder an, sich einzuseifen, während Feldt zurück auf sein Zimmer ging.

Noch den Geruch von Seife und Wasserdampf in der Nase, den nackten Dr. Chiba vor Augen, irrte er durch die schwarzen Gänge. Dr. Chiba war wie ein Reptil gewesen, es war erstaunlich, welche Metamorphosen von seiner ersten Begegnung in Asakusa über das Gespräch im Kabuki-Theater bis jetzt hin zum Bad mit ihm vor sich gegangen waren.

Er öffnete irrtümlich ein anderes Zimmer, schwarz mit weißen Lotosblumen, zu seinem Glück war es unbewohnt. Wut war in Feldt aufgestiegen.

Endlich (den ekelhaften Geruch schon wieder in der Nase) fand er sich zurecht.

Haru kniete auf einem Kissen und schenkte ihm grünen Tee ein. Er zog die Wolljacke aus und fragte sie, weshalb sie nicht, wie ausgemacht, in das Onsen nachgekommen sei.

»Ich habe Anweisung erhalten zu warten.«

»Von wem?« fragte Feldt.

Haru schwieg.

»Wir haben eine Abmachung getroffen!«

Haru schwieg noch immer. Erst als Feldt sie fragte, ob sie wisse, daß Dr. Chiba an ihrer Stelle gekommen sei, antwortete sie kühl: »Er war nackt, und er weiß nicht, wo sich das Autograph befindet.«

Feldt war enttäuscht. Es war weniger, weil Haru nicht nachgekommen war, sondern weil er sie verdächtigte, daß sie ihr eigenes Spiel spielte.

»Wo werdet ihr euch treffen?« fragte ihn Haru, ohne aufzusehen.

»Im Seerosenzimmer.«

Haru holte ihre Tasche aus dem Schrank, öffnete sie, legte den Damenrevolver auf den Tisch und das Fläschchen mit den Tropfen.

»Den Revolver?« fragte sie.

Feldt schüttelte den Kopf.

»Dr. Chiba hat ein großes Essen bestellt mit Sake. Wenn er schon angetrunken ist, gib ihm ein paar Tropfen in sein Glas.«

Wieder lehnte Feldt ab. Er dachte an das Zeichen des *I-Ging*, das er aufgeworfen hatte und wollte Haru gerade danach fragen, als das Telefon läutete.

»Ich warte auf Sie!« hörte er Dr. Chibas ungeduldige Stimme im Hörer. »Und vergessen Sie das Wichtigste nicht. Sie haben es doch bei sich?«

Als Feldt auflegte, sagte etwas in ihm, daß er Harus

Damenrevolver einstecken sollte, statt dessen aber nahm er das Autograph aus der Jackentasche und wünschte sich, Professor Kitamuras Prophezeiung möge augenblicklich in Erfüllung gehen. Während er auf den Gang hinaustrat, hatte er das Verlangen zu fliehen.

Er beachtete zunächst die Beklemmung in seiner Brust nicht. Erst als sie stärker wurde, machte er kehrt und eilte den Gang zurück, um den Spray zu suchen.

Er schob die Türe zur Seite. Das Zimmer war leer. Wo war Haru? Der Spray steckte in seiner Jackentasche. Er führte ihn zum Mund, nahm einen tiefen Zug, wartete, zählte. Gleich darauf fing das Telefon wieder zu läuten an. Feldt ließ es läuten. Es läutete zwei oder drei Minuten lang, während er sich erholte.

Auf schwankenden Beinen fand er den Weg zum Seerosenzimmer ohne sich zu verirren und stand schließlich dem aufgeregten Dr. Chiba gegenüber. Er trug einen gelben, kimonoartigen Morgenmantel mit einem dunkelgelben Muster aus Bambusblättern. Und wie schon zuvor im Gasthaus, als sie vom Berg Aso gekommen waren und er die Reispapierfenster gesehen hatte, erschrak er, da es ihm wie ein Beweis erschien, daß er wirklich nie mehr zurückkehren würde.

Gerade waren zwei Kellnerinnen dabei, das Abendessen zu servieren, daher zwang sich Dr. Chiba ein Lächeln ab und deutete ihm, Platz zu nehmen. Feldt wurde schwindlig, als er, um sich zu beruhigen, das Seerosenmuster auf der Wand betrachtete. Es drehte sich in seinem Kopf weiter, wurde zu einem Schwarm Möwen. In vielen kleinen Lackschachteln war das

Essen vor ihnen aufgetischt, Bier war vorbereitet, Sake und Whisky. Dr. Chiba veranlaßte die zwei Frauen, sich zurückzuziehen, er verbeugte sich vor Feldt, bevor er sich auf ein Kissen niederließ und mit ernstem Gesicht zu sprechen anfing.

»Man hat mir versichert, daß wir allein und unbeobachtet sind«, sagte Dr. Chiba. »Zwar hat jedes Zimmer einen getarnten Spiegel oder ein getarntes Bild –«

(»Die drei Samurai!« fiel es Feldt ein, während die Möwen allmählich wieder zu Seerosen wurden.)

»– aber hier wurden schon öfter Geschäfte abgeschlossen. Ich sage Ihnen das zu Ihrer Beruhigung.« Er hob das Sakeglas. »Auf unser gegenseitiges Vertrauen!« Rasch füllte er das leere Glas. »Es ist ein japanisches Essen, ich bin mir nicht sicher, ob es Ihnen schmecken wird.«

Er hob ein anderes Keramikschnapsglas, füllte es mit kleinen, weißen, lebenden Fischchen, schüttete eine Sojasauce-Mischung darüber und trank es aus.

»Odori gui ... Haben Sie es schon einmal versucht?«
»Nein.«

Nun war Dr. Chiba besonders stolz. »Ich habe es Ihnen gesagt, ein japanisches Essen – Odori bedeutet soviel wie tanzen, gui schlucken, fressen.« Er lachte breit, hob wieder das Sakeglas, prostete ihm zu, schenkte nach. Als nächstes lud er Feldt ein, vom Fugu-Fisch zu kosten, der, wie Feldt wußte, eine tödliche Mahlzeit war, wenn man die Leber nicht exakt entfernte. Da er Dr. Chiba nicht vertraute, verzichtete er auch auf dieses Gericht, statt dessen ließ er sich Goldbrasse, Hummer, Muscheln, Makrelen und Langusten schmecken, obwohl er wegen des überstandenen Anfalls keinen großen Appetit verspürte.

Rasch vermischte sich der Sake mit seinem Schwindelgefühl, auch Dr. Chibas Gesicht war schon rot vom Alkohol.

»Und jetzt lassen Sie endlich sehen!« rief er wie ein angetrunkener Pokerspieler. Er sprang auf, holte aus einem Schrank einen Aluminiumkoffer, öffnete ihn und zeigte Feldt die Päckchen mit Dollarscheinen.

»Zählen Sie nach!« forderte er ihn stolz auf.

Dr. Chiba zog die Fotografie der letzten Seite des *Requiems* heraus, die Feldt ihm in Asakusa gegeben hatte, und eine Lupe, legte beides neben sich und wartete.

Feldt war nicht kaltblütig genug, um die Geldscheine nachzuzählen, er übergab das Autograph einfach Dr. Chiba.

Zunächst ließ Dr. Chiba es in seiner offenen Hand liegen. Er starrte es an, hob dann sein Glas und hielt eine kurze Ansprache zum Gedenken an Dr. Hayashi, der diesen Moment nicht habe erleben dürfen. Hierauf legte er es feierlich neben die maßstabgetreue Fotografie. Er entfernte das Plastiketui, schob das Papier mit den letzten Worten Mozarts sorgfältig in den Ausriß, hob die Lupe vor seine Augen und klatschte dann in seine Hände.

»Sie haben mir diese exzellente Fotografie von Glaser als Beweis für die Echtheit des Autographs gegeben. Ich sehe, das Puzzle paßt zusammen.«

Er schenkte sich selbst mit zitternder Hand Sake nach. »Glauben Sie mir, ich weiß, was ich in meinen

Händen halte, es ist ein phantastischer Augenblick.«
Er kippte den Inhalt des Glases hinunter, und diesmal
schenkte Feldt, wie es bei einem japanischen Gastmahl
üblich ist, seinem Gegenüber nach.

Dr. Chiba trank auch das zweite Glas in einem Zug
leer.

Plötzlich lachte er die Anspannung heraus, sein
Lachen erschreckte Feldt. Kaum hatte er Dr. Chiba
neuerlich nachgeschenkt, unterbrach er sein Lachen
wieder, trank und lachte dann weiter.

»Sie sind ein verrückter Hund, Feldt«, stieß er zwischendurch hervor, »ein eiskalter Hund, meinen
Respekt. Erinnern Sie sich, wie Sie mich in Asakusa
stehengelassen haben? Sie haben sich umgedreht und
sind einfach weggegangen.« Er lachte, daß es wie gespielt klang. »Und in Izu haben Sie Dr. Hayashi betrunken gemacht und sind aus dem Fenster geflohen ... Sie sind mit allen Wassern gewaschen!« Er
trank das Glas aus, schenkte sich und Feldt nach, prostete ihm zu, stürzte das Glas in einem Zug hinunter.
»Ehrlich gesagt, ich bin froh, daß es doch noch
geklappt hat. Ich wollte Sie nie bescheißen, aber ich
wußte nicht, ob ich Ihnen vertrauen kann. Sie hätten
uns ja mit einer Fälschung täuschen können. Es ist nur
ein kleines Stück Papier, und es sind nur ein paar
Worte.«

Er aß mit Appetit weiter. »Was werden Sie jetzt
machen? Fahren Sie zurück nach Wien und legen Sie
das Geld an? Oder verschwinden Sie aus Ihrem bisherigen Leben? Ehrlich gesagt, ich würde mir wünschen, Sie kehrten zurück und wir machten weitere

Geschäfte ... « Er trank so schnell und gierig, als fürchtete er sich, auch nur einen Augenblick länger nüchtern bleiben zu müssen.

»Ich muß es mir erst überlegen«, gab Feldt zurück und fing ebenfalls wieder zu essen an.

Dr. Chiba blickte ihn fragend an.

»Ich konnte ja nicht wissen, ob alles gutgeht.«

Wieder lachte Dr. Chiba. Er war außer sich: »Und da haben Sie sich alle Auswege offengelassen ... Schlau, sehr schlau ... Was wäre aber, wenn ich Ihnen Falschgeld gegeben hätte? Oder wenn zwei Männer mit Pistolen den Raum betreten und Ihnen das Geld wieder abnehmen?«

»Ich habe meine Vorkehrungen getroffen.«

»Welche Vorkehrungen?« Er leerte sein Glas, schon so betrunken, daß er vergaß, auch Feldt nachzuschenken.

»Hören Sie zu«, sagte er, »heute ist für mich ein Feiertag. Ein großer Tag. Darum will ich nicht auf Ihrer Antwort herumreiten; nur soviel sollen Sie wissen: Ich hätte Sie zehnmal töten lassen können, wenn ich es gewollt hätte. Hundertmal ... Tausendmal ...« Er lachte heftig.

Lachend ließ er sich nach hinten fallen und fing augenblicklich zu schnarchen an.

Feldt wartete darauf, daß Dr. Chiba sich aufsetzen und wieder laut losplatzen würde, aber er schlief fest und tief. Angeekelt und verblüfft zugleich starrte Feldt ihn an, dann stand er auf, nahm das Autograph aus seiner Hand und steckte es ein. Die widersprüchlichsten Gedanken gingen ihm durch den Kopf. Es hatte ihm zu seiner Überraschung leid getan, daß er das Geschäft abgewickelt hatte. Er hatte kein schlechtes Gewissen gehabt, aber er war sich trotzdem schmutzig vorgekommen, als er das Autograph Dr. Chiba gegeben hatte. Der ganze Vorgang war sinnlos gewesen, oberflächlich und auf eine bestimmte Weise krankhaft. Und nun hatte er die Chance, es sich noch einmal zu überlegen. Außerdem war das Autograph zu kostbar, als daß er es in der Hand eines Betrunkenen lassen konnte. Niemand hier hatte die geringste Ahnung von seiner Bedeutung. Also würde er seine Tat auch vor Dr. Chiba rechtfertigen können, falls er erwachte.

Als er sich umdrehte, stand Haru im Zimmer. Sie ging ihm voraus in einen kleinen Nebenraum mit einem kunstvoll kaschierten Loch im Seerosentapetenmuster. Feldt blickte durch das Loch, sah und hörte Dr. Chiba schlafen und registrierte, daß der Aluminiumkoffer mit dem Geld noch in der Mitte des Raumes stand.

Lautlos glitt Haru durch die Schiebetür, holte den Koffer und begleitete ihn damit in sein Zimmer.

Diesmal waren die drei Samurai für Feldt nicht mehr Versprengte, Verlorene, vielleicht sogar Flüchtende, sondern Krieger auf dem Weg zu einem schwierig erreichbaren Ziel, das sie zum ersten Mal erblickten. Auch das Gelb des Zimmers suggerierte nicht mehr Verrücktheit, Nervenüberreizung, Alpträume und Verzweiflung, sondern war Licht wie nach einem langen Regen oder an einem Herbstabend.

Feldt war erleichtert, ohne daß es wirklich einen Grund dafür gab, abgesehen davon, daß er seinen Plan ausgeführt hatte und das Autograph noch immer besaß. Nicht nur, was er sich vorgenommen hatte, hatte er ausgeführt, er hatte sogar einen kriminellen Geschäftsmann hineingelegt, das machte ihn stolz.

Der unterdrückte Asthmaanfall rächte sich mit Kopfschmerz und Herzklopfen. Für einen kurzen Moment schoß ihm der Gedanke an den Spiegel im Vorraum durch den Kopf und für einen weiteren Professor Kitamuras Warnung. Er schwor sich, höchstens eine Viertelstunde zu rasten und dann mit Haru die Stadt zu verlassen.

Er öffnete den Koffer, nahm einen Packen Dollarnoten heraus und legte ihn auf den Tisch, dabei sah er Haru in die Augen. Haru ließ das Geld liegen, entkleidete sich und lächelte...

Irgendwann in der Nacht erwachte er. Er machte Licht: der Koffer mit dem Geld und dem Autograph lagen unberührt auf dem Fußboden, der Packen Banknoten und Harus Kleider hingegen waren verschwunden, das Lager neben ihm leer. Sie hatte ihm keine Nachricht hinterlassen, keine Adresse, keine Telefonnummer, stellte er enttäuscht fest.

Es war ein paar Minuten nach ein Uhr. Was er jetzt dabei war zu tun, hatte er sich nicht vorgenommen, und er gestand es sich auch nicht ein: das Geld und das Autograph mitzunehmen. Es gelang ihm mit einer Leichtigkeit, die er an sich nicht kannte, und er tat es, indem er sich selbst hinter das Licht führte. Automatisch kleidete er sich an. In seinem Kopf lief ein Mechanismus ab. Er ließ ihn das Autograph in die Jackentasche stecken, unter dem Vorwand, es zurückzugeben, falls Dr. Chiba ihm auf dem Gang begegnete oder ihn am Verlassen des Hotels hindern würde. Das Plastiketui war im Seerosenzimmer verblieben, daher entleerte er zuerst die Jackentasche, um das Autograph nicht zu beschädigen. Dabei stieß er auf das rotgebundene *I-Ging* mit dem Hexagramm, das er zerknüllte, während er das Buch wieder einsteckte. Zuletzt nahm er aus seinem Koffer den Paß, das Flugticket und einige persönliche Dinge – den Rest ließ er zurück.

Er hatte es eilig, Professor Kitamura hatte ihn gewarnt, Dr. Chiba konnte jederzeit aufwachen, und die drei Samurai lehrten ihn, daß man sein Ziel nicht aus den Augen lassen durfte.

Er zögerte, einen Blick durch den Spiegel in das Nebenzimmer zu werfen, und obwohl er wußte, daß er Zeit vergeudete, drehte er das Licht aus, öffnete die Tür zum Korridor und zog das Tatami-Rollo auf: ein Mann und eine Frau, sah er, umarmten sich in der Dunkelheit innig, langsam unter der Decke. Sie stöhnten leise, waren zärtlich zueinander, flüsterten, bewegten sich nicht, um in einen langen Kuß zu versinken. Feldt zog vorsichtig das Rollo hinunter, hob den Aluminiumkoffer vom Boden auf, durchquerte das dunkle Zimmer und schob endlich die Türe zum Gang auf.

Seine Schuhe standen unten im Foyer.

Der Geruch, der auf dem Gang herrschte, ließ ihn rascher gehen. Er erreichte die Treppe, schlich am Onsen vorbei, ohne jemandem zu begegnen, und konnte erkennen, daß an der Rezeption die alte Frau Dienst machte.

Das Erdbeben
(Ein merkwürdiges Ende)

Es läutete in diesem Augenblick gerade, und ein Paar wurde eingelassen, ein betrunkener Mann mit verschobener Krawatte, schiefem Hut und eine Frau in Jeans, hochhackigen Schuhen und einer Pelzjacke. Plötzlich hörte Feldt ein rollendes Grollen, wie einen tief aus der Erde steigenden Donner. Das Haus schwankte, er verlor das Gleichgewicht, wollte sich mit der linken, dann der rechten Hand an den Wänden abstützen, aber da war nichts, das Halt geben konnte, das Gebäude schaukelte unter seinen Füßen, ein Stuhl kam über den Gang geschlittert, Fauteuils, Zeitungen und Magazine stürzten wie eine Wasserflut aus den Regalen, die Lampe flackerte, der Hut des betrunkenen Mannes kam auf ihn zu, dann der entsetzte Mann selbst, über den sich die Hefte und Magazine ergossen; die Wände knirschten und knisterten immer lauter, und Sprünge liefen über sie, eine Tür öffnete sich von selbst, Teller und Tassen flogen durch die Luft, Kannen, Löffel, Abfallkörbe mit Müll, während es drohend weitergrollte. Auch Schreie waren zu hören, Feldt war sich nicht sicher, ob er es selbst war, der schrie. Vor seinen Augen stürzte ein Teil der Decke auf die alte und die junge Frau an der Rezeption, die in einer schwarzen Staubwolke verschwanden. Zuletzt übertönte eine Explosion das Dröhnen und Ächzen, Flammen schossen aus einem Raum, dann löste ebenso unerwartet, wie das Grollen eingesetzt hatte, unheimliche Stille den Lärm ab.

Feldt, den Aluminiumkoffer in der Hand, erhob sich und wankte halb ohnmächtig zur Treppe. Durch den aufgewirbelten Staub konnte er fast nichts sehen. Ein Teil der Decke war eingebrochen, die Wände wiesen riesige Löcher und Risse auf. Er kämpfte sich hustend durch Rauch und Nebel, versuchte Schiebetüren zu öffnen, ohne zu wissen, wen er suchte. Das Seerosenzimmer war zerstört, Dr. Chiba lag leblos unter einem Balken, der von Schutt halb begraben war. Der Gang stand in Flammen.

Ein Stück der Wand fehlte hinter der Treppe, so daß Feldt mit zwei Schritten ins Freie gelangte und über eine Außentreppe auf die Straße.

In einer Nebengasse konnte er den Widerschein von Feuer sehen, Rauchschwaden, Funkenspritzer stiegen hoch. Es roch scharf nach Gas und Brand. Feldt kletterte auf einen Schutthaufen, von dem aus er einen besseren Ausblick hatte. Brandherde glommen und flammten in der Dunkelheit. Die Straße wies Risse auf, war aufgeworfen, handbreite Spalten wie Erdblitze. Er hörte keine Sirenen, keine Verkehrsgeräusche, nur das Flackern des Feuers. Als er weiterging, kam er an zusammengebrochenen Holzhäusern vorbei, eingestürzten Mauern, in Schutt gelegten Villen, die Fassaden aufgerissen. Radios, Bücher, Wäsche, Bettdecken waren auf der Straße verstreut. Eine Frau, dürftig in Wolldecken eingewickelt, stapfte entgeistert und mit wirrem Blick an ihm vorbei. Andere folgten ihr, Alte, Junge, alle in Nacht- und Notkleidung. Er hörte kein Geschrei – der Ausdruck von Gelähmtheit lag über allem.

Jetzt erst bemerkte Feldt, daß er keine Schuhe trug, aber die Kälte machte ihm nichts aus. Er stieg über Ziegel-, Glas- und Mauersplitter. Unter Bäumen sah er Familien in Decken gehüllt, weitere alte Holzhäuser, schiefgekippt. Leute hockten wie Verirrte vor ihren Heimen. Weiter unten brannte es, es knisterte, rauchte und fauchte. Wieder kamen ihm Menschen entgegen mit staub- und rußverschmierten Gesichtern, verstört und blutend. Eine umgefallene Gartenmauer lag wie eine erschlagene Riesenschlange auf der Straße. Ein neuerliches Beben ließ wackelige Bautenüberreste neben Feldt krachend in sich zusammensinken.

Bisher hatte er unter einer Art Schock gestanden, ähnlich wie bei einer schweren Verletzung, bei der man keinen Schmerz empfindet, solange man das Blut nicht sieht. Langsam aber kam ihm zu Bewußtsein, daß er durch ein Trümmerfeld ging. Holzlatten und zerfetzte Dachbalken ragten in die Höhe, Menschen schleppten sich vom ausgestandenen Schrecken wie anästhesiert durch die Schuttmoränen. Er setzte sich auf den Steinbalken eines Toriis.

Erst jetzt erkannte er in der Dunkelheit einen zusammengebrochenen Strommast. Daneben entdeckte er eine Schar Goldhähnchen, die unter zaghaftem Piepsen in der Dunkelheit Samen aus verdorrten Blüten pickten. Sie ließen sich von seiner Anwesenheit nicht stören. Feldt wagte es nicht, sich zu bewegen. Die Goldhähnchen pickten, piepsten, kletterten auf den Trümmern herum und kümmerten sich nicht um ihn. Er wußte nicht mehr, wie lange er so dagehockt war. Irgendwann erhob er sich endlich. Die Plattform eines

Bahnhofs war zertrümmert, die Unterführung teilweise versperrt durch eine darauf gestürzte Brückenhälfte.

Einige Schritte weiter stand ein Juwelierladen offen, Schmerzenslaute waren aus der Dunkelheit zu hören. Feldt trat näher. Die Auslagenscheiben waren zerbrochen, die Schmuckstücke wahllos über die Straße verstreut. Im Inneren des Geschäftes umgestürztes Mobiliar, Juwelen und Uhren auf dem Fußboden, unter einem Stück der Zimmerdecke ragte ein Herrenschuh hervor. Er trat in der Dunkelheit auf die Edelsteine, Ringe und Broschen und verspürte die gleichen unangenehmen Stiche an seinen Füßen wie wenn er nachts als Kind (unterwegs zum Schlafzimmer seiner Eltern) auf nicht weggeräumtes Spielzeug trat. Die kleinen, scharfen Kanten der Juwelen bohrten sich in seine Fußsohlen, und der Gedanke an sie ließ ihn trotz der kleinen Schmerzen an eine gefüllte Schatztruhe denken.

Gerade als Feldt sich bücken wollte, um dem Verletzten zu helfen, blendete ihn eine Taschenlampe. Er erkannte zuerst nur Umrisse, dann Uniformen und zwei Männer, wahrscheinlich Polizisten. Einer fragte ihn etwas. Da Feldt ihn nicht verstand, versuchte er, auf englisch zu antworten. Schließlich begriff er, daß der Polizist zu sehen wünschte, was er in seinem Koffer bei sich trug. Obwohl er unter Schock stand, war ihm klar, daß er flüchten mußte. Offenbar vermuteten die beiden, daß er das Juweliergeschäft geplündert hatte. Und wenn er den Koffer wirklich öffnete, wie sollte er erklären, woher das Geld kam? Der Mann unter der herabgestürzten Zimmerdecke, von dem er nur einen Schuh sah, begann zu wimmern. Jetzt erst erkannte Feldt, daß einer der Polizisten eine Waffe auf ihn richtete. Er war zu verwirrt, um klar zu denken, und blitzartig zog sich der eiserne Ring um seine Brust zusammen, daß er glaubte, sterben zu müssen ... Er hatte noch nie einen so heftigen Anfall erlitten ... Er griff nach dem Cortison-Spray in der Jackentasche, aber seine Finger berührten nur die in Leder gebundene Ausgabe des *I-Ging* und das kleine Papierstück mit dem Autograph. Hektisch nahm er es in die Hand, gleichzeitig stieß er mit dem Aluminiumkoffer gegen die Taschenlampe des einen Polizisten und stürzte hinaus ins Freie. Stimmen riefen nach ihm, der eiserne Ring um seine Brust schloß sich enger, und als er glaubte, nie mehr die herrliche Luft in seinen Lungen spüren zu dürfen, traf ihn ein Schlag, bei dem er den Eindruck hatte, etwas in seiner Brust zerbreche, ein Knorpel. Sogleich atmete er leichter und tiefer. Er hatte das Gefühl, der Sauerstoff ströme beim Atmen zum ersten Mal in seinem Leben durch seine Bronchien und Blutgefäße, hell und kühl, eine stetige Brise Meeresluft, wunderbarer als alles andere. Nein, dieses Gefühl hatte er schon vorher empfunden, damals beim Arzt in Asakusa und als Haru ihn umarmt hatte – auch diesmal wiederholte sich das Wunder.

Er konnte sehen, wie er aufstand, den Koffer nahm und wegging.

Er öffnete die Hand, um zu winken.

Ein Windhauch trieb das Autograph davon, wie ein Insekt flatterte es in die Luft ...

Lächelnd drehte er sich um, hob es, als es zu Boden wirbelte, auf und steckte es ein.

»Leb wohl!« dachte Feldt, erleichtert und wehmütig zugleich.

Ungeduldig öffneten die beiden Polizisten den Koffer und leuchteten mit der Taschenlampe hinein. Auch der zweite, der auf Feldt geschossen hatte, sah, daß er bis zum Rand gefüllt war mit Dollarscheinen. Der Mann zu seinen Füßen konnte kein Plünderer gewesen sein, wurde ihm klar. Entweder hatte er dem Juwelier etwas verkauft, oder er wollte mit ihm ein Geschäft abschließen. Jedenfalls mußten die beiden sich gut gekannt haben, sonst hätte der »Gajin« nicht so spät in der Nacht mit dem Koffer voll Dollarscheinen den Laden aufgesucht. Er wandte sich an den anderen Polizisten und redete beschwörend auf ihn ein. Währenddessen fiel ein kleines Stück Papier unbemerkt aus der Hand des Gajin in den aufgewühlten Straßenstaub und verschwand im Schmutz und der Dunkelheit der Nacht.

Epilog

(*Bericht des Sekretärs der Österreichischen Botschaft in Tokyo, Michael Wallner*)

Der Tod und die anschließende Verstümmelung des Beamten der Österreichischen Nationalbibliothek Dr. Konrad Feldt geben nach wie vor Rätsel auf. Fest steht, daß er in der Nacht vom 7.12. auf den 8.12. 199-. in Kumamoto nahe dem Bahnhof erschossen aufgefunden wurde. Das Projektil drang vom Rücken her in den Brustkorb ein und trat einen Fingerbreit unter dem Herz wieder aus. Als Todesursache wurden vom Gerichtsmedizinischen Institut Kumamoto »Innere Blutungen« angegeben.

Üblicherweise verwendet die Polizei ein Kaliber bzw. Waffen, wie sie beim tödlichen Schuß auf Feldt nachgewiesen werden konnten (genauere Hinweise entnehmen Sie dem beiliegenden Obduktionsbericht).

Da aber keine Meldung eines Polizeibeamten in der fraglichen Nacht vorliegt, ist der Täter vermutlich im kriminellen Milieu zu suchen. Die Nachforschungen werden vor allem dadurch erschwert, daß sich in der Nacht vom 7.12. auf 8.12. in Kumamoto ein heftiges Erdbeben ereignete.

Die Leiche Feldts war, wie wir wissen, barfuß, was darauf schließen läßt, daß er zuvor beim Erdbeben aus seinem Nachtquartier geflüchtet ist. Feldt trug kein

Gepäckstück bei sich. Als die Leiche von einem Feuerwehrmann entdeckt wurde, fanden sich weder Geld noch Papiere in der Kleidung. Das Gesicht war bis zur Unkenntlichkeit verstümmelt. Der Kopf muß, stellten die Gerichtsmediziner fest, von einem Personenwagen überfahren worden sein, weshalb sich die spätere Identifikation als besonders schwierig erwies und schließlich nur über das Gebiß möglich war. Mit Sicherheit kann angenommen werden, daß der Kopf erst nach Eintritt des Todes unter die Räder des Personenwagens kam. Ob der Leichnam Dr. Feldts mit Absicht oder in der Dunkelheit unbemerkt überfahren wurde, konnte hingegen nicht eruiert werden, doch liegt der Schluß nahe, daß weitere Nachforschungen durch eine Verstümmelung des Gesichts bewußt erschwert werden sollten.

Dr. Feldt war als besonders qualifizierter Beamter ausgesucht worden, Vorträge über die Österreichische Nationalbibliothek in Japan zu halten. Diese Vorträge stießen in den japanischen Universitäten auf großes Interesse.

Im folgenden soll versucht werden, die wenigen Tatsachen, die sich nachträglich feststellen ließen, aus einer Summe von Spekulationen herauszufiltern.

Eine erste Spur ergab der Umstand, daß Dr. Feldt zur Zeit der Ermordung des bekannten Antiquars und Kunsthändlers Dr. Hayashi in Kamakura von verschiedenen Zeugen in der Nähe des Tatortes gesehen wurde. Dr. Hayashi war es zwar, der sich für eine Reise Feldts nach Japan und die Vorträge eingesetzt hat, doch fand bis zu diesem Tag keine Begegnung zwischen den beiden statt. Auch stritt Dr. Feldt mir gegenüber ab, Dr. Hayashi überhaupt zu kennen. Er war in Begleitung von Frau Sato – von der später die Rede sein wird – nach Kamakura gekommen, um den Daibutsu und andere Sehenswürdigkeiten aufzusuchen. Kurz nachdem er vor Dr. Hayashis Haus gesehen wurde, wurde er am Strand verhaftet, da er sich angeblich dem Kaiser nähern wollte. Jeder Verdacht erwies sich aber als unbegründet.

Da der Mordfall Dr. Hayashi bereits aufgeklärt ist, ergeben sich für Dr. Feldt nachträglich in diesem Zusammenhang keine Verdachtsmomente.

Die erwähnte Japanerin, Frau Sato, die als freie Mitarbeiterin für die Österreichische Botschaft in Tokyo Übersetzungstätigkeiten verrichtet, führte aus, daß Dr. Feldt um die fragliche Zeit der Ermordung Dr. Hayashis in Kamakura von ihr getrennt gewesen sei, sie habe ihn jedoch später (in Begleitung eines Polizisten) vor dem Tempelberg-Tor verabredungsgemäß wieder getroffen. (Es sei ihr nicht verdächtig erschienen, daß Feldt in Begleitung eines Polizisten zu ihrem Treffen kam, da sie angenommen habe, dieser habe ihm den Weg gezeigt.)

Anschließend hat Frau Sato in Anwesenheit ihres kleinen Sohnes eine Stunde mit Dr. Feldt in einem Kaffeehaus verbracht. Dabei ist ihr nichts Verdächtiges aufgefallen.

Bei einer Feier (nach der Lesung in der Keio-Universität), bei der ich selbst zugegen war, wurde Feldt von einem Kriminalpolizisten zufällig wiedererkannt.

Dr. Feldt stritt jedoch ab, überhaupt in Kamakura gewesen zu sein. Da ich – von der Harmlosigkeit des kranken Dr. Feldt (er litt an Asthma) überzeugt – die Notbehauptung aufstellte, in der fraglichen Zeit mit ihm zusammengewesen zu sein, ließ der Kriminalpolizist davon ab, ihn weiter zu befragen. Feldt bedankte sich dafür bei mir während eines Anrufes aus Kagoshima. Ich nehme an, daß er aus Angst, mit der Ermordung Dr. Hayashis in Verbindung gebracht zu werden, nicht die Wahrheit sagte.

Dr. Hayashi handelte übrigens auch mit gestohlenen Kunstgegenständen aus Europa. Ein französischer Journalist, Jacques Lacroix, der seinen zwielichtigen Geschäften auf der Spur war, kam bei der Ermordung des Antiquars ebenfalls ums Leben.

So besehen, hätte es eine Verbindung zwischen Dr. Hayashi und Dr. Feldt geben können, doch fand, wie wir aus Österreich wissen, die Polizei in Wien bei ihren Nachforschungen keine Anhaltspunkte. Die Vorgesetzten und Beamten der Nationalbibliothek stellten Dr. Feldt überdies nachträglich das beste Zeugnis aus.

Dr. Feldt traf wie geplant am 6. 12. in Kumamoto (von Kagoshima kommend) ein, meldete sich telefonisch in der Universität, erschien jedoch ohne abzusagen nicht zu dem angesetzten Vortrag am Abend. Dieser Umstand ist bedenklich, denn Dr. Feldt wird von allen Seiten als pflichtbewußt und verläßlich beschrieben. Außerdem war sein Nachtquartier niemandem bekannt. Das für ihn vorgesehene Zimmer im Gästehaus der Universität blieb unbenützt.

Es gibt einen Zeugen, der mit Dr. Feldt mehrfach

zusammengetroffen ist, und zwar den Wissenschaftler Professor Kitamura, ein Geologe, mit dem Dr. Feldt auf dem Vulkan Sakurajima und später auch auf dem Aso war. Am Morgen vor der Abfahrt Professor Kitamuras zum Aso telefonierte ich mit ihm. Er versprach, Dr. Feldt mitzuteilen, daß man wegen des Ausfalls seines Vortrages enttäuscht gewesen sei, aber auch besorgt, weil man vom Direktor der Universitätsbibliothek Kagoshima, Dr. Yoshida, von seinen schweren Asthmaanfällen erfahren habe.

Da Professor Kitamura beim Erdbeben in Kumamoto ebenfalls ums Leben kam, konnte er nicht weiter befragt werden. Ein Mitarbeiter berichtet jedoch, daß Professor Kitamura mit Dr. Feldt und einer jungen Japanerin auf dem Aso eingetroffen sei. Später wurden alle drei in einem Gasthaus in Takamori gesehen. Professor Kitamura fuhr von dort in die Stadt, das Paar nahm eine Stunde später ein Taxi. (Der Fahrer konnte bislang nicht gefunden werden.)

Wo Dr. Feldt in Kumamoto übernachtet hat, konnte wegen der Zerstörungen durch das Erdbeben nicht festgestellt werden.

Die wahrscheinlichste Annahme ist – wegen der bekannt bedrängten Wohnverhältnisse –, daß Dr. Feldt mit seiner Begleiterin eine oder zwei Nächte in einem Hotel oder Stundenhotel verbrachte. Möglicherweise hat sie das Erdbeben dort gemeinsam überrascht, worauf Dr. Feldt vielleicht unter Schock in der Stadt umherirrte. Trotz intensiver Bemühungen der japanischen Polizei konnte die junge Frau nicht ermittelt werden.

In den Taschen Dr. Feldts fand sich neben einem Cortisonspray gegen Asthmaanfälle nur eine japanische Ausgabe des *I-Ging*.

Ich persönlich erhielt von Dr. Feldt beim Abschied in Tokyo die Mozart-Biographie von Wolfgang Hildesheimer, die, abgesehen davon, daß zwei Vorblätter herausgerissen sind, keine Besonderheit aufweist oder einen Hinweis auf den Tod Dr. Feldts liefert.

Ich habe das Buch der japanischen Polizei übergeben, die es mir mit den persönlichen Habseligkeiten Dr. Feldts wieder zurückschickte.

Die Polizei in Kumamoto ist davon überzeugt, daß Dr. Feldt einem oder mehreren Plünderern zum Opfer fiel, denn unmittelbar in der Nähe des Tatortes wurde ein Juwelier von einer herabgefallenen Zimmerdecke erschlagen in seinem Geschäft aufgefunden. Es fehlten der Großteil der Schmuckstücke und Uhren, wie die Polizei ermittelte. Sie nimmt daher an, daß Dr. Feldt Zeuge der Plünderung des Juweliergeschäfts wurde. Möglicherweise wurde er durch die Schmerzenslaute des Juweliers aufmerksam und überraschte die Plünderer unbeabsichtigt. Als er die Flucht ergriff, wurde er von hinten erschossen. Anschließend wurden ihm Papiere und Geldbörse geraubt.

Da ich mit Frau Sato gemeinsam beim Vortrag Dr. Feldts in Izu war, berührt mich sein Tod auch persönlich. Ich habe meine Nachforschungen mit großer Sorgfalt angestellt und komme zu dem Schluß, daß die Rekonstruktion des Verbrechens durch die Polizei von Kumamoto weitgehend den Tatsachen entspricht.

Trotzdem bleibt vieles von Dr. Feldts Tod ungeklärt. Sein Leichnam wurde eingeäschert und die Urne mit Diplomatenpost nach Wien übersandt.

Tokyo, 20. 12. 199-

Inhalt

1. *Kapitel*

Feldt (Eine Skizze) 7
Die Nationalbibliothek (Erinnerungsfragmente) . 8

2. *Kapitel*

Kunsthändler Hayashi
(Beschreibung eines Unsichtbaren) 19
Tokio (Ein erster Eindruck) 31
International House-Roppongi
(Ein Krankenbericht und ein Vortrag) 33
Nach Asakusa (Aufzeichnung eines
medizinischen Experimentes) 47
Asakusa (Eine merkwürdige Begegnung) 55
Im Hotelzimmer (Der einsame Leser) 62

3. *Kapitel*

Izu (Reisenotizen) 71
Ryokan (Die Welt des toten Dichters) 93

4. *Kapitel*

Shuzenji (Verfolgt) 121
Tokyo (Der Ausgang eines Labyrinths) 132
Der Flug Geryons (Ein kunstgeschichtlicher
Ausflug) 136
Ein Ausflug nach Kitsine (Eine Epiphanie) 141

Die Universität (Ein Vortrag mit extemporierten
Fußnoten) 145
Der Park (Eine Irritation) 150
Kamakura (Der vergebliche Versuch,
ein Verbrechen zu verstehen) 152
Das japanische Café (Eine Abschiedsszene) 164
Auf der Fahrt (Beobachtungen und Gedanken) .. 169
Die Keio-Universität (Grundrisse der Schönheit
und der Angst) 171

5. *Kapitel*

Shinkansen (Der Fluß der Bilder) 189
Der heilige Bezirk (Eine Fuchsjagd) 192
Kyoto (Nächtliche Impressionen) 205
Das Kabuki-Theater (Gespräch mit einem
Phantom) 209

6. *Kapitel*

Süden (Prof. Kitamuras Vortrag) 221
Kagoshima (Aschenregen) 227
Sakurajima (Die Fahrt zum Vulkan) 223

7. *Kapitel*

Red Express (Eine Reminiszenz) 241
Kumamoto (Die Wirklichkeit ist bekanntlich
nicht beschreibbar) 244
Teehaus Kokin Denju no Ma
(Die Verwirrung der Liebe) 249
Takamori (Die Expedition) 260
Ryokan Sakae-ya (Beschreibung eines Handels) .. 270
Das Erdbeben (Ein merkwürdiges Ende) 284

Epilog
Epilog (Bericht des Sekretärs der Österreichischen
Botschaft in Tokyo, Michael Wallner) 291